中公文庫

ペトロ

今野　敏

中央公論新社

ペトロ

1

俺が当番の夜には、必ず何か起きる。

碓氷弘一《うすいこういち》は、無線を聞きながらそんなことを思っていた。

駒込《こまごめ》署管内で、遺体が発見されたとの通報があった。無線だけでは、事件性があるかどうかはわからない。だが、碓氷は、きっと呼び出されるだろうと思っていた。

時計を見ると、午前一時四十分だ。係長に報告を入れておくべきだと思った。すでに寝ているだろう。鈴木滋《すずきしげる》係長は、起こされて機嫌を損ねるかもしれない。

だが、かまうことはないと、碓氷は思った。何かあったらすぐに上司に知らせるのが鉄則だ。そのための当番だ。

携帯電話にかけた。

呼び出し音五回で係長が出た。

「どうした？」

明らかに寝ていた声だ。

「駒込署管内で、死体が出ました。本駒込五丁目です」

「ちょっと待て……」

ごそごそと音がする。寝床から起き出して、メモを取ろうとしているのだろう。やがて、目が覚めたらしく、ちょっとはっきりした声が聞こえてきた。

「本駒込五丁目だな？　事件性は？」

「まだ、その知らせはありません」

「わかった。臨場が決まったら、また知らせてくれ」

「了解しました」

電話が切れた。これで、とりあえずは当番の役割を果たしたことになる。あとは、事件でないことを祈るだけだが、おそらくその祈りはむなしい。

鈴木係長も同じことを考えているだろう。

係長は、階級は碓氷より一つ上の警部だが、年齢は、三歳下だ。碓氷が四十八歳で、鈴木が四十五歳だ。

係長にとっては使いにくい部下かもしれないが、碓氷は年齢のことなど気にしたことはない。

公務員など、定年まで何事もなく勤め上げればいいだけだ。周りのやつらがいくつだろうが関係ない。そう思っていた時期もあった。

今は、警察の仕事に少しだけ前向きになったような自覚がある。それでも、年齢など関係ないという考えに変わりはない。仕事ができればいいのだ。

碓氷は、当番のときによく仮眠を取るソファに腰を下ろした。もうじき二時だ。すでに、機動捜査隊と所轄の地域係員が臨場しているだろう。鑑識係員も駆けつけているかもしれない。

捜査員が事件性を認めた場合、署長を通じて本庁に出動の要請が来る。それほど時間のかかる作業ではない。じきにお呼びがかかるはずだ。

思ったとおり、ほどなく出動の指示が出された。碓氷は、ソファから立ち上がり、また係長に電話をした。

現場は、そこそこ高級なマンションの一室だった。リビングルームに、女性の死体。

薄化粧をしている。マニキュアはしておらず、爪を短く切っている。指は鷲の爪のように曲がっている。もっとも、碓氷は本物の鷲の爪など見たことはない。誰かが言った比喩だ。服装は、ジーパンに、黒いニットのセーター。普段着だ。

目を大きく見開いており、ひどく驚いたような表情に見える。死ぬほどのことが起きたのだから、驚くのも当然だ。

血痕はない。凶器は刃物ではなかったということだろうか……。

鑑識係員たちが、手慣れた様子で作業を進めている。ストロボが絶え間なく光る。捜査員たちは、ほうぼうで誰かと話をしていた。

所轄の上司と部下。機動捜査隊員と本庁の捜査員。所轄と本庁の捜査員。そして、捜査員と通報者……。

碓氷は、書斎で本庁の捜査員から質問を受けている通報者を、リビングルームから眺めていた。戸口の隙間から、尋問の様子が見えている。

一一〇番通報をしたのは、被害者の夫だ。鷹原道彦《たかはらみちひこ》、五十六歳。順供大学の教授だ。現場となったこのマンションは、彼の自宅だ。自宅で妻が死んでいたということだ。

駒込署の地域係員によると、通報を受けて、駆けつけたときは、現場には被害者と通報者の二人しかいなかったということだ。遺体は、今と同じ位置にあった。

鷹原の顔色はひどく悪い。沈痛な面持《おもも》ちだ。妻を殺害されたのだから無理もないと、碓氷は思った。

碓氷のところからは、話を聞いている捜査員の背中しか見えないが、おそらく淡々とした事務的な口調で質問をしているのだろう。

第五係の同僚の高木《たかぎ》隆一《りゅういち》だ。階級は碓氷と同じ警部補だが、年齢は係長と同じく四十五歳だ。

三つしか違わないが、俺よりずっと若々しく見えると、碓氷はいつも思っていた。独身のせいかもしれない。高木は、まだ一度も結婚したことがない。この先も、する気はなさそうに見える。

鑑識係員と話をしていた同僚の一人が、気になる目つきで、碓氷のほうを見た。何かを見つけたようだ。碓氷はそちらに近づいた。

鑑識係員と、その同僚は、壁の一部を見て何事か話し合っていた。廊下に出るドアの左脇の壁だった。

「これ、何でしょうね……」

同僚が言った。彼の名は、梨田《なしだ》洋太郎《ようたろう》。小柄で、小太りに見えるが、学生時代には柔道部でかなり鳴らしたのだという。

その名前から、洋梨のあだ名がある。

碓氷は、梨田が指さした場所に眼をやった。

石膏ボードか何かの建材の上に合成樹脂製のクロスを張った壁だ。

そこに何かが刻まれていた。全体でいうと、縦三十センチ、横二十センチくらいの大きさだ。

剣を上向きにしたような形にも見えるし、地面から草が生えているようにも見える。

鑑識係員が言った。

「あれで刻んだようですね」

指さすほうを見た。サイドボードがあり、その上にペーパーナイフが載っていた。飾り気のない実用本位のデザインだ。

碓氷は、梨田に言った。

「今、この部屋の主が高木といっしょにいる。話が聞けそうだったら、ここに呼んで来てくれ」

「わかりました」

梨田は、すぐに鷹原道彦を連れてもどってきた。高木もいっしょだった。

碓氷は鷹原に尋ねた。

「この壁の傷は、以前からあったものですか？」

鷹原は、何を言われたのかわからないような様子で、ぼんやりと碓氷を見ていた。まだ精神的なショック状態から抜け出せていないのだろう。

年齢の割には、それほど腹も出ていない。かなり体形を保っているほうだと思う。髪は半白だ。丁寧に整髪してある。少しだけ色の入った眼鏡をかけている。

今は、動揺しきっているが、そうでないときは、かなり見栄《みば》えがするのではないかと、碓氷は思った。

碓氷は、もう一度尋ねた。

「この壁に刻まれている傷です。これは、以前からあったものですか?」

できるかぎり穏やかな口調を心がけた。

鷹原は、ようやくそちらに眼を向けた。そして、しばらく眺めていた。

「いや……」

やがて、彼は言った。「そんなものはありませんでした」

「つまり、事件が起きる前にはなかったという意味ですね?」

鷹原は、事件という言葉に過敏に反応した。小さく息を呑んで、碓氷のほうを見た。碓氷は、黙って見返していた。妻が殺害されたというのは耐え難い衝撃かもしれない。だが、事実を受け入れてもらわなければならない。

「そうです。そういう意味です」

「つまり、犯行現場にいた誰かが、これを残した可能性が高いということですね?」

碓氷が尋ねると、鷹原はうなずいた。

「そういうことだと思います」

「何らかのメッセージだと……」

「さあ、私にはわかりません」

「何かのマークのように見えるんですが、これは何だと思いますか?」

鷹原は、精神的なショック状態にある者独特の、どこか呆けたような眼で壁の傷を見つめていた。

「ペトログリフのように見えますね」

碓氷は思わず聞き返していた。

「ペトロ……、何です?」

「ペトログリフ。石や洞窟に刻まれた、ある種の意匠や文字のことです」

「ある種の意匠や文字……」

碓氷は繰り返した。「つまり、このマークは文字か何かだということですか?」

「ペトログリフだとしたら、文字と考えてもいいでしょう」

「大学では、そちらがご専門ですか?」

「考古学を教えていますからね」

「どういう意味なのでしょうね?」

「意味……?」

「このマークの意味です」

「ああ……」

鷹原は、また壁の傷に眼を戻した。しばらくしてから言った。「桃木《ももの き》文字とか吉見百穴《よし み ひゃっけつ》文字と呼ばれているもののように見えますね。だとしたら、これは、『か』か『む』と読むことができます」

「そのモモなんとか、とかヨシミなんとかというのは何ですか？」

「日本で発見されたペトログリフです。いわゆる神代《かみよ》文字と呼ばれるものの一つですね。桃木文字は、たしか昭和十一年に青森県の十和田湖のそばで見つかったものだったと思います。意味不明の文様が刻まれた岩石群が見つかりました。その文様を文字だと主張する者が現れまして……」

職業意識だろうか。今まで、悄然としていたのだが、急に言葉に張りがでてきたような気がした。

「同様の文様が刻まれた石が、埼玉県の吉見百穴や山口県の大浦岳でも見つかっています」

「へえ、文字なんだ……」

梨田が感心したように言った。碓氷は、梨田のほうを見た。梨田は、発言したことをとがめられたと勘違いしたのか、慌てた様子で言葉を続けた。

「いえね、俺には、百合のマークのように見えましてね……。ほら、フランス王家の紋章の……」

「フルール・ド・リス」

鷹原が言った。「一般に百合の紋章と言われていますが、実際にはアヤメを象《かたど》ったものです。その刑事さんが言われるとおり、フランス王家の紋章として知られています。また、ボーイスカウト、ガールスカウトのバッジにも使われている。校章にしているカトリック系の大学もあります」

そう言われて、碓氷もそのマークを思い描くことができた。たしかに、壁の傷は、それを単純化したようにも見える。

碓氷は、鷹原のほうに向き直って尋ねた。

「もし、犯人がこれを書き残したのだとしたら、その理由に心当たりはありませんか？」

「ありませんね」

「考古学がご専門なんでしょう？」

それ以上は、言葉をひかえることにした。考古学者の自宅で殺人事件が起きた。そして、その現場に考古学に関連しそうな図形が残されていた。犯人の何らかの意図がうかがわれると思ったのだ。

鷹原は言った。

「たしかに私は考古学を研究し、大学で指導しています」

「だから、この文字がペトログリフかもしれないと思われたわけですよね」

「日本国内のペトログリフなど、正統な考古学で扱うべきものではありませんよ」

その言葉には、どこか嘲《あざけ》るような調子があったので、碓氷は、おや、と思った。

「どういうことです？」

「岩石に刻まれた文様を見て、それが文字だと主張し、なおかつ、日本に漢字が伝わる以前の文字だと主張する者もいるのです。それゆえに、その連中は、それらの文字を神代文字などと呼んでいます。しかし、彼らの主張には何の裏付けもない。神代文字と呼ばれるものの多くは、近世になって創作されたものなのです」

碓氷がその説明について、あれこれ考えていると、鈴木係長がやってきて言った。

「何か問題か？」

碓氷は、壁を指さしてこれまでの経緯を説明した。鈴木係長は、説明を聞き終わると言った。

「写真は撮ったんだろう？」

「鑑識が押さえています」

「だったら、その件については後にしよう」

鈴木係長が、鷹原に眼を向けた。「奥さんを司法解剖させていただきます。了承していただけますね？」

鷹原が、再び衝撃を受けた顔になった。

「はい。検視官が扼殺《やくさつ》と判断しました。詳しいことを調べなければなりません」

「司法解剖……？」

鷹原は、悲しげな表情になった。今までは気が動転していたはずだ。それがおさまると、今度は耐え難い喪失感がやってくる。

彼は鈴木係長に向かって言った。

「ええ、そのようにお願いします」

検視官が扼殺と判断した。鈴木係長がそう言った。殺人事件だと断定されたことを意味している。検視官は、別名刑事調査官ともいう。法医学の研修を受けた警視以上のベテラン捜査員だ。

本来、検視は医師の立ち会いのもとに検察官が行うことになっているが、実際には、刑事調査官による代行検視が行われるのがほとんどだ。

殺人となれば、捜査本部ができる。本庁と所轄の合同捜査本部だ。本庁からは、臨場した碓氷たちの第五係が参加することになるだろう。

すでに検視官は引きあげたようだ。何人かの捜査員たちが、手分けして両隣の部屋や階上、階下の部屋などに向かっている。物音を聞いたり何か目撃していないか尋ねるためだ。

時刻は午前二時四十分。一般人の日常を考えると非常識な時間かもしれない。だが、警察官は一般人ではないし、殺人事件の捜査は日常とは違う。

初動捜査で聞き出せるだけのことは聞き出しておかなければならない。そのためには時刻など気にしてはいられないのだ。

高木が、再び鷹原を書斎に連れて行こうとしたとき、廊下側の戸口から声がした。

「先生……」

その場にいた捜査員たちがそちらを見た。碓氷も同様だった。

2

緊張しきった表情の男が立っていた。細身で背が高い。神経質そうな印象があった。眼鏡をかけており、髪は黒々としている。

鷹原が、その男のほうを見て、一瞬ほっとしたような表情を浮かべた。

高木が尋ねた。

「あなたは……？」

「嘉村《かむら》といいます」

「カムラさん……？」

高木は事務的に、フルネームと年齢、職業、鷹原との関係や現住所などを尋ねた。実に刑事らしい態度だと碓氷は思った。

男は、わずかに戸惑いを見せたが、素直に質問にこたえた。

嘉村寿士《ひさし》、四十二歳。順供大学の准教授だという。鷹原と同じ考古学専攻で研究・指導をしており、鷹原の教え子だったという。住所は世田谷区下馬《しもうま》三丁目だ。

悲報を聞いて駆けつけたというわけだろうが、誰が知らせたのだろう、それを確かめておかなければならないと、碓氷は思った。

「嘉村さん、教授の奥さんが亡くなられたことを、どなたからお聞きになりました？」

「教授です」

碓氷は、鷹原にそれを確認した。鷹原はうなずいてこたえた。

「一一〇番したあと、すぐに嘉村君に電話したんです」

だとしたら、嘉村に知らせたのは、無線が流れた一時四十分頃のことだろう。それから一時間も経《た》っている。

「教授から知らせを受けて、すぐに自宅を出られたのですか？」

「まず、もうひとりの准教授の、杉江《すぎえ》に知らせました」

「杉江さんですか？」

「杉江亮一《りょういち》。私の一年下で年齢は四十一歳です」

「その方のお住まいは？」

「JR東十条《ひがしじゅうじょう》駅の近くです。住所はたしか、北区中十条二丁目……」

「東十条なら、世田谷の下馬よりずっと近い。どうして、まず杉江さんではなく、嘉村さんに知らせたのです？」

碓氷が尋ねると、鷹原はこたえた。

「嘉村君のほうが上なんでね。彼は私の一番弟子なんだ」

大学には、いまだにかなり強固な徒弟《とてい》制度があると聞いたことがある。一番弟子ともなれば、普段から頼りにしているのだろう。

嘉村が碓氷に言った。

「それからあわてて車で出かけたのですが、途中で、免許証を入れた財布を忘れたことに気づいて、取りに戻ったんです」

それで駆けつけるのがこの時間になったということか。

財布を取りに戻るというのは、不自然な行動ではないと、碓氷は判断した。

「杉江さんは、こちらにはいらっしゃらないのですか？」

碓氷が尋ねると、嘉村はこたえた。

「まず、私が教授のご自宅の様子を見てくることにしたのです。こちらがどうなっているのか、想像もできなかったので……。まさか、植田《うえだ》君が突然亡くなるなんて……」

「植田君……？」

「あ、失礼。教授の奥さんのことです。研究仲間でもあるもので……。旧姓のほうが馴染みがあるし、本人も大学では、旧姓で名乗ることが多かったので……」

「つまり、奥さんは、教授の教え子だったということですか？」

碓氷の問いに、鷹原がこたえた。

「そうです。私が指導していました」

碓氷は、高木に目配せをした。それだけで、意図は通じた。鷹原と引き離して、嘉村だけに話を聞きたかったのだ。

高木は、鷹原を再び書斎に連れて行った。嘉村はリビングルームに残った。すでに遺体は搬送されている。

碓氷は、嘉村に尋ねた。

「教授の奥さんは、誰かとトラブルを抱えていませんでしたか？」

嘉村が怪訝《けげん》な顔をする。

「トラブル……？　そういう話は聞いたことがありませんが……」

「奥さんが怨《うら》みを買っているようなことは、なかったということですね？」

「なかったと思います。まあ、彼女の私生活のすべてを知っているわけじゃないですが……。あの……、そういう質問をするということは、植田君、いや、奥さんは殺されたのですか？」

「ええ。他殺と断定されました。司法解剖で、さらに詳しいことがわかると思います」

「他殺……」

嘉村は、呆然とした。

「何か思い当たることはありませんか？」

碓氷がそう尋ねると、嘉村は少しだけ落ち着きをなくしたように見えた。

「まさか、思い当たることなんてありませんよ」

その反応が、ちょっと気になった。否定の仕方が強すぎるように感じる。ただ、「いいえ」と言えば済む。自分は関係ないということを強調したかったのだろうか。

「あの壁を見てもらえますか？」

「壁……？」

「ええ、ペーパーナイフで、壁に何かのマークが刻まれているのです。鷹原教授は、事件の前にはなかったとおっしゃってますので、犯人が残していった可能性が高いのです」

碓氷と嘉村は、傷のところに移動した。嘉村はそれを見つめる。碓氷は尋ねた。

「何だと思います？」

「さあ、何でしょう……」

「うちの捜査員は、フランス王家などで有名な百合の紋章のように見えると言いました」

「百合の紋章ね……。フルール・ド・リスですね。ただしくはアヤメの紋章ですが……」

「そうらしいですね」

「まあ、たしかにそのようにも見えますね……」

「鷹原教授は、また別な見方もされてました」

「別な見方……？」

「ペトログリフではないかと……」

嘉村は、もう一度壁に刻まれた図形を見つめた。

「どうでしょう。私にはちょっと判断がつきかねますね。子供の落書きのようにも見えますし……」

碓氷は、こたえそのものよりも、嘉村の態度に注目していた。何か不自然なところはないか。何かを隠そうとしていないか……。

駆けつけたときは、取り乱していた。殺人事件だと聞いて、急に慎重な態度になったような気がする。

余計なことはしゃべるまいとしているのかもしれない。もしそうだとしたら、碓氷はそれを聞き出さなければならない。

「あなたも、考古学を専攻されているのですね?」

「そうです」

「ならば、ペトログリフにもお詳しいのではないですか? 教授はこれを、神代文字と呼ばれているものかもしれないとおっしゃいました」

嘉村は、碓氷の言葉に、かすかに顔をしかめた。

「私は、ペトログリフになど興味はありません」

これほどあからさまではなかったが、鷹原教授も、ペトログリフに対しては同様の反応を示した。

「ほう、古代の文字ならば、考古学の興味の範囲なのではないですか？」

　嘉村は、こたえた。

「日本国内のペトログリフなど、考古学者が研究するに値しないものだからです」

「神代文字というのは、日本に漢字が伝わる以前に使われていた文字だという説もあるそうですね」

「そういう話のたいていはでたらめです」

「近世以降に作られたものが多いと、鷹原先生は言われていました」

「そのとおりだと思いますよ」

「もし、犯人がこの文字を現場に残したのだとしたら、それはなぜだと思いますか？」

「さあ、私にわかるわけがない」

　碓氷は、また壁に刻まれた図形を見た。文字なのだろうか。それとも、ただの落書きだろうか……。

　高木が声をかけてきた。振り向くと、彼は言った。

「教授は、今日は水道橋のホテルに泊まるそうだ。今、予約を取った」

　嘉村が、高木の隣にいる鷹原に言った。

「いつものホテルですね？」

「そうだ」

「私も、そちらに詰めることにします。お一人だと、何かと心細いでしょう」

「そうだな……。何か起きたときは、妻が頼りだったが、その妻が……」

鷹原が、初めて弱気な発言をしたと、碓氷は思った。殺人現場を見た衝撃が薄れ、喪失感と悲しみが押し寄せてきているのだろう。

自宅では眠れないので、ホテルに泊まるという気持ちは、わからないではない。だが、ホテルの部屋で眠れるという保証はない。

必要なことは、高木が聞き出したはずだ。嘉村に、いろいろと質問したかったが、今日でなくてもいいだろう。

高木が、鷹原と嘉村を玄関まで見送る。碓氷はその姿をながめていた。梨田の声が聞こえて振り向いた。

「百合の紋章じゃないのかなぁ……」

「おまえ、妙なことを知っているな」

「鷹原教授が言っていたでしょう。有名なカトリック系の大学の校章にも使われているって」

「ああ」

「それ、女子大なんですよ」

梨田はにっと笑った。女子大に興味があるのか。

梨田は、三十五歳で独身だ。高木と違って、こちらはかなり結婚願望が強いようだ。当然、女性に対して興味を持っている。

警察官は、なかなか出会いのチャンスがない。職場結婚が多いが、女性警察官の数は限られている。競争率が高いのだ。梨田は、その点ではかなりきつい戦いを強いられている。つまり、もてないのだ。

鈴木係長がやってきて、会話に加わる。

「犯人が残したものなら、何かのメッセージに違いない」

係長は、やる気が空回りすることがある。それに歯止めをかけるのは、ベテランの碓氷の役割なのかもしれない。

係長自身がそれを期待している節がある。迷惑な話だと、碓氷は思う。係長のお守《も》りなど荷が重い。自分の面倒を見るだけで精一杯だ。

碓氷は言った。

「そう考えるのは、まだ早いかもしれませんよ。いろいろと調べてみなけりゃなりません。考古学者の嘉村准教授が、子供の落書きのようにも見えると言っていたんです」

「わかっている。捜査はあくまでも慎重に、だ。だがな……」

鈴木係長は、いったん言葉を切って、壁を眺めた。「おまえさんだって、気になってるんだろう、この図形……」

もちろん、気になっていた。犯人が残したのなら、大きな手がかりとなる可能性がある。

「ええ、もっと専門家の意見を聞きたいですね」

「鷹原教授や嘉村准教授は専門家じゃないのか？」

「正統の考古学者は、こういうの、本気で研究しないと言ってました」

「正統の考古学者って何だ？」

「さあね。俺に訊いても無駄ですよ」

「よし、今日は駒込署に引き上げる。朝一番で、捜査会議が始まる」

捜査本部ができるということだ。

碓氷は、立ち去る前に、現場をもう一度見回していた。部分から全体に、そしてまた全体から部分に……。現場での基本だ。遺体があった場所に人型の印が付けられている。鑑識係はまだ仕事を続けていた。碓氷は、部屋をあとにした。


駒込署は、深夜にもかかわらず大忙しとなった。捜査本部ができる署は災難だと言った同僚がいた。誰でも、多かれ少なかれそう思っている。

捜査本部ができたら、その年の忘年会が吹っ飛ぶと言われている。それくらいに経費がかかる。吸い上げられる署員の数も半端ではない。

捜査本部に呼ばれた署員も大変だが、参加しなかったからといって安心はできない。人手が少なくなるので、当番で割を食うことになるのだ。

机を運び込んだり、電話やパソコン、無線機を設置したりといった本格的な作業は朝になってからになる。

それまで、捜査員は、割り当てられた部屋の床に車座になって初動捜査の結果を報告しあうこともある。

昔は、電話が引かれるまでに時間がかかったが、今は携帯電話がある。連絡を取り合うのに不自由することはない。

夜明けを待たずに、初動捜査の報告が始められた。

被害者の氏名は、鷹原《たかはら》早紀《さき》。年齢は三十四歳。順供大学文学部史学科考古学専攻の講師だ。

同僚の准教授、嘉村寿士によると、大学では旧姓で呼ばれることが多かったそうだ。旧姓は、植田だ。

司法解剖の結果を待たなければ、詳しいことはわからないが、検視官の見立てでは扼殺だろうということだった。つまり、手で絞め殺されたのだ。

第一発見者は、夫の鷹原道彦、五十六歳。順供大学の教授だ。考古学専攻には、教授が彼一人しかいないということだ。

遺体を発見したのは、ある会合を終えて食事に行き、さらに銀座で酒を飲んで帰って来たときのことだという。帰宅したのは、午前一時半頃のことだ。

　事件を知らせる無線が流れたのが一時四十分頃だから、時間的には矛盾はない。室内に荒らされた跡はなかったから、物取りの犯行とは思えなかった。

　聞き込みの結果、激しい物音や大声を聞いた者もいない。顔見知りの犯行の線が濃いという印象だった。

　最後に梨田が、壁に刻まれた、奇妙なマークについて触れた。

「もうじき、写真が届くと思いますが、リビングルームの、玄関へと続く廊下への出入り口の脇の壁に、このような図形が、刻まれていました。現場にあったペーパーナイフで刻まれたものと思われます」

　A4の紙にボールペンで描いたものを掲げる。周囲の捜査員たちは、身を乗り出してその紙を見つめた。

　へたくそな絵だが、壁の図形も落書きのようなものだった。

　高木が梨田に言った。

「俺もその図形は、現場で見た。だが、それほどこだわる必要があるのか？」

　梨田の代わりに、碓氷は言った。

「あの壁の傷は、事件の前にはなかったと、鷹原教授が言っていたのを、おまえも聞いていただろう」

「聞いていた。だが、鷹原教授の証言は正確じゃない」

「正確じゃない？　どういうことだ？」

「教授は昨日の朝、大学に出勤してから深夜まで自宅に戻っていない。つまり、あの落書きみたいなものが、事件の前にあったのかなかったのかは、正確にはわからないはずだ。あの落書きは、事件の前日にはなかった、と言い直すべきだ」

「たしかにそのとおりだ。だが、事件の前日にはなかったが、事件後はあった。犯人が残した可能性がある」

「その可能性が、いったい何の役に立つんだ？　この図形の意味もわからないんだろう？」

「洋梨は、百合の紋章を簡素化したもののように見えると言った」

「その話も、もちろん聞いていた。鷹原教授が、ペトログリフかもしれないと言っていたのも聞いていた。だが、確かな情報じゃない」

高木は、決して頭の固い男ではない。どちらかというと、融通がきくほうだ。好奇心も旺盛だ。

その高木が、犯行現場に残された図形に興味を示さないのはおかしい。おそらく、捜査が妙な方向に進まぬように、ブレーキをかけているのだろうと、碓氷は思った。

そういう気配りができる男なのだ。たしかに、犯行現場に奇妙な図形が残されたとなれば、捜査員はそれに捕らわれてしまうかもしれない。

　鈴木係長が碓氷に言った。

「その図形についての専門家を見つけて意見を聞いてくれ」

　碓氷は驚いた。

「俺が、ですか？」

「現場にいるときから、興味を持っていたようだからな」

「別に特別興味を持っていたわけじゃないですよ」

「おまえさんが、適任だと思う」

　どういう意味だろうと、碓氷は思った。深い意味はないのかもしれない。鈴木係長は、よくこういう言い方をする。部下をうまくコントロールしようと、彼なりに工夫しているのかもしれない。

「専門家というなら、鷹原教授やその研究室の人たちに訊けば済むじゃないですか。彼らは考古学の専門家ですよ」

「遺族に、そんなことを依頼できると思うか？　彼の研究室の人々だって当事者に近すぎる」

　鈴木係長の言うことはわかる。

　殺人の容疑者は、ごく近い関係の者であることが多い。

「それにな……」

鈴木係長が言った。「あの図形が、古代の文字とは限らない。洋梨が言うとおり、何かのマークかもしれないんだ」

「古代の文字でないとしたら、いったいどんな専門家に見せればいいんです？」

「それを、おまえさんが考えるんだよ。あの図形が、重要な手がかりの可能性があると言ったのは、他でもないおまえさんなんだ」

「重要な手がかりだなんて言ってませんよ。犯人が残したものの可能性があると言っただけです」

「俺には、同じことだと思えるがね……」

これ以上抵抗しても始まらない。捜査となれば、どんなことでもやらなければならない。

「了解しました。専門家を探してみます」

鈴木係長は、その件についての話を終わりにした。捜査員一同に向かって尋ねた。

「第一発見者である鷹原道彦のアリバイは確認したか？」

捜査員の一人がこたえる。

「まだです。時間が時間なので、確認が取れていません」

「朝一番でやれ」

鈴木係長が言うと、その捜査員はうなずいた。

自宅で遺体が見つかった場合は、配偶者を疑えというのが、鉄則だ。また、第一発見者を疑うのも鉄則の一つだ。鷹原道彦は、その両方に該当する。

碓氷は、鷹原にどこか不審なところがあったかどうか思い出そうとしていた。別に気になるところはなかったと思う。だが、疑いを晴らすためにも、身辺を洗うことは必要だ。

「朝の会議には、捜査一課長や理事官、管理官がやってくる。もしかしたら、刑事部長も臨席するかもしれない。会議までに、今の報告を書類にしておいてくれ」

捜査員たちは、手分けして書類作りを始めた。思い思いの場所にあぐらをかいて、ノートパソコンのキーを打ち始める。

碓氷は、梨田とともに、壁の図形に関する報告書を書いていた。文章にしてみると、新たな疑問が湧いてくる。

もし、犯人が残したものだとしたら、何のためなのだろう。メッセージだとしたら、もっとわかりやすいものでなければならない。碓氷はそう思った。

あるいは、一種のサインなのだろうか。海外のプロの殺し屋は、仕事をちゃんと果たしたことを依頼主に知らせるために、サインを残すことがあるという。

日本では、まだそういう事例はほとんど見られないが、犯人が日本人とは限らない。

もし、あの図形が神代文字と呼ばれるもので、犯人が壁に刻んだのだとしたら、古代史などに詳しい者の犯行ということになる。

あるいは、そう見せかけようとしているのか……。

いろいろな問題点が明らかになるのが、文章化のメリットの一つだ。そして、書類にすることで、情報を他の捜査員と共有することができる。

報告書を作るのは、面倒だが、さまざまな利点があることもたしかだ。課長や部長に口だけで説明するわけにもいかない。

パソコンを打っていると、高木に声をかけられた。

「当番だったんだろう？ 少しは寝ておいたほうがいい」

碓氷は、パソコンの画面を見つめたままこたえた。

「どうってことはない」

「無理するな。もう年なんだからな」

たしかに、寝不足はこたえる。若い頃はそんなことはなかった。

碓氷は顔を上げ、高木に尋ねた。

「それより、鷹原道彦の印象はどうだった？」

「どうって？」

「現場では、おまえが詳しく話を聞いていただろう？ 彼の犯行である可能性は？」

「わからんよ。だが、可能性は常にある。そうだろう？」

「夫婦仲については、何か言っていたか？」

「別に問題はないと言っていた。当然、そう言うだろう。まあ、どうせ、鑑取《かんと》りでわかることだ」

「教え子だったんだな」

「ああ、鷹原は、五年前に離婚している。再婚したのは、去年のことだそうだ。まだ、新婚だな」

「五年前に離婚して、去年再婚か……。教え子だから、当然ずっと前から知り合いなわけだな」

「学部を卒業して修士課程に入るのが、二十二歳か二十三歳。二年後には博士課程に入る。つまり、学部時代を除いても、被害者と鷹原教授は十年以上の付き合いということになるな」

「五年前の離婚の原因が、被害者だったということはあり得るだろうか？」

　高木は、にやりと笑った。

「予断は禁物だよ。そういうことは、もっと調べが進んでから言うもんだ」

「わかってるさ。おまえ、誰にものを言ってるんだ」

「あんた、自分で思ってるほど、冷めたやつじゃないよ」

「そいつもわかってるつもりだ。けど、係長よりは、ましだと思う」

「ああ、たしかにましだ。だが、五十歩百歩だな」

「だから、おまえは、壁の図形のことにブレーキをかけたというわけか?」

「慎重になるに越したことはない。もし、犯人が捜査を攪乱するためにあれを残したとしたらどうする? 振り回されたら、犯人の思うつぼだぞ」

たしかに、高木の言うとおりだ。あの壁のマークは、犯人が残したものとは限らない。もし、犯人が描き残したものだとしてもどれほどの意味があるかわからないのだ。

「しかしな……」

碓氷は言った。「あの傷は、現場に残されていたペーパーナイフでつけられたものだ。それは、鑑識が確認している。犯行後に、犯人が壁に刻んでいったと考えるのが自然なんじゃないか?」

高木は、肩をすくめた。

「いろいろな状況が考えられるさ」

「例えば……?」

「誰かがペーパーナイフで壁に落書きをした。それに腹を立てた被害者と言い合いになり、さらにはつかみ合いの喧嘩になって、結果的に殺害された……」

「本気で言ってるのか?」

「そういう状況もあり得るという話をしているんだ」

「とにかく、俺はあのマークについて何か教えてくれる専門家を探すことにするよ。係長の指示だからな」

「おまえには、うってつけの仕事かもしれない」

係長も同じようなことを言っていたのを思い出した。

「なぜだ？」

「おまえは、いつも捜査の本筋から外れたところから、有力な情報を仕入れてくる」

「俺は主流派じゃないと言いたいのか？」

高木は、かすかにほほえんだ。

「ほめてるつもりなんだがな」

碓氷は、パソコンの画面に眼を戻した。

「もう少しで、報告書が書き上がる。そうしたら、少し眠ることにするよ」

「それがいい。おまえが寝ないと、洋梨も眠れない」

「洋梨が……？　どうしてだ？」

「決まってるだろう。おまえを尊敬して、慕っているからだ」

碓氷は苦笑した。

「まさか……」

梨田とは長い付き合いだ。彼がそんな態度を碓氷に見せたことはないし、もちろん、本人から聞いたこともない。「覚えているだろう？　俺が女性心理調査官と組んだときのことだ。やっかんで、俺に厭味《いやみ》を言ったんだぞ」

「あのときは特別だ。梨田は完全に舞い上がっていた。相手がおまえだから、あの程度で済んだんだ」

「何だか知らんが、とにかく早く寝ればいいんだろう？」

「そういうことだ」

高木が歩き去った。柔道場かどこかで、仮眠を取るのだろう。

それから四十分ほどで、書類が出来上がった。伸びをして立ち上がる。ふと、振り返ると、梨田がまだ、床にあぐらをかいて、パソコンに向かっていた。

声をかけてやろうかと思った。だが、高木があんなことを言ったせいで、妙に面映《おもは》ゆくて、何も言わずに部屋を出た。

3

柔道場に行くと、何人かの捜査員がすでにいびきをかいていた。

十月の中旬で、朝晩はすっかり冷え込むようになっていた。つい先日までの残暑が嘘のようだ。まだ、寝具は運び込まれていない。おそらく、今日中には、道場いっぱいに布団が敷きつめられるだろう。

碓氷は、ビニール畳の上に横たわり、背広を上掛けの代わりにした。

冷えるな……。

そう思っているうちに、眠っていた。

捜査本部は本格的に動きはじめた。午前八時十五分には、すでに体裁が整っていた。無線機や電話、ノートパソコンが運び込まれている。

捜査員たちが着席する長机が並べられ、正面には、捜査幹部が座るひな壇が作られている。無線や電話のすぐそばに、机の島ができていた。管理官たちの席だ。情報は、その島に集約される。

八時半には、電話が鳴りはじめ、八時四十五分には捜査員たちが集合した。大半が寝不足の顔をしている。まだ、ひな壇には、田端《たばた》捜査一課長しかいない。

九時ちょうどに、「起立」の声がかかった。捜査員が一斉に立ち上がる。刑事部長の到着だ。駒込署署長とともに入室してきた。

刑事部長がまず着席して、次に署長が腰を下ろす。次が田端捜査一課長、それから管理官たち。そして、ようやく捜査員一同が着席した。

「では、捜査会議を始める」

田端課長が言った。「初動捜査の報告を始めてくれ」

すでに、捜査員たちが報告書を作成しており、それが、幹部たちにも配られていた。鈴木係長が、報告書をもとに説明を始めた。

碓氷たちにとっては、すでに周知の事実ばかりだ。確認のためと思って、鈴木係長の説明に集中しようとしたが、報告書の字を追っているうちに睡魔が襲ってきた。

配られた書類の中に、例の壁に刻まれたマークの写真があった。碓氷は、文字を追うのを諦めて、その写真を見つめていた。

被害者の身元、第一発見者、現場の状況や聞き込みの結果など、鈴木係長の説明が終わると、鑑識の報告が始まった。

「扼殺と見てほぼ間違いないと思いますが、死因に関する詳しい報告は、司法解剖の結果を待ちたいと思います。衣類の繊維や毛髪その他の体毛など、微物鑑定を行っております。

繊維類の分析ならびに分類については、いましばらく時間がかかります。毛髪等のDNA鑑定については、必要に応じて行うという指示を受けておりますが、それでよろしいですね？」

田端課長がうなずいた。

「それでいい。やたらにDNA鑑定なんぞやっていたら、捜査費用がいくらあっても足りない」

鑑識係員の報告が続いた。

「お手元にお配りした写真は、現場の壁に刻まれていた傷を写したものです。現場にあったペーパーナイフで刻まれたものであることが確認済みです。なお、当該ペーパーナイフは、被害者、及び、第一発見者である配偶者が、日常使用していたものです」

捜査幹部たちの表情が変わった。田端課長は、明らかに興味を引かれた様子だし、刑事部長と駒込署署長は、戸惑ったように眉をひそめた。

田端課長が写真を見つめたまま言った。

「これは、いったい何だ……？」

鈴木係長がこたえた。

「第一発見者の鷹原道彦は、ペトログリフかもしれないと言っていたそうです」

「ペトログリフ……？」

鈴木係長が説明をする。田端課長は、興味を募らせたようだ。鈴木係長を見つめたまま何事か考えている。

「鷹原道彦は、考古学の教授だったな？」

田端課長が質問した。

「はい。順供大学文学部史学科考古学専攻の教授です」

鈴木係長の発言は、いつも正確でそつがない。

「それで、これはどういう意味なんだ？」

「神代文字というものの一種かもしれないと、鷹原は言っていました。だとすれば、『か』か『む』と読めると……」

これは、碓氷が係長に報告したことだ。「『か』か『む』……。事件の前にはなかったんだな？」

「鷹原道彦によると、少なくとも朝出かけるときにはなかったということです」

田端課長が考え込むと、刑事部長が発言した。

「鷹原道彦が、この図形を見たということだね？」

刑事部長に直接質問されて、鈴木係長が緊張するのがわかった。

「はい。そのとおりです」

「そのときの様子はどうだった？」

「直接担当した者に発言させてよろしいでしょうか？」

「当然だ。そのために会議に出席しているんだろう」

鈴木係長は、碓氷を指名した。碓氷は、発言させられるとは思っていなかったので、ちょっと慌てて立ち上がった。

「えーと、そのときの様子ですか……？」

刑事部長が言った。

「何かに気づいた様子だとか……」

「何かに……」

刑事部長は、ちょっと苛立《いらだ》った様子だった。

「考古学者の自宅で事件が起きた。被害者は配偶者で、彼女自身も考古学を学んでいた。その現場に、ペトログリフだか、神代文字だかが残されていた。当然、被害者の関係者、有り体《ありてい》に言えば、夫である鷹原道彦に対して残されたメッセージなのではないのか？」

碓氷はこたえた。

「あの図形を見て、特に驚いたり、動揺したりという様子は見られませんでした」

「何かに気づいて隠しているということは？」

刑事部長が再度尋ねた。

「自分の印象では、そういうことはありませんでした」

「鷹原道彦は、その図形を神代文字かもしれないと言ったのだろう？　つまり、彼の専門分野だということだ。だとしたら、それは重要な手がかりになると思うが……」

「それが、実は、鷹原道彦は神代文字そのものに、それほど関心がないようでして……」

「どういうことだ？」

「報告書でも触れておりますが、神代文字などと呼ばれるものは、近世になって作られた、いわば偽物が多く、正統の考古学者が扱うべきものではないということなのです」

「鷹原道彦は、そういうものを研究していたわけではないということか？」

「本人は、そう言ってます。彼の弟子に当たる、准教授の嘉村寿士は、もっと露骨な言い方をしました。彼はペトログリフなどは、考古学者が研究するに値しないもので、まったく興味はないと……」

「では、どうして、現場にこんな図形が残されていたのだ？」

なるほど、高木はこういう事態を警戒していたのだな。

碓氷は思った。殺人現場に残っていた奇妙な図形。それだけで、強く好奇心をくすぐられる者も出てくる。

刑事部長はキャリアで、現場の経験が少ないから、余計そういう傾向が強いのかもしれない。頭の中だけで捜査について考えようとするのだ。現場経験が豊富な捜査員なら、そんなことはない。

碓氷は質問にこたえた。

「まったくの謎です」

「じゃあ、その謎を解いてくれ」

もちろん、そのつもりだ。

碓氷に代わって、鈴木係長が言った。

「ペトログリフについて詳しい専門家の意見を聞くことにしています。その件の担当は、この碓氷です」

田端課長が言った。

「ウスやんが担当なら安心だ。任せたぞ」

その一言で、壁の図形についての話は終わった。田端課長は、いつまでもそんなことにこだわっているべきではないと考えているのだろう。

彼は、キャリアではなく、叩き上げの警視だ。優れた捜査感覚を持っている。他に話し合うべきことがたくさんあることを知っているのだ。

碓氷が着席すると、田端課長は鈴木係長に尋ねた。

「鷹原道彦のアリバイは？」

「まだ確認が取れていません」

「まあ、そうだろうな。室内が荒らされていないし、鍵がこじ開けられたような形跡もない。物取りの犯行とは考えにくい。着衣の乱れもなかった。顔見知りの犯行という可能性が高いと思う」

妥当な判断だと、碓氷は思った。つまり、鑑取りが重要だということだ。

田端課長がさらに言った。

「鷹原道彦は、五年前に離婚して、去年再婚している。被害者は、教え子だったということだな？　そのあたりの人間関係を詳しく調べるんだ」

「了解しました」

やはり、田端課長もそこに眼をつけたか。碓氷はそう思っていた。男女関係のもつれは、殺人の動機の上位を占める。鷹原の別れた妻を洗う必要があるだろう。

それから、具体的な班分けが始まった。地取《じど》り、鑑取り、遺留品捜査、予備班などに捜査員を振り分ける。碓氷は、予備班に回された。ペトログリフについて専念しろということだ。

たしかに捜査の本流とは言い難い。だが、与えられた仕事はきちんとこなさなければならない。

捜査会議が終了し、刑事部長と署長が退出する。全員起立で送り出す。

二人が出て行くと、田端課長が言った。

「さあ、早期解決を目指そう」

捜査員たちは、それぞれの持ち場に散っていった。

碓氷は、捜査本部に残って、壁に残されたマークの写真を見つめていた。

専門家といっても、どこを当たればいいのだろう。鷹原や嘉村は、ペトログリフなど、正統の考古学者が研究するべきものではないという意味のことを言った。

では、どんな人が研究しているのだろう。見当も付かなかった。ならば、知っていそうな人に話を聞くまでだ。

碓氷は、鷹原と嘉村が宿泊している、水道橋のホテルを訪ねることにした。自分たちは研究していなくても、彼らなら誰かを知っているかもしれない。


ビジネスホテルだが、居心地は悪くなさそうだと、碓氷は思った。ロビーはガラス張りで明るく、カフェからコーヒーやパンの香ばしい香りが漂ってくる。鷹原が、かなり頻繁に利用していることが、嘉村の発言からわかった。

現場で嘉村は、鷹原に「いつものホテルですね」と言ったのだ。

フロントで、二人がまだ滞在しているかどうか尋ねた。

「お二人は、カフェにいらっしゃいますよ。警察の方とお話しなさっておいでです」

考えてみれば、当然だ。鑑取り班の誰かが訪ねてきているのだ。碓氷はカフェに行ってみた。

店内は空《す》いていて、一番奥の席に四人の男たちの姿が見えた。鷹原と嘉村が、こちらを向いて並んで座っている。

背中を見せている二人が捜査員だ。片方の後ろ姿に見覚えがある。高木だ。

碓氷が彼らに近づいていくと、嘉村が気づいて碓氷を見つめた。高木がその視線に気づいて振り向いた。

「何の用だ？」

「お二人に教えてもらいたいことがあってね……。そっちの用が済むまで待つよ」

高木は、うなずいてから鷹原のほうに向き直った。

碓氷は、隣の席に腰を下ろした。ウエイトレスがやってきたので、コーヒーを注文する。

高木たちは、被害者と鷹原の結婚について質問しているようだ。二人が結婚したのは、昨年の六月のことだという。ジューンブライドだ。

「教授と教え子としてではなく、男女としてのお付き合いを始められたのはいつ頃ですか？」

高木が尋ねた。事務的な口調だった。鷹原は、しばらく口ごもっていた。

嘉村が少しばかり憤慨した様子で言った。

「そんなことが、事件と関係あるのですか？」

高木は落ち着いた様子でこたえた。

「あります」

「プライベートなことじゃないですか」

「そう。私たちは、個人的な関係についても明らかにしていかなければならないのです」

嘉村は、不愉快そうに押し黙った。

鷹原が発言した。

「結婚前の交際期間は、一年ほどでした。つまり、二人きりで食事をしたり、遊びに行ったりするようになったのが、結婚の一年前からということです」

高木が尋ねた。

「奥さんは教え子だったのですよね？」

「そうです」

「交際なさるずいぶん前から、お知り合いだったということになりますね」

「そうですね。本格的に指導するようになったのは、彼女が大学院に来てからになりますが、学部時代を含めると、知り合ってから十五年ほどでした」

「学部は四年間ですから、大学院で、指導を始められてから十一年ということですね？」

わかりきったことを質問する。高木が間抜けなわけではない。刑事として必要なことなのだ。碓氷は、それをよく心得ていた。

鷹原がうなずいた。

「そうですね。十一年……。そんなになるんですね……」

「五年前に離婚されていますね？」

「ええ、そうです」

「離婚に、早紀さんは何か関係があったのでしょうか？」

鷹原が何か言うよりも早く、嘉村が憤《いきどお》った様子で言った。

「警察にそんな質問をする権利があるんですか？　教授の離婚と殺人事件は、何の関係もないはずです」

嘉村は、なぜこんなに憤慨しているのだろう。

碓氷は、尋問の様子を眺めながら、そんなことを思っていた。

高木の質問は、たしかに不躾《ぶしつけ》だ。だが、被害者の周辺の人間関係を明らかにしていくために、必要な質問だ。嘉村にはそんなことも理解できないのだろうか。

それほど鷹原を尊敬しているということなのかもしれない。だが、単にそれだけだろうか。

警察の質問に相手が腹を立てるのには、いくつかのことが考えられる。まずは、単に警察の態度が失礼だと感じた場合。警察があまりに的外れな質問をした場合も、相手は、腹を立てる。そして、訊かれたくないことを質問されたときにも、しばしば人は腹を立てたような態度になる。

嘉村の場合はどれだろう。鑑取りは、自分の担当ではない。にもかかわらず、いつしか碓氷は、高木と鷹原たちのやりとりに引き込まれていた。

高木の事務的な言葉が聞こえてきた。

「質問する権利はありますよ。そして、被害者を巡る人間関係は、できる限り明らかにしておかなければならないのです。ご理解ください」

嘉村が不満そうな表情のまま言った。

「先生の離婚と植田君が関係あるだなんて……。そんなこと、あるはずないじゃないですか」

高木は、鷹原に言った。

「どうですか？　あなたのおこたえを聞きたいのですが……」

「直接は関係ありません。刑事さんがお訊きになりたいのは、離婚の原因が、私と早紀の不倫だったのではないか、ということだと思いますが、離婚の時点でそういうことはありませんでした」

「直接は関係ないとおっしゃいましたね？　では、間接的には何か関係があったということですか？」

刑事らしい質問だと、碓氷は思った。

鷹原は、言葉を探している様子だった。しばらくして、彼は言った。

「訂正します。離婚と早紀は、何の関係もありません」

訂正しても、もう遅い。碓氷は思った。最初のこたえに真実が含まれている。

鷹原が言ったとおり、離婚の時点で不倫などの事実はなかったのかもしれない。だが、早紀に対する感情はどうだったのだろう。

結婚するまで一年の交際期間があったと、鷹原は言った。それは、周囲も認めるような交際という意味だろう。離婚して再婚するまで約四年。再婚の一年前から交際……。

三年間、何もなかったとは思えない。互いに憎からず思っていたからこそ、二人は結婚したのだろう。

高木にもそのことはよくわかっているはずだ。だが、今は鷹原を追及するときではない。

高木がうなずいた。

「わかりました。では、別れたかつての奥さんのお名前と連絡先をお教え願えないでしょうか？」

鷹原が驚いた顔になった。嘉村がまた抗議をする構えを見せた。高木は、それを制するように言った。

「何度も言いますが、私たちはあらゆることを明らかにしていかなければなりません。それは、殺人犯を一日も早く捕まえたいからなのです。何も、鷹原さんを疑っているわけではないのです。ご協力いただけますね？」

嘉村が鷹原の顔を見た。気を使っているのがわかる。鷹原は、高木を見たままだった。

鷹原がこたえた。

「柿崎美津子《かきざきみつこ》です。三鷹の実家に戻って旧姓を名乗っています」

高木が、住所と電話番号を聞き出した。住所は、三鷹市下連雀《しもれんじゃく》二丁目だった。もう一人の捜査員が、記録用のノートを閉じると、高木が碓氷のほうを見た。

自分たちの用事は済んだから、質問していいという意味だ。席を外す気はないらしい。

碓氷は、鷹原に尋ねた。

「ペトログリフとか神代文字などは、正統な考古学者が研究するようなものではないと言われましたね?」

「日本におけるペトログリフは、資料として信頼性に欠けるので、ほとんど研究の対象にすることはありません」

ちょっと気になる言い方だと思った。

「日本における……?」

「海外では、出土品などで充分に資料的な価値を認めることができる場合が多い。たとえば、粘土板に刻まれたシュメールの楔形《くさびがた》文字とか、ロゼッタストーンなどですね。粘土板などは、研究資料として充分な分量が発掘されていますし、ロゼッタストーンも現物を大英博物館で確認できます。そういう場合は、充分に考古学の研究対象になりえますし、事実、世界各国にそれらを研究している考古学者はたくさんいます」

「日本ではどうしてだめなのですか？」

「ほとんどのものが、研究資料としての条件を満たしていないのです」

「研究資料としての条件？」

「そう。客観的にさまざまな事柄を確認できるというのが、研究材料としての条件です。まず研究するためには、現物を確認できなければなりません。日本でペトログリフといわれているものの中には、現物がすでにどこにあるかわからないものすらある。記録の取り方も不充分です」

「では、専門に研究している人はいないのですか？」

「趣味で研究しているようなアマチュア学者はいると思います」

「どなたか、心当たりはありませんか？」

嘉村が鷹原を見た。それに気づいて、鷹原が彼のほうを一瞥《いちべつ》した。

何だろう、今の二人の反応は。碓氷は思った。

「心当たりなどありませんね」

鷹原が言った。「インターネットで調べてみてはいかがです？　その類《たぐい》のホームページやブログがいくつも見つかりますよ」

「その類……？」

嘉村がこたえた。

「つまり、興味本位のでたらめな研究ということですよ。あり得ないような説を立て、事実をねじ曲げてそれに合わせていくような……。中には、オカルトじみたものさえあります」

「オカルトですか……」

そのとき、背後で鷹原を呼ぶ声が聞こえた。振り向くと、ジーパンをはいた男が立っていた。

4

男の年齢は三十歳くらいだろうか。もしかしたら、三十代半ばかもしれない。チェックのシャツに紺色のジャケットという服装で、若々しく見える。

嘉村が言った。

「ああ、浅井《あさい》君……」

浅井と呼ばれた男は、手に紙袋をぶら下げていた。

「言われた物を買ってきました」

嘉村がうなずいて紙袋を受け取った。

「ああ、ごくろうさん」

「じゃ、僕はこれで……」

「ちょっと待ってください」

高木が呼び止めて、嘉村に尋ねた。「この方は？」

「浅井健太《けんた》。うちの研究員です」

「では、浅井さんにもお話をうかがいたいのですが……」

「彼は何も知りませんよ」

「いちおう、関係者の方には話をうかがいたいので……。お二人は、もうけっこうですよ」

嘉村が眉をひそめた。

「同席してはいけないということですか?」

高木は淡々と言った。

「はい。できれば、浅井さんお一人にお話をうかがいたいのです」

嘉村が何か言おうとした。だが、何を言っていいのかわからない様子だ。鷹原が言った。

「私は部屋に戻ることにするよ。嘉村君、君も来なさい」

鷹原が席を立つと、嘉村は、あわててそのあとを追った。

残された浅井は、どうしていいかわからないといった顔で立ち尽くしていた。高木が彼に言った。

「まあ、座ってください」

浅井は、今まで鷹原が座っていた椅子に腰を下ろした。

高木が碓氷に言った。

「もう用は済んだんじゃないのか?」

「この人にも同じことを質問しようと思ってね。あんたらの話が終わるまで待つよ」

「好きにしてくれ」

高木は、浅井に質問を始めた。

「事件のことは、ご存じですね？」

「ええ、驚きました。まさか、植田君が殺されるなんて……」

「彼女のことを、よくご存じだったのですか？」

「もちろん。同じ研究室にいましたし、植田君とは同級なんです」

「学部で同級生だったということですか？」

「いえ、僕は、他の大学から順供大学の大学院に進んだんです。ですから、彼女とは大学院で初めて会いました」

「さきほど、嘉村さんが、あなたのことを研究員だとおっしゃいましたが、講師ではないのですか？」

「ええ、僕はただの研究員ですよ」

「たしか、早紀さんは講師でしたね？」

「そうです」

「同級のあなたが研究員で、早紀さんは講師ですか……」

これは、浅井にとっては不愉快な話題に違いない。高木はそれを意識して質問している。

浅井は、平然としていた。

「まあ、僕はいわば外様《とざま》ですから……。植田君は優秀でしたし……」

「研究室の方は、みんな早紀さんのことを、旧姓で呼んでいたのですか？」

「そうですね……。鷹原さんとは言いにくいですし……。だって、教授の名前でしょう？　奥さんというのも、どこか妙な感じがするので、結婚した後も、みんな植田君と呼んでいましたよ」

「彼女がトラブルに巻き込まれているというような話を聞いたことはありませんか？」

「トラブル……？」

「金銭的なトラブル、男女間のトラブル、出世争い……。どんなことでもいいんですが……」

浅井はしばらく考えている様子だった。

「さあ、僕の知る限り、そういうことはなかったと思いますね」

「早紀さんと、鷹原教授は、いつ頃からお付き合いをされていたのでしょうね？」

「わかりませんね」

浅井は苦笑した。「僕、そういうの、すごく疎いんです」

高木は浅井への質問を続けた。

「教授は、五年前に離婚されていますね？」

「ええ、そうです」

「早紀さんと教授は、その頃から親しかったのではないでしょうか?」

「親しかったでしょうね。植田君は研究熱心で、先生にかわいがられていましたから」

「男と女として親しかったわけではないという意味ですか?」

「大学は勉強をするところですよ。恋愛のことなど、僕は興味ありません」

「なるほど……」

高木はうなずいた。「最近の早紀さんの様子はどうでしたか? 何か変わったことに気づきませんでしたか?」

「特に変わったことがあったとは思いません」

十人に質問すれば、八人から九人は、こういう返答をする。刑事にとっては、想定内だ。残りの一人か二人が重要なのだ。

高木は、隣の捜査員に向かって何事か囁いた。何か質問はあるかと尋ねたのだろう。相手は、所轄の若い刑事だ。彼はかぶりを振った。

それから、高木は碓氷のほうを見た。質問していいという合図だ。

碓氷は、浅井に言った。

「現場の壁に残されていたある図形については、お聞きですか?」

「図形……? いえ、そういう話は初耳ですね」

碓氷は、写真を取りだした。

「これ、何だと思いますか？」

浅井は、壁に刻まれたマークの写真を手にとって、眉間にしわを寄せたまましばらく見つめていた。

「桃木文字とか吉見百穴文字と呼ばれているものだと思いますね。『か』と読むんだと思います」

「たいしたものですね」

「え……？」

「鷹原教授も同じようなことをおっしゃっていました。正統な考古学者は神代文字など本気で研究はしないものだと、鷹原さんも嘉村さんも口をそろえておっしゃっていましたが、やはり、いちおうの知識はお持ちなのですね」

「正統な考古学者は、神代文字など本気で研究しない……？」

浅井の表情が曇った。だが、それはほんの一瞬のことだった。彼は、さっと肩をすくめると、言った。「まあ、そうかもしれませんね」

「鷹原教授は、これを『か』か『む』と読むのではないかとおっしゃっていました。でもあなたは、『か』だと断言されましたね？」

「おそらく間違いないと思いますよ。『む』は、左右対称ではないのです。斜め上に伸びるヒゲの部分があるでしょう。『む』だとしたら、そのヒゲの出る位置がずれているはずです」

たしかに、中心の縦線の両脇に曲線を描いて伸びる線が、この図形では左右対称になっている。

「鷹原教授も指摘しなかった点を、あなたは指摘された。神代文字については、教授より詳しいということでしょうか？」

浅井は、また苦笑をうかべて首を横に振った。

「いえ、たまたまですよ。僕の知識が教授にかなうはずがありません」

「今、ペトログリフや神代文字の研究家を探しているのですが、心当たりはありませんか？」

浅井が戸惑ったような表情になった。

「あの……。尾崎《おざき》先生のことは、ご存じないのですか？」

「尾崎先生……？　それはどなたです？」

「かつて、研究室にいた先生です。当時は講師でしたが……」

「フルネームを教えてください」

「尾崎徹雄《てつお》。嘉村先生の一年下で、杉江先生と同じ学年だったということですから、年齢は四十一歳だと思います」

「どういう字を書きます？」

「尾崎紅葉の尾崎。徹底の徹に雄雌の雄です」

「今は、大学にはおられないのですね？」

「ええ。五年ほど前に大学を辞めました。尾崎先生は、十三人目の使徒だという人もいましたね」

「十三人目の使徒……」

「当時、鷹原教授の弟子は十三人いたのです。尾崎先生が抜けて、今は十二人です。それで、十二使徒になぞらえる人もいるのです」

　碓氷は浅井に確かめた。

「十二使徒って、キリストの……？」

「そうです」

「鷹原教授がキリストというわけですか」

「順供大学の考古学専攻では、教授は一人だけ。鷹原教授は、学内でも発言力があるし、マスコミ受けもいい。本もけっこう出してますしね……。研究室の結束も固いので、そういうふうに見られるんでしょう」

「それで、その尾崎徹雄さんですが、神代文字と何か関係があるのですか？」

「尾崎先生は、神代文字やペトログリフに詳しかったのです。純粋な考古学だけでなく、言語学や民俗学にも興味を持っておいででした」

「尾崎先生の連絡先はわかりますか？」

「わかりません」

浅井は即座にこたえた。「大学を捨てて出て行った者と付き合ってはいけないと言われていますから」

「付き合うな？　そういうことは嘉村先生が言うのですか？」

「いえ、そういうことは嘉村先生が言うのです」

嘉村という男がわかってきた。おそらく、研究室をまとめているのが嘉村なのだろう。

研究者というより、役人のような印象がある。

碓氷が考え込んでいると、浅井が言った。

「あのう、僕はそろそろ大学に戻りたいのですが……」

「今日は土曜日ですよね。休みじゃないんですか？」

「研究員に休みなんてないですよ。いつも論文に追いまくられています。研究室の雑用もありますし……」

碓氷はうなずいた。

「お引き留めしてすいませんでした」

「じゃあ、僕はこれで……」

立ち上がりかけた浅井に、高木が言った。

「尾崎さんが大学を辞められたのは、五年ほど前とおっしゃいましたね？」

浅井はまた腰を下ろした。

「ええ……」

「五年前といえば、鷹原教授が離婚された頃ですよね？」

「そうですね」

「教授の離婚と、尾崎さんが大学を辞められたことは、何か関係があるのですか？」

碓氷も、当然そのことを考えていた。高木の質問を受けた浅井の態度を観察する。動揺した様子はなかった。

「さあ、あったかもしれないし、なかったかもしれない……。僕にはわかりません。先ほども言いましたけど、大学内の恋愛沙汰には興味がありません。僕はよその大学から来たので、他の研究員たちの人間関係にはそれほど詳しくないですし……」

「わかりました」

高木が言った。「ご協力いただき、どうもありがとうございました」

浅井が去っても、高木はカフェで座ったままだった。正面の席が空席だ。だが、碓氷はその席に移る気になれなかった。そこは、捜査員から尋問を受ける者の席だ。

高木が碓氷に尋ねた。

「どう思う?」

「何が?」

「鷹原教授が離婚した年に、尾崎徹雄は大学を辞めた。その尾崎は、神代文字やペトログリフに詳しかった……」

「壁に残された図形と尾崎がつながると考えているのか?」

「だから、どう思うと訊いているんだ」

「浅井の話だけでは何とも言えないな」

「鷹原の離婚の時期と、尾崎が大学を辞めた時期が重なることが気になる」

「当然気になるだろうな」

「浅井は、関係があるかもしれないと言った」

「ないかもしれない、とも言ったんだ」

「嘉村の指示は、不自然だと思わないか?」

「大学を辞めた者とは付き合うなと言ったことか?」

「ああ。大学にいようがいまいが、同じ研究者だ。交流を持ったっていいじゃないか」

「大学というのは、いまだに徒弟制が生きていて、閉鎖的だと聞いたことがある」

所轄の若い刑事が、じっと二人の会話に耳を傾けている。碓氷は、彼の視線を少しだけ意識していた。

高木が言った。

「浅井の話を確認するためにも、俺はもう一度嘉村に話を聞いてみることにする。浅井がすべて本当のことを言ったとは限らないしな……」

碓氷は驚いて高木の顔を見た。

「どうしてそう思うんだ？」

「彼は、恋愛に興味がないというタイプじゃないよ」

なるほどそうかもしれない。浅井が、服装や髪型に気をつけていることは間違いない。高木の人を見る眼は確かだ。それは一種の才能だ。

刑事だから、というよりも、もともとそういう能力に長《た》けているから刑事になったのではないだろうか。

「実は、俺も気づいたことがある」

碓氷が言うと、高木が横目で見た。

「何だ？」

「俺が、神代文字やペトログリフの研究者に心当たりがないかと尋ねたときのことだ。鷹原と嘉村は一瞬、眼を見合った」

「そうだっけな……？」

高木が気づかないわけがない。碓氷は思った。彼は、とぼけて碓氷に話させようとしているのだ。

「そして、心当たりはないと言った。だが、あのとき、二人が尾崎のことを思い浮かべたのは明らかだ」

「だけど、彼らは尾崎のことは話してくれなかった……」

雄氷はうなずいた。

「俺は、尾崎徹雄の所在を確認する。会って話がしてみたい」

高木が真っ先に立ち上がった。レジに向かう彼を、所轄の若い刑事が追う。二人がカフェを出て行くのを見てから、碓氷はようやく腰を上げた。

5

浅井が、尾崎の連絡先を知らないというのは、おそらく嘘だ。その点、高木は正しいだろう。嘘の理由はいくつも考えられる。嘉村に接触するなと言われていたので、所在を知らないことにした、というのが最大の理由ではないだろうか。

鷹原と嘉村は、尾崎徹雄のことを隠していた。

そして、尾崎は、神代文字やペトログリフの研究もしていたらしい。壁に残された神代文字らしきものは、尾崎と深い関係があるのかもしれない。

どんな関係があるかはまだわからない。それを、本人に会って確かめたかった。

さて、探し出すにはどうしたらいいものか……。

捜査の基本は、足を使って直接人に会うことだ。だが、便利なものは利用しない手はない。浅井の口ぶりだと、尾崎は今も研究活動を続けているようだ。だとしたら、何か著書があるかもしれないし、ホームページを持っているかもしれない。

いずれにしろ、ネットで検索してみれば何かヒットするはずだ。碓氷は、捜査本部に戻ってパソコンに向かった。尾崎徹雄の名前で検索してみる。

何件か出てきた。まず、『幻想と物証の間に』や『山のことば、海のことば』という書物の名前が出て来た。尾崎の著書だろう。

中には、名の通った出版社から出された本もある。碓氷は、著作物の出版社名をメモしていった。

『幻想と物証の間に』は、新書版で、学術系の小さな出版社から出ていた。碓氷は、まずそこに電話してみた。

担当者だといって電話に出たのは、明らかに中年過ぎの男の声だった。

「警察ですか……？」

「ええ、警視庁の碓氷と言います」

「『幻想と物証の間に』についてだとか……」

相手の声は不安そうだ。書物の中に、法律に触れるような内容があったのかと、訝《いぶか》っているのかもしれない。突然、警察官から電話を受けて、出版社の人間が真っ先に考えるのは、そういう類のことだろう。

だが、実際にそのようなことがあれば、警察官は電話をかけたりはしない。直接訪ねて行くのだ。

「その本を書かれた尾崎徹雄さんについてうかがいたいのです」

「尾崎先生が何か……」

担当者の問いに、碓氷はこたえた。

「本人と連絡を取りたいので、連絡先がわかれば教えていただきたいと思いまして……」

「住所と電話番号ならわかりますが……」

「お願いします」

住所は、文京区小石川二丁目。電話番号は固定電話のものだった。

「ご協力、感謝します」

「あの……、尾崎先生は、自宅にいらっしゃらないかもしれませんよ」

「自宅にいない……？」

「ええ、最近は、海外に行かれていることが多いようですから……」

「そうですか。どうもありがとうございます」

確認のため、有名な大手出版社のほうにもかけてみた。学芸部という部署に電話を回された。

電話口の女性は戸惑ったように言った。

「『山のことば、海のことば』ですか……。著者の名前は、尾崎徹雄ですね。少々お待ちください」

電話が保留になって、かなり長いこと待たされた。目録か何かを調べているのかもしれない。あるいは、誰かに訊いているのか……。

ようやく電話がつながり、男の声が聞こえてきた。やはり、年配の声だ。

「『山のことば、海のことば』のことだとか……。何をお知りになりたいのでしょう?」

「著者の尾崎徹雄さんについてです。連絡先を教えてもらえないでしょうか?」

「個人情報を簡単にお教えできないのは、警察の方なら、よくご存じでしょう」

「捜査に関わることなのです。できればご協力願いたいのですが……」

「本当に警察の方かどうか、電話では確認できないじゃないですか」

「警視庁に電話して確認していただいてもけっこうです」

相手はしばらく考えている様子だった。やがて、彼は言った。

「捜査に関わることとおっしゃいましたね? 何の捜査です?」

何の捜査か?

刑事は、こういう質問にこたえる必要はない。だが、この場合はちゃんとこたえたほうがいいような気がした。事件のことはもう報道されている。ちょっと考えれば、尾崎との関わりはすぐにわかる。碓氷は学芸部の男に告げた。

「殺人事件です。昨夜……、正確に言うと今日の未明ですが、文京区のマンションで起きた事案です」

「ああ、なるほど……。順供大学の教授の奥さんが殺された事件ですね。尾崎さんは、かつて順供大学にいらしたから……」

「関係者の方にお話をうかがっているのです。尾崎さんにもお会いしたいと思いましてね」

「住所と電話番号はわかります」

「教えていただけますか？」

また、しばらく間があった。

「いいでしょう」

ようやく彼は、住所と電話番号を言った。先ほど聞いたものと同じだった。碓氷は、礼を言って電話を切った。

小石川二丁目なら、駒込署からそう遠くない。出かけてみるか……。

腹が減っているのに気づいた。時計を見ると、昼の十二時二十分だった。そういえば、今日は朝食も食べていない。

途中で、昼飯でも食おう。そう思い、再び捜査本部を出た。

若い頃は、寝不足でも食欲がなくなるなどということはなかった。むしろ、食っておかなければもたないという気持ちがあり、かなりカロリーの高い食事をがつがつかきこんだものだ。

年のせいだろうか。何か食べようと思ったが、食べたいものが思いつかない。そば屋を見つけて、てんぷらそばを頼んだ。

尾崎が住んでいるのは、三階建てのかなり古いマンションで、建物の規模や、ドアの位置から考えて、間取りは大きくない。おそらく、独身用のマンションだ。

オートロックでもない。階段の脇に郵便受けが並んでおり、部屋番号と名前が書いてある。防犯上あまり望ましい造りではないが、一昔前まではこういうマンションやアパートは珍しくなかった。

尾崎の部屋は、二〇三号室だった。ドアの脇にインターホンがある。ボタンを押すと、部屋の中でチャイムが鳴るのが聞こえてきた。

返事はない。もう一度ボタンを押してみる。やはり、同じだった。

出版社の担当者が、尾崎は海外に出かけていることが多いと言っていた。

両隣のインターホンを試してみたが、どちらも不在のようだ。独身者は、留守がちだ。きっと若い住人が多いのだろう。土曜日の午後は遊びに出ているのかもしれない。

あるいは、まだ寝ていて、居留守を使っているのかもしれない。

二〇一号室も試してみた。期待はしていなかったが、返事があった。若い女性の声だ。

「はあい……」

「警視庁の者です。ちょっと、お話をうかがえますか？」

「警視庁って……。警察？」

「はい」

「何かあったんですか？」

「いえ、ちょっと、二〇三号室の、尾崎さんのことについてお聞きしたくて……」

「尾崎さん……？　ちょっと待ってくださいね」

しばらくして、ドアに足音が近づいてきた。チェーンをしたまま細くドアが開く。化粧っけのない二十代半ばの女性が顔を出した。一人暮らしの女性が警戒心を持つのは当然だし、悪いことではない。

疑い深そうな眼を向けてくる。

碓氷は手帳を開いてバッジと身分証を提示した。それでも相手は、チェーンを外そうとしなかった。

「二〇三号室の尾崎さんは、ご存じですか？」

「いえ、知りません」

「顔も見たことがないんですか？」

「……っていうか、顔と名前が一致しないんですよね」

こういうマンションでは、よくあることだ。

「五年前まで、順供大学で考古学を研究していた人なんですが……」

「考古学……。ああ、あの人のことかしら……。一年中日焼けしている人がいるので、何している人かなって思ったことがあるんです」

「最近、姿を見かけましたか？」

「さあ、私も日中は会社にいるし、夜も留守にしていることが多いので……」

「ここの管理人はどこにいますか？」

「管理人というか、大家さんが、一階に住んでますよ」

「何という方です？」

「馬場《ばば》さんといいます」

碓氷は女性に礼を言ってドアを離れた。一階まで下りると、たしかに他の階と間取りが違っているようだった。やってきたときは気づかなかった。

刑事として、観察力が不足している。そんなことを、心の中でつぶやいていた。

インターホンのチャイムを鳴らすと、すぐに返事があった。男性の声だ。碓氷は、警視庁の者だと名乗った。しばらくしてドアが開いた。

白髪の背の低い男が顔を出した。不安そうに碓氷を見つめている。警察官が突然訪ねていくと、たいていこういう反応をされる。

先ほど同様にバッジと身分証を提示してから言った。

「碓氷と言います。二〇三号室の尾崎さんについて、少々うかがいたいのですが……」

「尾崎さんがどうかしましたか？」

「たしかに、こちらにお住まいなのですね？」

「ええ……」

「どのくらい住んでいらっしゃいますか？」

「さあ……。正確なことは、契約書を見なければわかりませんが、もう十年くらいになりますか……」

順供大学に居る頃から住んでいるということだ。

「今は、どこかにお出かけですか？」

「そのようですね。郵便受けがすぐに一杯になるので、うちで預かっていますから……」

「海外に行かれることが多いと聞きましたが……？」

「そうかもしれませんね。でもね、住人がどんな生活をしているか、私はよく知らないんですよ。入居のときに、いちおう職業は訊きますがね、私は部屋を貸すだけで、入居者の私生活にまで立ち入ったりはしませんから……」

「でも、郵便物が溜まると、預かってあげたりするわけですよね？」

「そりゃあ、大家だから……。住人から苦情が出たら、対処もしますし……」

「今回、尾崎さんは、いつからお留守にされていますか？」

「四日前でした」

「確かですか？」

「ええ、間違いありませんよ」

「まだ、お帰りではないのですね？」

「まだですね。いつも、郵便物を取りに来られるときに、お土産も持ってきてくれますから……。今回は、まだいらしてません」

「どちらにおでかけか、わかりませんか？」

「ですからね、私は、入居者がどこで何をやっているかなんて知らないんですよ」

「世間話で、今度どこそこに行く、というような話をしたりはしませんでしたか？」

「そういう話はしませんでしたね」

大家の馬場は、眉をひそめた。「やっぱり、あれですか……。順供大学の教授の奥さんが殺された事件ですか？」

「そうです。尾崎さんは、その教授のお弟子さんだったということなんで……」

「容疑者なんですか？」

「違います」

碓氷はきっぱりと言った。「関係者からお話をうかがっているだけです」

「でも、尾崎さんは、今は大学を辞められていますよ」

「知っています。五年ほど前のことですよね？」

「あのときは、毎日のように誰かが訪ねてきていましたね」

「誰かが……？」

「おそらく、大学のお仲間でしょう。辞めるなと説得しに来ていたんだと思いますよ」

「ほう……。そのとき訪ねてきた人たちですが、顔を見ればわかりますか？」

「わかりませんね。はっきり顔を見たわけじゃないんです。戸口で押し問答しているのを聞いたとか、部屋の中で言い合いをしているのがうるさいと、となりの部屋から苦情が来たとか……。そういうことなんです」

「そうですか……。他に何か覚えていることはありませんか？」

「覚えていることねえ……」

馬場はしばらく考えてから言った。「大学を辞めてから、女の人が訪ねてこなくなりましたね……」

「女の人……？」

「ええ、大家ってのはね、そういうのには敏感なんですよ。ちゃっかり同棲なんて始める若い人もいますからね。ここは、一人住まいの契約なのに……」

「その女性が訪ねてこなくなったのは、尾崎さんが大学を辞めてからなんですね？」

「間違いないね」

「その女性の顔を覚えていますか？」

「どうかな……」

新聞に被害者の写真は載っていただろうか。確認していなかった。事件が起きたのは、朝刊の最終版締め切りぎりぎりだった。まだ、どこの新聞社も鷹原早紀の写真は入手していなかっただろう。

碓氷は、捜査本部で配られた彼女の写真を取り出して言った。

「これを見ていただけますか?」

馬場は、写真を手に取り、目から離して見た。老眼独特の仕草《しぐさ》だ。

碓氷は尋ねた。

「尾崎さんの部屋を訪ねてきていた女性というのは、この人じゃないですか?」

眼を細くして、しばらく見つめていた。やがて、馬場は言った。

「どうだろう。わからないね……」

「何か覚えている特徴とかはないですか?」

「尾崎さんのところに来ていた女性は、髪が長かったですね。すらりとしたなかなかの美形だった……。この写真の人、髪が短いですよね」

「髪が長かった……」

別人だろうか。

大学を辞めてから、急に訪ねてこなくなったということから、ひょっとしてと思ったのだが、その女性が早紀とは限らない。

碓氷は、写真を回収して内ポケットにしまった。

「尾崎さんが戻られたら、連絡をいただけるように、伝えていただけますか？」

碓氷は、名刺を取り出して言った。

「わかりました」

馬場が名刺を受け取る。碓氷は、マンションを出た。

当初は、尾崎が神代文字やペトログリフに詳しいと聞いたので、会ってみようと思っただけだった。だが、大家の馬場の話を聞くと、どうもいろいろとひっかかるものがある。鑑取りの班に知らせる必要がある。碓氷は、捜査本部に戻ることにした。

6

捜査員は午後八時上がりと決められていた。碓氷は、高木の帰りを待った。席でパソコンをいじっていると、鈴木係長に声をかけられた。

「ペトログリフのほうは、どうだ？」

「あの図形がペトログリフかどうか、まだわかりませんよ」

「刑事部長も言っていたじゃないか。事件が起きたのは、考古学者の部屋だ。そこに書き残されていたのだから、当然、考古学に関係のあるものだろう」

「しかし、鷹原教授は、ペトログリフなどに興味はなさそうでした」

「だが、あの図形が現場に残されたのには、何か理由があるはずだ」

たしかにそうだ。そして、その理由には、おそらく尾崎が関わっている。

「そうですね。なんとか専門家を見つけますよ」

「頼むぞ。課長も期待しているんだ」

いざというとき、鈴木係長は頼りになる。追い込まれると腹をくるのだ。だが、それまでに時間がかかる。

今は、ただ部長や課長に言われたことをそつなくこなせばいいと考えている段階だ。そういう状態の係長の話は、適当に流しておけばいい。

「わかりました」

碓氷はこたえた。「いろいろと当たってみますよ」

午後五時を過ぎた頃、高木と所轄の若い刑事が戻ってきた。彼らは、碓氷のすぐそばの席に腰を下ろした。

高木が碓氷に言った。

「嘉村に尾崎のことを聞いてみたよ。あからさまに嫌そうな顔をした」

「嫌そうな顔……？」

「そう。言ってみれば……、そうだな、裏切り者の話をするときのような……」

「尾崎と会うなと、浅井に指示したのは、本当のことなのか？」

碓氷が問うと、高木はこたえた。

「認めたよ。浅井だけじゃなくて、他の研究員にも同じようなことを言ったそうだ」

「なぜだろうな……」

「悪い影響を受けないように、と嘉村は言っていた」

「悪い影響？」

「よくは、わからないが、尾崎の研究は邪道なんだそうだ」

「研究に邪道なんてことがあるのか？」

「つまり、教授の研究方針や指導に、素直に従わなかったということじゃないのか？」

碓氷は考え込んだ。大学というのは、閉鎖的な社会だと聞いてはいたが、担当教授の方針に従わない者を、邪道呼ばわりするとは……。

碓氷は言った。

「鷹原教授の弟子は、被害者を入れて十二人だと、浅井が言っていたな。つまり、嘉村は、本人以外の十一人全員に、尾崎とは会うなと言ったのか？」

「そう。被害者の鷹原早紀……、いや、当時はまだ植田早紀か……。彼女にも、同様のことを言ったそうだ」

「それに関係するかどうかわからないが、ちょっと気になることがある」

「何だ？」

碓氷は、大家の馬場から聞いた話を伝えた。高木は、小さく肩をすくめた。

「まあ、彼女くらいいても不思議はないさ。それを、どうして被害者だと思ったんだ？」

「可能性はあるだろう？」

「単なる思いつきだろう」

「まあ、そうとも言う」

「だが……」

高木は、ふと真顔になった。「女は髪型で、かなり感じが変わるからな……」

碓氷は、高木の顔を見つめた。

「俺たちが持っている被害者の写真は、結婚後のものだ。五年前とは見かけが変わっているかもしれない」

「そうだな……」

高木は、考えながら言った。「親しい者なら、髪型が変わろうが、彼女だと認識できるだろうが、それほど面識がない人は、どうかな……」

そのとき、高木と組んでいる所轄の若い刑事が言った。

「自分が、五年前の植田早紀の写真を入手してきましょうか？」

碓氷は彼のほうを見た。彼の声を初めて聞いたような気がした。

高木が言った。

「強行犯係の石丸勇也《いしまるゆうや》だ。碓氷は知ってるな？」

「存じております」

碓氷は石丸に言った。

「五年前、もし彼女が長い髪をしていて、その頃の写真が入手できたら、それを持って、またマンションの大家を当たることができる」

高木は相変わらず思案顔だった。

「もし、尾崎の部屋を訪ねてきていたのが、植田早紀だったら、どういうことになるんだろうな……」

「鷹原教授が離婚したのが、五年前。そして、尾崎が大学を去ったのも五年前……。それを機に、植田早紀が尾崎のマンションにやってこなくなった……」

「まずいな……」

高木が顔をしかめた。「予断は禁物だ。まだ、その女性が植田早紀だったと確認されたわけじゃないんだ。すべては、確認されてからだ」

「おまえらしい、慎重な台詞だ」

「結論を急ぎすぎると、ろくなことがない」

「まあ、そうだな」

石丸が立ち上がった。

「上がりの時間までは、まだ間があります。写真の件、当たってきます」

高木が「任せる」と言った。

石丸が駆け足で出て行くと、碓氷は高木に言った。

「一人で行かせていいのか?」

「あいつは、やる気まんまんなんだよ。俺たちにいいところを見せたいんだ。仕事を任せるのも、教育のうちだよ」

そうかもしれない。碓氷は、人に何かを教えるとか、後輩を育てるというのが苦手だ。係長は、それを知っているから、この捜査本部でも碓氷を予備班に入れて、単独行動を取らせているのかもしれない。地取りや鑑取りなどの捜査班は、二人一組で行動する。後輩を教育するというのも、刑事の仕事の一つだ。それはわかっているのだが……。

そこに梨田がやってきて碓氷に尋ねた。

「ペトログリフの件、何かわかりましたか？」

興味津々の表情だ。

「調べは、まだこれからだよ」

「そうですか……」

梨田は、あの壁の図形について、何か期待しているのかもしれない。あるいは、碓氷の捜査に期待しているのか……。

尾崎のこととか、ちゃんと説明してやるべきだったかな。ふと、そんなことを思った。

だが、それがどうにも億劫だった。

必要があれば、鑑取り班の高木が、捜査会議で発表するだろう。それでいいじゃないか。

そう考えてから、碓氷は、自分を説得しているのかもしれないと思った。

午後八時から夜の捜査会議が始まった。石丸はまだ戻ってこない。

司法解剖の結果が報告される。

外部所見で、まず、扼痕が認められた。前頸部《ぜんけいぶ》に加害者の爪痕が残っており、強圧部に指頭大の皮下出血があったのだ。

また、側頸部に被害者本人のものと見られるひっかき傷があった。いわゆる吉川線《よしかわせん》と呼ばれるものだ。これは、扼殺だけでなく、ロープなどを使った絞殺の場合も見られる。頸部に加えられる圧迫を引きはがそうとして自分でつける傷だ。

内部所見では、扼痕直下に、皮下、皮内、筋肉の内出血が見られた。また、甲状軟骨が骨折していた。

扼殺であることがはっきりしたのだ。

被害者の爪の間には皮膚などの組織は残っていなかった。もし、犯人が素手で首を絞めたとしたら、防御創を付ける際に相手の手もひっかくことになるので、血液や皮膚の細胞などが残ることが多い。

犯人は、手袋をしていたのかもしれないと、碓氷は思った。

死亡推定時刻は、午後十時から十二時の間ということだった。通報まで、約三時間半から一時間半の時間があったことになる。

鑑識の報告では、三十一種類の指紋が検出されたが、いずれも警察の記録にないものだということだ。人間一人に十種類の指紋がある。三十種類というと、少なくとも三人分ということになるが、被害者の早紀と夫の鷹原だけで、最大二十種類の指紋が除外されることになる。

残る十種類の中に、犯人のものがあるかもしれないが、それは望み薄だ。犯人が手袋をつけていたとしたら、当然室内に指紋は残らない。

壁にマークを刻んだペーパーナイフからも、指紋は出なかったということだ。手袋をつけてペーパーナイフを握ったために、指紋が拭き取られてしまったのだろう。

鑑識の報告が終わり、地取り班の報告が始まったところに、石丸が戻ってきた。なるべく物音を立てないように、高木の隣に座る。

ひな壇から、田端課長が石丸を睨んだが、何も言わなかった。地取り班の報告を中断させたくなかったのだろう。

死亡推定時刻、つまり犯行の時間と思われる午後十時から十二時の間に、鷹原の部屋に出入りする人物を目撃した者はいなかった。

田端捜査一課長が尋ねた。

「防犯カメラはどうだ？」

地取り班の捜査員がこたえた。

「オートロックの玄関とエレベーターホールの二カ所にカメラがあり、現在、事件当日の映像を入手して、捜査員がチェックをしております。今のところ、有力な情報はありません」

その報告の間に、石丸が、写真を取り出した。

「友人の一人が、この写真を持っていました。ケータイで撮影したものですが、データを送信してもらって、写真屋でプリントしてもらいました」

今は、紙焼きの写真を保存する時代ではなくなっているのかもしれない。特に若い世代はそうなのだろう。

高木が無言で写真を碓氷に手渡した。三人の女性が写っている。右端にいるのが被害者の鷹原早紀だろう。この写真の頃は、まだ植田早紀だった。面影が残っている。

碓氷は思わずつぶやいた。

「おい、これは……」

当時、早紀は、髪が長かった。癖のない髪を、自然のまま背中に垂らしている。高木が碓氷を見てうなずいた。

「おい、そこ」

田端課長が、ひな壇から指を差した。いつの間にか、地取り班の報告が終わっていた。

石丸は、とたんに緊張して気をつけをした。叱られたと思ったのだろう。

田端課長の言葉が続いた。

「ウスやん、何か発言することがあるのか？」

「私ではなく、鑑取り班の高木から報告があるようです」

「じゃあ、高木の話を聞こうか」

田端課長にうながされて、高木が立ち上がった。

「現時点では、まだはっきりと申し上げるべきことはないのですが……」

そう前置きして、水道橋のホテルのカフェで、鷹原や浅井から聞いた話を、要約して説明した。

「尾崎徹雄……」

田端課長は、わずかに身を乗り出した。「その人物の所在は？」

高木が言った。

「それは、碓氷が……」

田端課長が碓氷を見た。碓氷は立ち上がった。

「住所は、小石川二丁目。独身者用のマンションに住んでおります。訪ねましたが、留守でした。大家の話だと、四日前から留守にしているらしいですね」

「行き先は？」

「まだ確認できていません。本を出した出版社や大家の話だと、海外という可能性もありそうです」

「尾崎徹雄は、五年前に大学を辞めているんだな？」

田端課長は確認するように言った。「そして、五年前に、鷹原教授が離婚している……」

碓氷はうなずいて言った。

「尾崎徹雄は、十年ほど今のマンションに住んでいるらしいのですが、五年前まで、部屋に女性が訪ねて来ることがあったそうです。大家がそう言っています」

「その大家に、被害者の写真は見せたのか？」

「もちろんです。でも、確認はできませんでした。大家によると、その女性は髪が長かったそうです」

「別人なのか？」

「そこで、石丸が、五年前の被害者の写真を入手してきました」

高木が写真を掲げた。

田端課長が手を差し出す。高木は、写真を石丸に渡した。石丸は立ち上がって、課長に写真を届けた。

課長は、写真を見るなり言った。

「おい、この髪の長いのが、被害者だな」

碓氷はうなずいた。

「そうです」

課長は、管理官の一人に命じた。

「この写真をすぐにトリミングしろ。拡大してコピーを作れ」

管理官が写真を受け取り、すぐに下の者に作業を命じた。

田端課長は、さらに碓氷に言った。

「その写真のコピーができたら、すぐに尾崎徹雄のマンションの大家に確認を取ってくれ」

「わかりました」

「優先度上位で、尾崎徹雄の行方を追うんだ。四日前からの出国者の記録も調べろ」

碓氷は、すでに自分の出番は終わったと思い、着席した。

田端課長が碓氷に言った。

「それで、尾崎徹雄は、ペトログリフについて詳しかったと、浅井という研究員が言っているんだったな?」

碓氷は、再び立ち上がらなければならなかった。

「はい」

「それと、あの壁のマークは、何か関係があるのか?」

「それはまだわかりません」

「鷹原教授と、嘉村准教授は、尾崎のことを知っていて隠していたのだろう?」

「そのようです」

「ならば、あの壁のマークは、尾崎と何らかの関係があり、それを鷹原教授と嘉村准教授が知っているということにならないか？」

ここはより慎重になるべきだと思った。

「どうでしょう……」

「もしかしたら、尾崎が刻んだものなのかもしれない」

その可能性もなくはない。四日前から姿を消しているが、海外に出たという確証は何もない。国内に潜伏しているかもしれないのだ。

碓氷は田端課長に言った。

「それも一つの可能性ですね。その場合、尾崎が容疑者ということも考えられます」

「五年前に三つのことが起きている。鷹原教授の離婚、尾崎徹雄の辞職、そして、尾崎の部屋を訪ねてきていた女性が、姿を見せなくなった。その女性は、被害者かもしれない……」

「はい」

「尾崎はペトログリフについて詳しかった。だが、鷹原教授や嘉村准教授は、ペトログリフなど正統な考古学者が研究するものではないと言っていたわけだろう？」

「そうですね」

「犯行現場には、ペトログリフとおぼしきマークが刻まれていた……。こうなると、尾崎の容疑が濃いように思えてくるがな……」

田端課長は、ひかえめな言い方をしている。すでに、尾崎を容疑者と考えているようだ。

「さらに、調べを進めてみないと、何とも言えません」

碓氷は言った。「まだ、尾崎が大学を去った理由も明らかになっていないのです」

田端課長は、高木を見た。

「その辺は、鑑取り班がしっかりやってくれ」

「了解しました」

高木は座ったまま返事をした。

「鷹原教授の別れた奥さんのほうはどうだ？」

鑑取り班の別の捜査員が立ち上がった。

「柿崎美津子に直接話を聞くことができました。離婚の原因について質問したところ、性格の不一致で、協議して離婚したのだということたえでした」

田端課長がその捜査員を睨みつけるようにして言った。

「まさか、それで、はいそうですか、と帰ってきたわけじゃないだろうな？」

「もちろん、鷹原早紀……、当時の植田早紀のことを追及しましたよ。でも、彼女が言うには、離婚と植田早紀は、まったく関係はないということです。あくまでも、鷹原と自分の、二人の問題だったと……。子供ができなかったことも、理由のひとつだと、柿崎美津子は言っていましたね」

田端課長は捜査員に問い返した。

「子供がいないことなど、今時《いまどき》離婚の原因にはならんだろう」

「でも、本人がそう言うのですから、否定するわけにはいきません」

「そりゃまあ、そうだが……。植田早紀という名前を聞いたときの、反応はどうだった？」

「特に動揺したようには見えませんでしたね」

「鷹原教授を怨んでいる様子は？」

「なかったですね。別れてさっぱりしたというようなことを言っていました」

「それは、夫の不倫に悩んでいたからではないのか？」

「あくまでも本人の弁ですがね、そういうことではなかったようです。本当に、話し合いの末に、お互いのために離婚したのだと……」

田端課長は考え込んだ。

「鷹原教授と柿崎美津子、二人そろって、離婚に植田早紀が関与したことを否定したということになる」

「いや、鷹原は、はっきりと否定したわけではないと思います」

高木が言った。指名されないのに、勝手に発言するなど、高木以外の捜査員にはなかなかできないことだ。「彼は、直接は関係ないと言ったのです。間接的には関係あるということかもしれません」

田端課長がうなずいて言った。

「柿崎美津子の周辺から、そのあたりのことを洗ってみてくれ。以上だ」

捜査会議が終了した。

7

髪を長くしていた頃の早紀の顔写真の手配ができると、碓氷は、その夜のうちに尾崎の住むマンションを訪ねた。大家の馬場は、驚いた様子で言った。

「まだ、何か……？」

「この写真を見ていただきたくて……」

大家は手に取ると、玄関の明かりの下で見た。彼は、すぐに言った。

「ああ、そうです。この人ですね、尾崎さんの部屋を訪ねてきていた女性は」

「間違いありませんね？」

「ええ、わりと印象的な女性でしたからね」

「印象的？」

碓氷の疑問に大家がこたえた。

「つまり、かなりの美人だったということです。スタイルもよかったなあ。眼を引くタイプでしたよ」

被害者をそういう眼で見たことはなかった。嘉村や浅井も特にそんなことは言っていなかった。身近にいて容姿のことなど意識しなかったということだろうか。あるいは、鷹原に気を使ったのかもしれない。教授の夫人の容姿については、コメントしづらいだろう。

馬場に礼を言って、マンションを離れると、捜査本部に、確認が取れたことを電話で知らせた。

帰り道、碓氷は考えていた。

尾崎の部屋を訪ねてきていた女性は、被害者の早紀であることが明らかになった。やはり、田端課長の読みが当たっているということなのだろうか。

すべては、五年前につながっていく。その年に何があったのか、早急に明らかにする必要がある。

尾崎と早紀はどういう関係だったのか。また、鷹原と尾崎の間に何があったのか。そして、あの壁に残されたマークは、何を意味しているのか。

それを自分の手で明らかにしていきたい。刑事なら誰でもそう思う。

だが、鑑取りは、高木たちに任せて、命じられた仕事をやらねばならない。碓氷は、捜査本部に戻ると、夜のうちにペトログリフや神代文字に詳しいと思われる研究者などをインターネットなどで調べて、リストアップしていた。

一夜明けて、朝の捜査会議が終わると、碓氷は、リストにある人物に片っ端から電話をかけていた。

もし、田端課長が言ったように、尾崎が壁に描き残したのなら、今さらペトログリフや神代文字に詳しい学者などに話を聞く必要などない。

尾崎の意図が、ある程度読めるからだ。鷹原教授に自分の犯行であることを知らせたかったのだ。

だが、言われた仕事をおろそかにするわけにはいかない。捜査は団体行動だ。勝手な判断で、任務を放り出してはいけないのだ。

「ペトログリフなど正統な考古学者が研究するものではない」という鷹原や嘉村の言い方は、尾崎との対立を示唆している。

五年前、その対立がもとで、尾崎が大学を追われたということは、充分に考えられる。それを怨みに思っての犯行だろうか。

いや、まだ、尾崎の犯行と決めつけるのは早計だ。まずは、尾崎の所在を確認することだ。身柄を確保して話を聞かなければ何とも言えない。

電話の結果、三人の研究家が会ってくれると言った。

そのうちの一人に会いに出かけようとしている矢先、ある管理官の大声が聞こえた。

「何？　それは間違いないんだな？」

碓氷は思わず、その声のほうを見た。その場に残っていた捜査員たちも、何事かとそちらを見ている。

その管理官は連絡係から報告を受けたところだった。彼は、田端課長のもとに駆け寄り、早口で何かを告げた。

田端課長が言った。

「おい、ウスやん、埼玉に行ってくれ」

「埼玉……？」

「坂戸《さかど》市だ」

「それ、どこです？」

「関越自動車道の鶴ヶ島インターチェンジのそばだ。捜査車両を使っていい」

「何事です？」

「坂戸市内で、遺跡の発掘をやっているらしい。その発掘現場で、順供大学の講師の遺体が発見された。他殺らしい。埼玉県警から連絡があった」

「順供大学の講師？　考古学専攻ですか？」

「そうだ。鷹原教授の弟子の一人らしい」

どうして、俺が行くんだ。

疑問に思ったが、課長に言われれば「はい」というしかない。その思いが顔に出たのかもしれない。田端課長が言った。

「現場に、妙なマークが残されていたんだそうだ。だから、おまえさんに行ってもらいたい」

「妙なマーク？」

「ペトログリフかもしれない」

「わかりました」

碓氷は、今日会う予定だった研究者に、キャンセルの電話を入れて、出かけようとした。管理官に言われた。

「誰か連れて行けよ」

捜査は二人一組が原則だ。碓氷は、捜査本部内を見回した。たまたまその場にいた梨田と眼が合った。

「洋梨、行けるか？」

「はい」

碓氷は、運転を梨田に任せることにした。捜査車両で現場に駆けつけるなど、まるでテレビの捜査一課だな。不謹慎ながら、そんなことを思っていた。

「また、神代文字ですかね？」

運転している梨田が、話しかけて来た。

「そんなこと、行ってみなけりゃわからんよ」

「被害者は順供大学の講師なんでしょう？　その現場に残されていたマークならば……」

「おまえ、刑事になってから、予断は禁物だって、何度言われた？」

「数え切れないくらい」

「それくらいに重要なことなんだよ。刑事は、現場を見てから考える。それまでは、先入観を抱いちゃいけない」

「そうですね……。でも、尾崎の容疑が濃いって、課長も言ってました。尾崎はペトログリフに詳しかったんでしょう？」

「彼がどんなことを専門に研究していたか、俺はまだ知らない」

「浅井という研究員が、そう言っていたって……」

「聴取したことを鵜呑《うの》みにしちゃいけない」

「わかってますよ。裏を取らなきゃならないんでしょう？」

「そうだ。そいつをおまえに頼めるか？」

「自分がですか？」

　今思いついたことだった。

「尾崎は、何冊か本を出している。そいつを手に入れて読んでみてくれ」

「自分に学術書を読めっていうんですか？　そいつは無茶な話ですよ」

「おまえだって、大学出てるんだろう?」

「でも、自分は大学時代、勉強なんてほとんどしませんでしたからね……。柔道に明け暮れていましたから」

渋るそぶりの梨田に碓氷は言った。

「とにかく、読んでみてくれ。大手の出版社から出ている本は、学術書ではなく、一般読者向けに書かれたもののようだ。それなら、おまえにも充分理解できるだろう?」

「どうですかね……」

「ペトログリフや神代文字に興味があるんだろう?」

「そりゃまあ、そうですが……」

「頼むよ。俺一人じゃ手が回らない」

「わかりました」

梨田は、なぜか少しばかりうれしそうだった。「やってみますよ」

関越自動車道の鶴ヶ島インターチェンジを下りると、しばらく住宅街が続いた。やがて、広々とした田園風景となった。

「このあたりのはずですが……」

梨田が、周囲を見回す。

「間違いないな」

碓氷は言って、前方を指さした。パトカーや捜査車両らしいＳＵＶ、鑑識車と思われるマイクロバスが停車しているのが、はるか前方に見えてきた。

所轄の捜査員だけでなく、すでに県警捜査一課も到着している様子だ。ポールを何本か立ててそれに黄色いテープを巡らせている。

テープの前には、埼玉県警の地域係員が立っており、その周囲には、マスコミの姿がある。お馴染みの光景だ。

碓氷は、地域係員に手帳を開いて見せた。

「警視庁の碓氷と言います」

「ごくろうさまです……」

そう言いながら、若い地域係員は、不思議そうな顔をしていた。どうして、警視庁の人間がこの現場にやってきたのだろうと、疑問に思っているのだろう。彼は、おそらくまだ詳しい事件の概要を聞かされていないに違いない。

黄色いテープをくぐると、すぐに近くにいた捜査員らしい男が訝しげな眼差しを向けてきた。ごま塩頭の中年だ。彼は、言った。

「誰だい？」

碓氷は、地域係員にしたのとまったく同じように自己紹介した。

相手はうなずいた。

「警視庁か……。俺は、県警本部の板倉《いたくら》だ」

「係長？」

碓氷は確認した。

「いや、俺は警部補だよ。係長は、あそこにいる曽根崎《そねざき》。まあ、俺と係長は同じ年だがな……」

「殺しなのか？」

「絞殺だ。吉川線もあるし、後ろからひも状のもので絞められている。凶器は、おそらく、あれと同じものだ」

板倉が指さした先を見ると、四角く掘られた巨大な穴があった。その周囲に杭が打たれており、その杭にビニールのロープが張ってある。そのビニールロープが凶器だというわけだ。

「索条痕《さくじょうこん》が一致したというわけか？」

「そういうことだ。遺体のそばに同様のロープが落ちていた」

「遺体の第一発見者は？」

「発掘に来ていた学生だ。佐野恵理奈《さのえりな》、二十一歳」

そこで、板倉は声を落とした。「どうして最近の若いやつは、みんなホステスみたいな名前なんだろうな？」

「遺体発見の経緯は？」

「被害者たちは、朝九時から発掘作業をやっていた。十一時半に、昼食を取るための休憩時間となり、あちらのテントに全員引きあげた。昼食の用意がととのったが、被害者の姿が見えない。佐野恵理奈が、彼を捜しに来て、遺体を発見したというわけだ」

「テントと、遺体を発見した場所の距離は？」

「自分で見てみるといい」

掘り出された土を積み上げた小山を、迂回して進むと、その向こう側に先ほど見たのと同様の四角い巨大な穴が二つ並んでいた。

その片方の中に、遺体があったようだ。今は、白いテープがそれをかたどっていた。刑事と鑑識が、その周囲を歩き回っている。

二百メートルほど離れた場所に、大きなテントが張ってあった。昔、運動会のときにグラウンドに張ったようなタイプのテントだ。テーブルがあり、その周囲に椅子が何脚か置いてある。

板倉が説明した。

「あそこで休憩を取ったり、食事をしたりしていたようだ。ボランティアの学生は、五名。その他、一般のボランティアが三名。殺害された講師は、発掘の指導をしていたようだ」

碓氷は尋ねた。

「他に大学の職員は……？」

「今日はいなかった。日曜日だしな」

そうか。今日は、日曜日だった。捜査本部にいると、曜日の感覚がなくなってしまう。

「下りてみよう」

遺体のあるのは、かなり掘り下げられた場所だ。梯子があり、碓氷、梨田、板倉の順にその梯子を下った。

板倉がその場にいた捜査員たちに、碓氷たちのことを紹介した。

課長が言っていたマークがすぐに眼についた。土の壁に、何かとがった物で彫られている。

横棒と縦棒が直角に交差している。縦棒の上にひとつ、横棒の左端に二つ、小さな三角形がくっついていた。

梨田が携帯電話でそれを何度か撮影した。そのマークを見つめていると、板倉が話しかけてきた。

「被害者は、順供大学の考古学専攻の講師で、滝本忠治《たきもとただはる》、三十九歳。そっちの事案と、関係あるんだな？」

「間違いなく関係ある。殺害されたのが、同じく順供大学の考古学専攻の講師だ。こちらの事案では、被害者は、教授夫人だが、教授の弟子という共通点がある」

「教授の弟子？」

「鷹原道彦教授。順供大学の考古学専攻には、彼しか教授がいない。十二人の弟子がいた。そのうちの、二人が殺されたというわけだ。弟子は、もともと十三人だったらしいが、一人は大学を辞めている」

「ほう……」

「そして、このマークだ。こちらの事案でも、殺害現場に、奇妙なマークが残されていた。それは、どうやら神代文字などと呼ばれているもののようだ。こいつも、そうかもしれない」

　撮影し終わった梨田が言った。

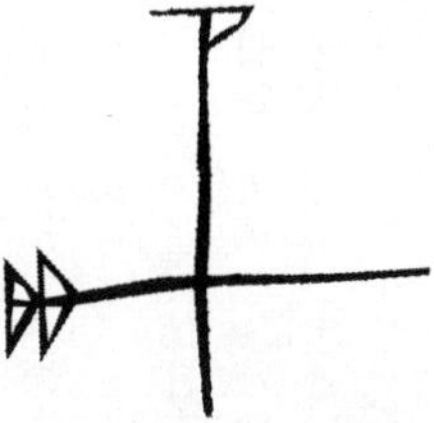

「どうも、本駒込の現場に残されていたマークとは、ちょっと趣《おもむ》きが違うような気がするんですが……」

「趣きが違うか……」

　たしかに、梨田が言うとおりかもしれない。鷹原早紀の殺害現場に残されていたマークは、曲線が目立った。今見ているものには、曲線が一切ない。

「楔形文字だろうと、学生の一人が言っていた」

　ぽつりと、板倉が言った。碓氷は、思わず板倉の顔を見ていた。

「楔形文字……？」

「ああ、だが、その学生も確信があるわけではなさそうだった」

梨田が言う。

「じゃあ、これは日本のものじゃないんですね？」

「日本のものじゃない？」

「ええ、楔形文字というんだから、メソポタミアかどこかのものでしょう」

たしかにそうだ。そういう方面には疎《うと》い碓氷にも、おぼろげに学校で習った記憶が残っていた。

「日本とメソポタミア……。どういうことだろうな……」

碓氷は考え込み、つぶやくように言った。梨田の声が聞こえてくる。

「でも、楔形文字もペトログリフの一種でしょう？　立派な共通点ですよ」

「それは、まあ、そうだな……」

板倉が碓氷に尋ねた。

「何の話かわからんが、つまり、同一犯の犯行ということか？」

碓氷は、しばらく考えてから言った。

「その可能性はおおいにあると思う」

「じゃあ、埼玉県警と警視庁の合同捜査本部ということになるのかな……」

「それは上が決めることだが、当然、そうなるだろうな」

「そっちの事案が先で、すでに捜査本部もできてるんだろう？　それに、鑑はどうやら大学内にありそうだ。警視庁主導の捜査本部ということになるんだろうな……」

「実は、かなり容疑者を絞り込んでいる」

　碓氷は板倉に明かした。

「上のほうから詳しく説明があると思うが、捜査本部では、大学を辞めた教授の弟子の一人が怪しいと睨んでいる」

「名前は？」

「尾崎徹雄、四十一歳。今は、歴史・考古学ジャーナリストという肩書きのようだ」

「なら、身柄確保も時間の問題だな」

「そう願いたいね」

「学生たちの話、聞いてみるかい？」

「そうだな。第一発見者と、このマークを楔形文字だと言った学生に話を聞いてみたい」

「わかった。テントのほうに行こう」

8

佐野恵理奈は、眼を真っ赤にしていた。つい、今し方まで泣いていたのだろう。先生の遺体を発見したのだから、無理もない。そっとしておいてやりたいが、警察官はそんなことは言っていられない。

テーブルの端に椅子を持って行って彼女を座らせ、碓氷と梨田は彼女から見て九十度の位置に座った。それが相手に最も威圧感を与えない位置なのだ。

碓氷は尋ねた。

「あなたが最初に、滝本先生の遺体を発見したのですね？」

佐野恵理奈は、また泣き出しそうな顔になった。だが、その声や話し方は、意外なほど落ち着いていた。

「はい。私が見つけました」

「どういうふうに見つけたのか、話してください」

「私たち、お昼ご飯の用意をしていました。……といっても、コンビニで買っておいた、弁当やおにぎりを出して、ペットボトルのお茶を配ったりしていただけですけど……。食事の準備ができたとき、先生がいないのに気づいたんです。たぶん、まだ発掘現場にいるんだと思って、私、呼びに行ったんです。そしたら……」

「先生が倒れていたのですね」

「目を開けたまま倒れていたんです。一瞬、ふざけているのかと思いました。でも、目が真っ赤に充血しているし、顔もどす黒く変色しているので、死んでるんだとわかりました」

碓氷は佐野恵理奈への質問を続けた。

「物音に気づきませんでしたか？」

「物音……？」

「争うような音です。あるいは、悲鳴とかうめき声とか……」

「いいえ。私たち、けっこう、大声で話をしながら食事の用意をしていましたし……。ここから、あの発掘現場まではずいぶんと離れていますから……」

碓氷は遺体の発見場所のほうを、ちらりと見てからうなずいた。

「それからあなたは、どうされました？」

「ショックで、よく覚えていないんですが、テントに駆け戻って、先生が、先生が、って叫んだらしいです」

「警察に通報したのは、どなたですか？」

「さあ、私は知りません。パトカーや救急車が来るまで、私は呆然としていました」

板倉が説明してくれたとおりだった。碓氷は礼を言って、彼女を解放した。次に、現場に残されたマークを見て、楔形文字だと言った学生を呼んでもらうことにした。

板倉がやってきて言った。

「浅井健太さんだ」

「え……」

碓氷は、板倉が連れて来た若者を見た。水道橋のホテルのカフェで話を聞いた若者だった。

「被害者の他には、大学の職員はいないって……」

板倉は、怪訝な顔をした。

「この人を知っているのか？」

「一度話を聞いたことがある。研究員だ」

板倉が言った。

「この人は、大学院生で、まだ講師でもないから、学生だと言ったんだ」

それを補うように、浅井が言った。

「実際、僕の身分は学生ですよ。職員じゃありません」

大学の研究員と言われて、勝手に職員だと思い込んでいたようだ。

下ろした。


「そこにかけてください」

碓氷は今まで佐野恵理奈が座っていた椅子を指し示した。浅井は、緊張した様子で腰を下ろした。

碓氷は浅井に言った。

「それにしても、あなたがここにいらっしゃるとは……」

「滝本さんの手伝いをやっていたんです。発掘には、いくら人手があっても余るということはありませんからね」

講師の滝本が発掘の指導をしていたという。ならば、浅井がその手伝いをしていたというのは、別に不自然ではない。

「発掘現場に残されていたマークを見て、あなたは楔形文字かもしれないと言ったそうですね？」

「ええ、そう思いました」

「楔形文字というのは、メソポタミアの……？」

「メソポタミアというのは、いくつかの文明の総称です。シュメール、バビロニア、アッシリア、アッカド、ヒッタイト、エラム古代王国が含まれます。残されていた楔形文字は、ヒッタイトの文字だと思います」

「どういう意味ですか？」

「さあ、調べてみないとわかりません。楔形文字のことは、それほど詳しくはないので……」

「鷹原教授の自宅の壁に刻まれていたのは、日本の神代文字でしたね？　たしか『か』と読むのだと……」

「そのように見えました」

「今度は、メソポタミアの楔形文字……。どういう意図でそれを残したのでしょうね？」

「さあ、僕にはわかりません」

「尾崎徹雄さんは、楔形文字にもお詳しかったのでしょうか？」

浅井は驚いたように碓氷を見た。

「どうして尾崎先生のことなんか訊くんですか？」

「ペトログリフにお詳しかったと、あなたが言ったからですよ」

「尾崎先生を疑っているんじゃないでしょうね？」

刑事は、この類の質問にはこたえないものだ。碓氷は、もう一度尋ねた。

「尾崎徹雄さんは、楔形文字にもお詳しかったのですか？」

「そりゃ、楔形文字もペトログリフの一種ですからね」

「あれが楔形文字だとしても、その意味は、あなたにはわからないということですね？」

「そういうことです。専門家に訊いてください」

碓氷は自分の考えを浅井に問うた。

「神代文字は、正統な考古学者が研究対象にすべきものではないと、鷹原教授や嘉村准教授は言っていました。でも、楔形文字となれば、話は別なのではないですか？　つまり、正統な考古学者の研究対象になり得るのではないかと思うのですが？」

「そのとおりだと思います。しかし、鷹原教授の専門は、国内の古代史なのです」

「なるほど……。つまり、そのお弟子さんであるあなたがたも、日本国内の事柄について研究されているということですね？」

「そうです」

「それでは、尾崎さんも、そうだったのですか？」

「これは、前にも言ったことですが、尾崎先生は、ちょっと違った立場でしたね」

「ほう……。と、いいますと？」

「考古学というのは、徹底した物証主義なのです。極端なことを言うと、発掘したものを分析して得られた結果しか採用しません。尾崎先生は、そうした偏狭な考えを窮屈だと考えているようでした。考古学には、もっと民俗学的な視点や文化人類学的な視点、さらには言語学などの要素も必要だと、いつもおっしゃっていました。これも、ちょっと説明しましたよね。それで、ペトログリフなどの資料も、盛んに収集されていました」

「あの楔形文字のようなマークは、いつ描かれたと思いますか？」

「滝本さんが殺されたときでしょう」

「今朝、作業をしていたときにはなかったのですね?」

「ありませんでした」

「滝本さんは、何かトラブルを抱えていませんでしたか?」

こういう質問は、当然、埼玉県警の捜査員たちが済ませているだろう。今後、合同捜査本部ができたら、鑑取りの班が詳しく調べる事柄でもある。

だが、碓氷は訊いておいたほうがいいと思った。どうせ、捜査本部に戻ったら報告をしなければならないのだ。より多くの事実を知っておくべきだ。

浅井はこたえた。

「さあ、どうでしょう。あまり個人的な話はしないので、よくわかりません」

「個人的な話はしない……? 長年、いっしょに研究をされているのでしょう?」

碓氷の疑問に浅井はこたえた。

「滝本さんは講師ですけど、僕はただの院生ですからね。それに、前にも言ったとおり、僕は外の大学から来たので……」

「なるほど……」

碓氷は、梨田を見た。何か質問があるかと、無言で尋ねたのだ。梨田が浅井に質問した。

「尾崎さんが、大学を去られた理由は、何だったのでしょうね?」

浅井が、両手の拳を握った。これは緊張を意味している。訊かれたくない質問をされると、人はしばしばこういう反応を示す。

「さあ、僕にわかるはずもありません」

「五年前、尾崎さんが大学を辞められたとき、何人もの人が、引き止めるために、尾崎さんのマンションを訪ねてきたらしい。あなたも、その中の一人じゃないかと思いましてね……」

「僕は引き止めになんて行ってませんよ。そんなことができる立場でもありません」

「五年前まで、尾崎さんの部屋を、鷹原早紀さん……、当時は、まだ植田早紀さんですが、彼女が何度も訪ねてきていたということです。二人は、お付き合いをしていたのかもしれない。そのことは、ご存じでしたか？」

「さあ……。昨日も言いましたが、僕は恋愛関係などには疎いので……」

浅井は、恋愛に興味がないというタイプじゃないと、高木が言っていた。たしかに、今日も彼の服装は爽やかだ。髪型にも気を使っているように見える。高木の見方が正しいとすれば、浅井は本当のことを言っていないということになる。

嘘を言っているというほどではないが、逃げているという印象はあった。追及されたくない何かがあるのかもしれない。

梨田がさらに尋ねた。

「早紀さんは、五年前から尾崎さんの部屋に姿を見せなくなったということです。ちょうど、尾崎さんが大学を辞めた頃のことじゃないですか？　二人の間に何があったのか、ご存じありませんか？」

「僕にはわかりません。もし、二人が付き合っていたとしても、それは周囲に秘密にしていたはずですから」

「どうしてです？」

「鷹原教授が、そういうことをお好きではないからです」

「そういうこと……？」

梨田は浅井に確認した。

「つまり、弟子同士で付き合うとか……。鷹原研究室のメンバーは、家族のような付き合いが理想だと、教授はいつも言われていました。家族の中で男女の仲になったら、おかしいでしょう？」

「家族のような付き合い……」

梨田が、眉間にしわを刻んだ。「でも、教授は、早紀さんと再婚されたわけですよね」

浅井は、西洋人のように肩をすくめた。

「教授は特別ですよ」

梨田は、しばらく浅井を見つめていたが、やがて、碓氷にうなずきかけた。質問が終わったという意味だ。

碓氷は、浅井に礼を言った。浅井は、ぺこりと頭を下げてから、学生たちが固まっているところに近づいていった。

碓氷は、その様子を見つめていた。別に怪しいところはない。彼は、滝本の死にショックを受けている。それは間違いなかった。ひどく緊張しているし、行動がぎこちない。いっしょに研究をしていた仲間や先輩が、立て続けに二人殺害された。彼の胸中を察するに余りある。

碓氷は、板倉にその他の細々した情報を聞いた。それを、梨田がメモした。

「交通手段がないですよね」

梨田がぽつりと言った。

現場を去ろうとしているときだった。碓氷は聞き返した。

「交通手段？」

「そうですよ。ここは、バスも通っていない。町からは遠く離れていて、近くには鉄道の駅もない。犯人が現場にやってくるとしたら、車を使うしかない。でも、板倉さんたちが学生たちから聞いた話によると、誰も車の音など聞いていない……」

それを聞いていた板倉が言った。

「それでね、犯人はこの発掘現場にいた人間の中にいるんじゃないかと思ったわけだが、その尾崎という男の容疑が濃いというのなら、別のことが考えられるな……」

碓氷は尋ねた。

「別のこと……?」

「簡単なことだよ。車のエンジン音が聞こえないくらい離れたところで車を降りる。そこから、徒歩でこの発掘現場に近づいた。犯行後は、また徒歩で車のところに戻り、逃走した……」

板倉は、周囲を見回した。「ご覧の通りの田園地帯だ。車を停める場所ならいくらでもある」

「また、近々会うことになるかもしれない。そのときは、よろしく」

「こちらこそ、お手柔らかに」

碓氷は、現場を離れた。車に乗り込むと、梨田が言った。

「連続殺人ですか……。大事《おおごと》になってきましたね」

碓氷はこたえた。

「殺しは、いつだって大事だよ」

午後四時に捜査本部に戻り、管理官に埼玉の事件の報告をしようとしたら、田端課長に呼ばれた。

「手間を省いて、俺に直接報告してくれ」

碓氷と梨田が課長席に近づくと、そこに管理官たちも集まってきた。梨田が、メモを見ながら、報告を始める。

田端課長と、管理官たちはじっと報告に聴き入っていた。梨田が話し終えると、田端課長が碓氷に尋ねた。

「犯行現場に残っていたマークは、間違いなくペトログリフだったんだな？」

「ちゃんと調べなければ、断定はできませんが、楔形文字のようです。梨田がケータイで写真を撮ってきています」

「見せてくれ」

梨田が、携帯電話を取りだして、写真を画面に呼び出した。それを田端課長が受け取る。その後、管理官たちにも手渡された。

「そっちの専門家の件はどうなっている？」

「リストアップしてあります。会いに行こうとしていた矢先に、埼玉の件がありまして……」

「じゃあ、ウスやんは、そっちの仕事に戻ってくれ。この写真をプリントアウトして、本駒込の現場に残っていた図柄といっしょに、専門家に見てもらうんだ」

犯行の動機や、尾崎の所在が気になる。さらに、埼玉の事案との合同捜査本部が設置されるかもしれない。

だが、捜査員は自分の役割に徹するしかないのだ。梨田もまた、元の地取り班の仕事に戻されるらしい。

碓氷は、ペトログリフや神代文字の専門家とおぼしき研究家に電話をかけて、面会の約束を取り直した。

最初に電話した相手が、いつでも会えると言ってくれた。碓氷は、すぐに出かけることにした。

埼玉に行くのに使った捜査車両を、また使おうかと思った。だが、しばらく考えてやめておくことにした。貴重な捜査車両は、緊急性のある用事に使うべきだ。

研究家の自宅は、新宿区高田馬場《たかだのばば》三丁目にあった。山手線一本でやってこられた。だが、そこからが問題だった。なかなかアパートが見つからない。何度か、細い路地を行ったり来たりして、ようやくそれが目的のアパートだと気づいた。

時代に取り残されたような建物だった。木造二階建てで、木製のドアがあり、小さな玄関がある。すぐに二階に上がる階段があり、その脇は暗い廊下になっていた。

古い建物独特の臭いがする。おそらくは便所も共同だろうと思った。今でもこのような共同住宅があることが奇跡のように感じられた。

その研究家は、一階の一番手前の部屋に住んでいた。ドアをノックすると、中から妙に甲高い男の声が聞こえてきた。

「どうぞ、開いてるよ」

碓氷は、引き戸を開いて、立ち尽くした。まず眼に入ったのは、おびただしい数の書物と書類だった。

スチール製の本棚が並んでおり、それにぎっしりと本やファイルが押し込んである。その重さのせいか、本棚のところどころが曲がってきている。

床にも、書物やファイルが積まれていた。さらに、壁にもさまざまな写真や書類、メモの類が貼り付けてある。

その奥に机があり、ノートパソコンが載っている。パソコンの脇も、書物の山だった。その机の手前で、黒いジャージの上下を着た男が振り向いていた。碓氷は、その男に言った。

「田中寿一《たなかひさいち》さんですね？」

「そうです。電話をくれた警察の人？」

「はい。お話をうかがいたくて……」

田中寿一の名前は、インターネットで見つけた。彼は、古代史に関するブログを持っており、その中で、神代文字について触れていた。

年齢がよくわからない。おそらく太りすぎているせいだろう。妙に肌がつやつやしているが、髪には白いものが混じっている。

「俺、容疑者じゃないでしょうね」

「いえ、そういうことではなく……」

田中は、にっと笑った。どうやら、冗談を言ったようだ。

「どんなことを訊きたいの？」

座る場所も見つからないので、碓氷は立ったまま二枚の写真を田中に見せた。一枚は、本駒込の現場で鑑識が撮影したもの、もう一枚は、先ほど埼玉県坂戸市の現場で梨田が撮影したものだ。

「ほう……。これは、桃木文字、あるいは、吉見百穴文字と呼ばれるものですな」

「やはりそうですか。『か』と読めるとか……」

「そのとおりです。警察も、なかなかたいしたものですね」

「こちらは、どうですか？」

「うーん……。これは、おそらく楔形文字だと思いますが、私には意味はわかりかねますね」

「こちらは、専門外ということですか？」

「そうですね。私は、日本の古代王朝のことを専門に調べていますから……」

「古代王朝というと、大和朝廷とか……？」

田中は、にやりと笑った。

「いや、もっと古い時代の話ですよ」

「もっと古い時代……？　そんな時代に日本に王朝があったとは知りませんでした。それは、卑弥呼の邪馬台国の話ですか？」

「あなたも、唯物史観に縛られている一人ですね」

「唯物史観ですか……」

田中は、見るからに安物の腕時計を見た。

「そろそろ夕飯にしようと思っていたんです。食事をしながら、ゆっくり説明をしましょう」

相手の魂胆が見えてきた。碓氷に夕飯をおごらせようというのだろう。断ることもできた。だが、どうせ碓氷も夕食をとらなければならない。今日は、埼玉まで足を延ばしたせいで、昼飯を食いっぱぐれていた。

「お願いします」

二人は、外に出かけることにした。

「鍵はかけないのですか？」

「この部屋に盗みに入る人がいると思いますか？」

「でも、貴重な資料とかがあるんじゃないですか？」

「本当に貴重なものは、ここに入っていますよ」

田中は、自分の頭を指さした。

9

神田川の近くの飲食店街まで歩いた。田中は、大衆居酒屋に入っていった。できれば、アルコール抜きで話をしたかった。だが、それを強く主張する気になれなかった。

店内は学生などで賑わっている。田中は、四人掛けの席に腰を下ろした。碓氷はその向かい側に座った。

田中は、ビールといくつかのつまみを注文する。碓氷もビールを頼むことにした。生ビールのジョッキがやってくると、田中は一気に半分ほどを飲み干した。碓氷は、一口だけ飲んだ。

やってきた料理を次々と口に放り込む。碓氷は、その様子を半ば呆然と眺めていた。たちまち田中のジョッキが空になった。彼はすぐにお代わりを頼んだ。

その飲みっぷりと食欲に圧倒されていた碓氷だったが、そのうちになめられているようで、腹が立ってきた。ちょっと脅かしてやろうかと思っていると、田中がおもむろに口を開いた。

「古史古伝というのを知っているかい？」

「コシコデン……？　いえ、知りませんね」

「まあ、この言い方自体は、一九八〇年代に生まれたものだ。それまでは、別の研究家が、超古代文書などという呼び方をしていた。一般に、古史四書、古伝四書などと言われている」

ようやく碓氷の頭に、「古史古伝」の文字が浮かんだ。田中の説明が続く。

「古伝というのは、『ウエツフミ』『ホツマツタヱ』『ミカサフミ』『カタカムナのウタヒ』の四書。そして、古史というのは、『九鬼文書《くかみもんじょ》』『竹内文書』『宮下文書』『物部《もののべ》秘史』の四書だ。いずれも、古事記や日本書紀とはまったく異なる日本の超古代王朝のことを記している」

「はあ……」

「古伝は、すべて漢字が日本に伝わる以前の、いわゆる神代文字で書かれている。そして、古史は、漢字または漢字仮名まじり文で書かれているが、その中で神代文字が伝えられている」

「漢字が伝わる以前の文字……」

神代文字に、そのような意味があるとは思ってもいなかった。何か祭礼に使われる特殊な文字だろうとは思っていた。

「たとえばね、『ウエツフミ』は、ウガヤフキアエズ朝という日本の超古代王朝のことを記しているが、これは、豊国《とよくに》文字と呼ばれる神代文字によって書かれている」

「ウガヤ……」

「ウガヤフキアエズ朝だ。大和朝廷のはるか以前の王朝だ。『ホツマツタヱ』は、記述の内容は、記紀と重なる点が多いが、これも、ヲシテ、あるいはホツマ文字とよばれる神代文字で記されている」

碓氷は、田中ら研究者の名前をリストアップするために、いくつかのホームページやブログを覗き、そこに何種類もの神代文字が掲載されているのを見た。

「大和朝廷のはるか以前の王朝と言いましたね？　それは時代はいつ頃のことなのですか？」

「時代ね……」

また、田中のジョッキが空になり、彼はビールを注文した。「例えば、『竹内文書』によるとだね、神武天皇以前に、上古二十五代とそれに続く不合《あえず》朝が七十三代続いたのだという。不合朝の七十三代目が神武天皇だ」

「神武天皇以前に、百代近くも続いた王朝があるということですか？」

「さらに、それからさかのぼり、天神七代《てんじんしちだい》があったということになっている」

「それは、いったい、紀元前何年くらいまでさかのぼるのですか？」

「年代など検証できるはずはないだろう」

「しかし、出土品とかの整合性を考えないと、とても信頼には値しないのではないですか？」

田中は、突然笑い出した。碓氷は驚いた。

「私が何かおかしなことを言いましたか？」

「だから、あんたも唯物史観に毒されていると言ったんだ。頭の固い考古学者は、出土品のことしか考えていない。土の中から発見されるものなど、本当の歴史のごく一部だということが、考古学者にはわかっていないんだ」

「あなたは、考古学者ではないのですね？」

「違うよ。俺はね、古代史研究家なんだ。考古学者は文献を軽視する。フィールドワークが彼らの主な仕事となる。だから、邪馬台国論争などが起きるわけだ。知っているだろう？　邪馬台国論争」

「九州説と畿内説ですね？」

「三国志《さんごくし》魏書《ぎしょ》東夷伝《とういでん》倭人条《わじんじょう》は知っているね？」

「何のことです？」

「一般には魏志《ぎし》倭人伝《わじんでん》などと呼ばれている。三世紀末に書かれたものだが、これは中国の正史として認められたものだ。いいかい？　歴史を重視する中国の正史なんだよ。それなのに、考古学者たちは、出土品に合わせて、距離の単位が違っているだの、方向を間違ったのだの、陸行《りっこう》と水行《すいこう》は、足し合わせるのではないなどという説を持ち出したりする。こうした説は、出土品に無理やり東夷伝の記述を合わせるためのこじつけでしかないんだ」

碓氷は、目を瞬いた。

「では、あなたは、『竹内文書』に書かれているような超古代王朝を信じているのですか？」

やや興奮した面持ちだった田中は、再び笑った。

「まさか。俺だって常識は持ち合わせているんだよ」

「どういうことです？」

「事実とロマンは別だということさ」

「ロマンですか？」

「そうだよ。俺が言いたいのはさ、唯物史観の考古学者は、あまりにロマンがなさすぎるということなんだ。俺だって、神武天皇以前に九十八代も続いた王朝があったなんて信じていない。多くの学者や研究者が指摘しているように、古史古伝の類のほとんどは偽書だと思うよ。でもね、俺が追究したいのはさ、人々はどうしてそういう偽書を作ろうと考えたのか、ということなんだ。まあ、たいていは古神道なんかの宗教絡みなんだけどね、そういう話を人々に伝えたいという情熱を感じるわけよ」

「でも、偽書は偽書でしょう？」

「偽書の中にも、幾ばくかの真実が隠れているかもしれない。すべてが嘘だとは限らないんだ」

「しかし、それを実証することはできないですよね？」

「実証とは違うんだ。発見なんだよ。俺は偽書の中に事実があるとは言っていない。真実があると言ったんだ。真実というのは言い換えれば、信念だよ」

碓氷は、ふと捜査本部のことを思った。捜査員たちは必死に事件を追っている。なのに、俺は、こんなところでこんな話を聞いていていいのだろうか。

そんなことを考えてしまった。

だが、これが命じられた碓氷の仕事なのだ。気を取り直して質問した。

「古史古伝が偽書だとしたら、神代文字も偽物ということになりますね」

「江戸時代以降に、神代文字として紹介されたものは、数十種類もある。ハングルとの類似性を指摘される例も少なくないし、ある文書を書くためだけに作られた一種の暗号のようなものだという説もある。でもね、すべてが偽物だから研究する価値がないと切り捨てるのは、アカデミックじゃないと思うよ。現に神代文字やペトログリフは存在する。なぜ、存在するのかを考えるべきじゃないかね？」

「そうかもしれませんね」

田中の熱弁に押し切られるように、そうこたえていた。彼は、まだまだ飲み続けるつもりのようだ。食事をおごらされた上に、貴重な時間を奪われたのではたまらない。碓氷は言った。

「桃木文字について教えてください。あれは、どういうものなのです？」

田中は、ビールをごくごくと飲んでから言った。

「桃木文字ね……。日本の典型的なペトログリフだ。さっき、竹内文書の話をしただろう？　その中に含まれる神代文字の一つだ。不合第十九代及び二十六代について記述している」

「典型的なペトログリフ……？」

「青森県にドコノ森という名の森がある。十和田湖の南東十キロほどのところだ。そこで、この桃木文字が刻まれた岩石がたくさん見つかったんだ。昭和十一年のことだ。同様の文字が刻まれた岩石群が、山口県の大浦岳や、埼玉県の吉見百穴でも見つかっている。だから、桃木文字は、吉見百穴文字と呼ばれることもある」

「なるほど、石に刻まれていたので、典型的なペトログリフだということですね？」

「ただ、石に刻まれていたというだけではない。それが、神代の文字だと言われていることが重要なんだ。つまり、漢字が日本に伝わる前に使われていた文字だということだ」

「そんな歴史を習ったことはありませんね」

「正史として認められていないからな。文字の偽作《ぎさく》は、江戸時代に平田篤胤《あつたね》が神文字を作ったのが始まりと言われている」

「そのような話を聞いた覚えがあります」

「だけどね、漢字が伝来したのが、古く考えても三世紀だと言われている。三重県にある大城《だいしろ》古墳群の弥生式土器には、『奉』あるいは『年』と読める漢字が記されていて、これが二世紀前半のものといわれているが、おそらくはこれは渡来人が記したもので、日本人がこの時代に漢字を使っていたという証拠にはならない」

そこで、また田中はビールを一口飲んだ。「三世紀といえば、邪馬台国の時代だ。ばらばらに存在していた都市国家のような集団が、統一されていくわけだ。そんな時代に、日本人は文字を持っていなかったとは思えないんだ」

碓氷は、しばらく考えてからこたえた。

「そうかもしれませんね」

「そこで、神代文字がクローズアップされてくるわけだ。日本人は、漢字伝来以前に、独自の文字を持っていた。そう考える人々がいたわけだ」

碓氷はこのまま田中のペースにはまりたくはなかった。もっと訊くべきことがあるはずだ。

「神代文字の大半が、偽物だということを、あなたは認めましたね?」

田中が顔をしかめた。

「俺は研究家だからね。マニアとは違う。偽物である可能性は否定できないな」

「ならば、桃木文字も本当の神代文字ではないのですか？」

「本当に、漢字が伝来する以前に使われていた文字かどうかと問われれば、違うだろうとこたえるしかない。竹内文書と呼ばれる書物を記すために作られた文字なのかもしれない。しかし、それが神代文字というカテゴリーに入っており、実際に存在することは事実だ。だから、漢字伝来以前の文字ではないから偽物だ、ということにはならないと思うんだ」

「おっしゃっていることがよくわかりません」

「つまり、贋作《がんさく》ではなく創作だということだよ。古代の文字ではないかもしれないが、古代のことを記すために工夫され創作された文字であることは確かだ。そういう意味では神代文字と呼んでもおかしくはないと思う」

「桃木文字の『か』が、殺人現場に残されていました。それについて、どう思われますか？」

「さあね。俺は、刑事でも探偵でもないからね」

「『か』と読むことに間違いはないのですね？」

「それは、間違いない。まあ、単純に考えると、犯人の名前の頭文字か何かかね……」

「犯人がサインを残したのだと……？」

「うーん。だから、そういうことは、俺にはわからないな」

「二つの殺人現場に、別々のペトログリフが残されていました。一つは桃木文字、一つはメソポタミアの楔形文字……。これは、何を意味しているのでしょうね？」

「だからね、俺は日本の古代史の研究家であって、楔形文字についてはまったく詳しくないんだよ。それに、犯人が何を意図しているかなんて、想像もできないし……」

「では、どなたにお話を聞けばいいか、心当たりはありませんか？」

「心当たりねえ……」

田中は、ビールを飲み干し、またおかわりを頼んだ。

「古代史の中でも、特に、文字に興味をお持ちの方とか……」

田中は、考え込んでいる。そのうちに生ビールがやってきて、それをまた喉を鳴らして飲んだ。

彼からは、これ以上は有意義な話を聞き出すことはできないかもしれない。

そろそろ潮時だな。碓氷がそう思っていると、田中が、どんとジョッキをテーブルに置いた。

碓氷はその音に驚いて、田中のほうを見た。田中は、何かを思いだした様子だった。

「あの人なら、刑事さんの要求にこたえられるかもしれない」

「どなたです？」

「青督《せいとく》学院大学の教授です。もともとは、言語学者だったのですが、歴史に興味を持っていろいろと研究を重ねているのです。日本の竹内文書なども研究の対象にしていたはずです。視野が広くて、ペトログリフなども研究していたはずです」

「青督学院大学……。その教授のお名前は？」

「ジョエル・アルトマン。名前でわかるとおり、ユダヤ系です。アメリカ人ですけどね」

名前でわかるとおり、と言われても、碓氷には何のことかまったくわからなかった。

「外人さんですか……」

「でも、日本語はぺらぺらですよ。日本で教鞭をとって長いですからね」

「わかりました。会いに行ってみます」

田中の酒のペースがいっこうに落ちそうにないので、碓氷は釘を刺すことにした。

「私は、そろそろ失礼しなければなりません」

「あ、そう。じゃあ、俺もこれを飲み終えたら帰ろう」

田中は、まだ半分ほど残っているジョッキを指さした。それを飲み終えるまでに、田中は、焼き鳥と野菜炒めを注文した。

まあいい。碓氷は思った。たしかに、田中のおかげで、神代文字の背景が少しばかり理解できてきた。ジョエル・アルトマン教授に会うにも予備知識が必要だ。田中はそういう意味では役に立ってくれた。

このくらいの情報提供料は必要かもしれない。

田中がようやく料理を平らげ、ジョッキを空にしたのは、夜九時過ぎのことだった。碓氷は、捜査本部に戻るべきかどうか迷っていた。

もし、地取りや鑑取りの班だったら、迷わずに捜査本部に戻っただろう。実際に彼らは、この先何日も捜査本部に詰めることになるのだ。

碓氷は、現場に残された文字の専任捜査だ。予備班のような扱いだ。今日くらいは自宅に戻っても許されるだろう。

下着などの着替えも必要だ。碓氷は、自宅に戻ることにした。

10

自宅に着くと、午後十時を回っていた。

「子供たちは寝たのか？」

碓氷が尋ねると、妻の喜子《よしこ》はこたえた。

「つい今し方寝たわ」

娘の春菜《はるな》は小学六年生、息子の祥一《しょういち》は小学三年生だ。

「そうか」

「お酒飲んでるのね？　捜査本部ができたんじゃないの？」

「捜査の一環だよ。情報提供者に飲ませる必要があった」

「夕飯は？」

小腹が空いているような気もするが、食べるのが面倒に思えた。

「風呂に入って寝る。今日は、埼玉まで出かけたので、疲れた」

「そう」

風呂はありがたかった。そして、清潔で柔らかい布団もありがたい。碓氷は幸福な温もりの中で、眠りに落ちた。

ぐっすり眠っていたが、夜中に目を覚ましてしまった。ふと、殺人現場に残されていた桃木文字と楔形文字のことが頭に浮かんだ。

そうすると、眠気が覚めてしまった。

犯人は、何のために文字を残していったのだろう。田中は、犯人の名前の頭文字ではないかと言った。その可能性はあるだろうか。

愉快犯ならあり得る。愉快犯は多くの場合、自己顕示欲が強いからだ。爆破事件などのテロリストもサインを残したり、犯行声明を出したりする。

テロは示威《しい》行為であり、それ自体がメッセージでもあるからだ。

今回のケースはどうだろう。順供大学の教授夫人と講師が殺害された。どちらも同じ専攻の研究員だった。連続殺人だ。

愉快犯とは考えにくい。怨恨による殺人の可能性が高い。

その場合、犯人がサインを残したりするだろうか。怨恨が動機なのだとしたら、犯人は被害者の身近にいた人物ということになる。

尾崎徹雄の容疑が濃い。もし、犯人が尾崎だとしたら、何のためにあの文字を残したのだろう。

尾崎がペトログリフに詳しいということは、同じ研究室にいた仲間ならばよく知っているはずだ。

つまり、自分で自分の首を絞めるようなものだ。それとも、警察に捕まらない自信でもあるのだろうか。

いや、それ以前に、現場に残っていた桃木文字は「か」なので、尾崎徹雄の頭文字ではあり得ない。

犯人が気紛れに現場に落書きをしていったのだろうか。その可能性もゼロではないのだ。だとしたら、碓氷は犯人の気紛れに振り回されていることになる。

まあ、いい。

碓氷は、思った。朝になったら、青督学院大学に行き、ジョエル・アルトマン教授を訪ねてみよう。何か手がかりが見つかるかもしれない。

だが、あまり期待しないことだ。

碓氷は自分を戒《いまし》めた。学者が犯罪捜査をできるわけではないのだ。あくまでも、参考意見を聞きに行くだけだ。

そう思うと、気分が落ち着き、また一眠りできた。

青督学院大学は、八王子にあった。碓氷は捜査本部に連絡を入れて、直行した。

学務部を訪ね、ジョエル・アルトマン教授に会いたい旨を伝えた。係員はすぐに電話をしてくれた。そして、一時間後に授業が終わるので、それまで研究室で待つように言われた。

地図を渡され、広いキャンパスの中を歩いた。若い男女が行き交い、何だかくすぐったい気分になる。

研究棟はすぐにわかった。アルトマン教授の研究室には、若い女性がいて応対してくれた。

部屋の中は、書物でぎっしりだった。洋書が半分、日本の書物が半分といったところだ。部屋の一番奥に机がある。こちらを向いて座るような配置だ。その前に応接セットがあり、そこで待つように言われた。

「コーヒーしかありませんが、よろしいですか？」

「ありがとうございます」

コーヒーを出すと、彼女は「しばらくお待ちください」といって、続きの別室に去っていった。研究生なのだろう。

ゆっくりとコーヒーを味わったが、なくなってしまうと、他にやることもなく、ぼんやりと部屋の中を見回していた。やがて、立ち上がり、書棚を眺めていった。

いろいろな種類の本がある。日本のコミックがかなりの冊数あり、碓氷は驚いた。大学の研究室にはそぐわないような気がしたのだ。

そのコミックを手にとってぱらぱらとめくっていると、出入り口のドアが開いた。小柄で小太りの外国人が碓氷を見て、怪訝な顔をしていた。

碓氷は、コミックを手にしたまま立ち尽くしていた。もじゃもじゃの茶色い髪、同じ色の顎鬚《あごひげ》。眼の色も茶色だった。

「どなたでしょう？」

相手は流暢な日本語で言った。碓氷ははっとしてこたえた。

「警視庁の碓氷と言います。アルトマン教授ですね？」

「そう。ジョエル・アルトマンです。警視庁……？　刑事さんですか？」

碓氷は、あわててコミックを書棚に戻すと、手帳を取り出して開き、バッジと身分証を見せた。

アルトマン教授は、ゆっくりと碓氷の前を通り過ぎると、部屋の奥にある彼の机に向かって座った。

「それで、ご用件は？　まさか、コミックの立ち読みに来たわけではないでしょう？」

彼は、にっこりとほほえんだ。すると、印象が一変して、子供のように無邪気な顔つきになった。

「見ていただきたい物がありまして……」

「ほう……」

碓氷は二枚の写真を取りだした。アルトマン教授は、それを受け取ってしばらく見つめていた。

「一つは、日本のペトログリフあるいは神代文字と呼ばれているものですね。桃木文字、あるいは吉見百穴文字と呼ばれています」

碓氷はうなずいた。

「はい」

アルトマン教授はさらに言った。

「そして、もう一つは明らかに楔形文字です。ヒッタイトの主要音節文字ですね。何ですか？ これは何かのテストなんですか？」

「二件の殺人事件が起きました。殺害されたのは、順供大学の鷹原教授の教え子で、講師だった人たちです。そのうちの一人は鷹原教授の奥さんでした」

アルトマン教授の表情が曇った。

「その事件のことは知っています。鷹原教授とは、何度かお会いしたことがあります。ニュースを見て、とても驚きました」

「その二枚の写真は、それぞれの殺人現場に残されていたものです」

アルトマン教授は、眉をひそめてしばらく碓氷の顔を見つめていた。驚いているのだろうか。あるいは、何かを考えているのかもしれない。

やがて、彼は言った。

「殺人現場に残されていた……？　それはどういう意味です？」

「言ったとおりの意味です。最初の殺人のときは、鷹原教授の自宅の壁にペーパーナイフで刻まれていました。桃木文字のほうです。楔形文字のほうは、第二の殺人現場である埼玉県の遺跡発掘の作業場に残されていました。土の壁に彫られていたのです」

アルトマン教授は、再び写真をしげしげと見つめた。

「我々は、犯人が残したものと考えています」

碓氷は言った。「その目的が、まるでわからないのです。それで、専門家の方々にご意見をうかがっているのです」

「犯人がこれを書き残した目的、ですか？」

「文字の意味がおわかりになりますか？」

「桃木文字のほうは『か』と読めますね。ヒッタイト文字のほうは、表音文字として使われる場合は『アン』と発音します」

「表音文字として使われる場合？　それはどういうことです？」

「この文字は、表意文字としても使われるのです。特定の文字の前に置かれて、ディンギル、つまり神という意味になります」

「神……。では、犯人は神という文字を残したのでしょうか？」

「どうでしょう？」

アルトマン教授は肩をすくめた。「この『アン』というヒッタイト文字は、単独では表音文字として扱われます。ある文脈、あるいは特定の文字の前に置かれる限定詞の場合に神という意味になります」

「では、この場合は、あくまで『アン』と読むのですね？」

アルトマン教授は、しばらく考えてからこたえた。

「桃木文字のほうが、『か』と読むことを考え合わせなければならないかもしれません」

「どういうことです？」

「『か』は、神の『か』なのかもしれない。だとしたら、ヒッタイト文字のほうも、『神』という意味で解釈すべきかもしれません。これを書き残した人物は、『アン』という文字が、神を表す限定詞として使われることがあるのを知っていたと考えるべきです」

「では、どちらも、神を表していると……？」

アルトマン教授は、再び二枚の写真を見つめて考え込んだ。やがて、彼は言った。

「いや、そう決めつけるのは、早合点かもしれません。とにかく、この二枚の写真だけでは、何とも言いがたいですね」

碓氷は、アルトマン教授の日本語があまりに流暢なので、奇妙な感じすら抱いていた。見た目は完全に白人なのに、日本語を母国語のように話すのだ。

碓氷は興味を覚えて尋ねた。

「失礼ですが、お生まれはどちらです？」

「アメリカのコネチカット州ですが……？　それが何か……？」

「あまりに日本語がおじょうずなので、もしかしたら日本でお生まれなのかと思いまして」

アルトマン教授はほほえんだ。

「猛勉強しましたからね」

「勉強だけで、それほど外国語がうまくなるものですか？」

「私は、もともと言語学者ですから、専門的な説明をさせていただきます」

「はあ……」

「人間は、だいたい生後六ヵ月になると意味のない喃語《なんご》を出すようになります。英語では、これはバブルと言います」

バブルは、見事な英語の発音だった。長い説明になるのかもしれない。だが、自分が質問したことなので、黙って聞くしかないと碓氷は思った。

アルトマン教授の説明が続いた。

「満一歳になると、物の名前を言ったりすることができるようになり、二歳になると二つの単語をつなぎ合わせることができるようになります。さらに、四歳頃になると、大人が話している言語規則の主なものを習得してしまいます。しかし、大人になると、そう簡単に言語を習得することはできません。カナダの神経生理学者、ワイルダー・ペンフィールドによると、こうした言語の習得が可能なのは、せいぜい十五歳までだということです」

「つまり、大人になってからの勉強だけで、外国語を母国語のように話すのは不可能だということですね」

「不可能ではないが、たいへん難しい。特に、言語規則やボキャブラリーを学ぶことはできても、イントネーションやアクセントを完全に習得するのは難しいのです」

「だが、あなたは、ほとんど日本人と変わらないアクセントで話されています。十五歳を過ぎたらそれは無理なのでしょう？」

アルトマン教授は、にっこりと笑った。人なつこい顔になる。

「そう。正解です。私は、父の仕事の関係で、三歳から六歳までの三年間、日本で暮らしたことがあるのです」

「なるほど……」

「その時期に、私の中に日本語の基礎が出来上がったのです。あとは、成長した後の猛勉強で補うことができます」

「そういうことでしたか……」

「他に何か質問は……？」

「教授は、もともと言語学者だったということですが、今は歴史を研究なさっているとか……。言語学と歴史の結びつきがよくわからないのですが……」

「私が言語学を始めたきっかけは、日本語と母国語である英語の違いに興味を持ったからです。今、違いと言いましたが、共通する部分に対する興味と言い換えたほうがいいかもしれません」

「英語と日本語に共通点などあるのですか？」

「ありますとも。どちらも、声帯という音源を使い、それを主に舌や唇を使って口腔内で反響させています」

「それは言葉なのだから当たり前のことでしょう？」

「当たり前に思えることを、検証していくのが学問ですよ。さらに、日本語と英語にも名詞、動詞、形容詞、副詞といったものが共通して存在します」

「それも当たり前のことで、共通点とは言えないような気がするのですが……」

「言語学的に言うと、立派な共通点ですよ。人々は、言語間の差異に気を取られがちです。言語学者は、共通点と差異を同時に考えなければなりません」

「まあ、そういうものなのでしょうね……」

「あなたの質問にお答えしましょう。言語間の差異というのは、歴史的な要素が大きいのです。もちろん、地理的な要素はあります。しかし、地域的に言語を分類していくと、歴史の影響を無視することはできないことに気づくのです」

「それが、歴史を研究されていることの理由ですか？」

アルトマン教授は、再びにっこりと笑った。

「いや、理由はただ興味が湧いたからです」

碓氷は肩すかしを食らった気分だった。

アルトマン教授が続けて言った。

「今度は私のほうから質問させていただいていいですか？」

「何でしょう？」

「容疑者を特定されているのですか？」

碓氷はどうこたえていいか迷った。

「そういうことは、捜査上の秘密なのでおこたえできません」

「ほう……」

教授は目を丸くした。最初は気むずかしげに見えたが、実はけっこう表情が豊かだという ことがわかってきた。「一方的に、そちらが聞き出したいことだけ聞き出そうというこ とですか？」

「専門家のご意見をうかがいたいだけです。あなたは、捜査のことは専門外でしょう？」

「文字というのは、表現手段の一つです」

「そんなことはわかっています」

「いえ、あなたはわかっていませんね。私は、ただ文字が表現手段だと言ったわけではありません。表現手段の一つだと言ったのです」

「おっしゃっていることが、よくわかりませんが……」

「思考を表現するのが言葉です。その言葉を時間的、空間的に隔たった相手に伝えるために存在するのが文字なのです」

「学者さんは、難しい言い方をしますね。つまり、言葉を書き残したり、書いて送ったりするということですね？」

「まあ、そういうことですね。発したとたんに消え去っていく言葉というものを、記録しておくためのものでもあります」

「それは理解できますよ。表現手段の一つというのはどういう意味でおっしゃったのです？」

「つまり、文字というのは、単独では理解しがたいということです。文字はいくつか集まって単語、あるいは文章になっていなければ、意味を成しません。この写真だけを見ても、意味はわからないのです」

「現場に残っていたのは、それらの文字だけなのです」

「ですから、私はそれが残された状況や、残したと思われる人物について知る必要があります。でなければ、解釈のしようがない」

碓氷は、アルトマン教授が言ったことをしばらく考えていた。もっともだが、やはり捜査情報を教えるわけにはいかない。

「二つの文字は、神を表しているかもしれないという貴重なご意見をうかがえました」

碓氷が言うと、アルトマン教授が片方の眉を上げた。

「だから、それは早合点かもしれないと言ったでしょう。どうでしょう、今後、私が捜査に協力するというのは」

「はあ……？」

碓氷は一瞬、何を言われたか理解できなかった。

「あなたは、捜査に関する情報を求めて、私に会いに来られたのでしょう？」

「それはそうですが……」

「しかし、その二枚の写真だけでは、私は、はっきりとしたこたえを出すことはできません。さきほども、言いましたが、これが書かれた状況とか、書いたであろう人物とか、そういうことを知らないと何とも言いようがないのです」

アルトマン教授が言っていることは納得できないわけではない。だが、一般人を捜査に参加させるのには抵抗があった。

捜査は、あくまで警察の仕事だ。

「捜査情報は、一般の方に洩らすわけにはいかないのです」

「あなたは、貴重なチャンスを失おうとしているのですよ」

「貴重なチャンス？」

「そうです。その二枚の写真は、間違いなく桃木文字とヒッタイト文字です。そして、もしかしたら神を表しているのかもしれない。そこまではわかりました。でも、あなたは、それで満足ですか？」

「専門家のご意見をうかがえたのですから、満足かと問われれば、はいとこたえるしかないですね」

アルトマン教授は、かぶりを振った。

「私は満足していません」

碓氷は、眉をひそめた。

「どういうことです？」

「私には、まだこれを書き残した人物の意図が理解できていません。そして、あなたも、それを知りたいはずだ。私が、事件そのもののことをもっとよく知っていれば、あるいは、今後事件のことを知れば、どういう意図でこれらの文字が書き残されたのかわかるはずです」

「あなたは、大学で毎日いろいろな方と接するのでしょう。マスコミに発表していない捜査情報をお知らせするわけにはいかないのです。漏洩すると、捜査に大きな支障をきたす恐れがあります」

碓氷は驚いた。

「ならば、事件の真相が明らかになるまで、私は大学を休むことにします」

「そんなことができるのですか?」

「海外の学会に出席したり、フィールドワークに出かけるときには、大学を休むこともあります」

「それは、お仕事で出張される場合でしょう?」

「桃木文字やヒッタイト文字について調査活動を行うのですから、これは研究活動と見なされるはずです」

「捜査に協力することが研究活動ですか?」

「学問は閉鎖的ではいけません。どんなものでも調査研究の対象になり得ます。例えば、この二つのペトログリフが、何か象徴学的な意味で描かれたのだとしたら、それを探ることは、充分に私の研究の範囲内です」

「象徴学的な意味……? それはどういうことです?」

「世の中は、象徴に満ちています。例えば、絵画です。中世ヨーロッパの宗教画では、すべての構図、すべてのモチーフが何かを象徴しているといわれています。たとえば、宗教画には、天使、鷲、ライオンそして牛が描かれることが多いのですが、これは、宇宙の四大要素を表しているといわれています。四大要素とは、すなわち、地、水、火、風です。また、これらは、四人の福音記録者を表しているともいわれています。天使はマタイを、鷲はヨハネを、ライオンはマルコを、そして、牛はルカを表しているのです」

「宗教画からいろいろな要素を読み解くことができるという話は聞いたことがあります。ですが、現場に残されていたのは絵ではありません」

「一例を述べただけですよ。今、あなたは、現場に残されたのは、絵ではないとおっしゃった。でも、すべての文字はもともとは絵だったのです。文字こそ象徴なのです」

「では、この文字が残された状況がわかれば、何を象徴しているのか、あなたにはおわかりになるということですか？」

「何かを読み解けると思います。あなたが捜査のプロなら、私は象徴学のプロです」

「象徴学のプロ……？　失礼、歴史を研究されているものとばかり思っておりました」

「歴史というのは、人類の文化の蓄積と推移です。そして、言語により文明や文化は飛躍的に進化を遂げました。人類は、言語を獲得した瞬間に、他の動物と違った存在になったのです。どういう違いがあるかというと、言語による象徴化が可能になったのです」

　学者の説明は、なかなか難しい。だが、言わんとしていることは、なんとなく理解できた。碓氷は、言った。

「つまり、抽象的な概念を持つようになったということですね」

アルトマン教授は、驚いたように片方の眉を上げた。どうやら、これが癖らしい。彼は、うれしそうに言った。

「あなたは、理解が早い。そう、まさに抽象的な概念というのは、多かれ少なかれ象徴性を持っている。犬や猫は、神という存在を想像することはできません。ま、私は犬になったことがないので、本当のところは理解できませんが……」

「歴史を学ぶということと、象徴のつながりがよくわかりません」

「歴史上の文献や絵画、建築物には、さまざまな象徴が隠されています。それにはいろいろな理由があります。主に宗教的な意味合いが強いのですが、ある時代のある地域では、宗教的な弾圧が理由で象徴が発達しました」

「つまり、権力者に見つからないように禁止された宗教を信じ、伝えるための工夫ですね。江戸時代の隠れキリシタンのように……」

「そういうことです。また、宗教的な特権を維持するために、象徴が用いられました。一般の人々には伝えたくない、特別な宗教的意味を隠して伝えたわけです。フリーメイソンをご存じですね？」

「ええ、名前は知っています」

「フリーメイソンは、現在では親睦団体ですが、かつては石工《いしく》の組合でした。石工たちは、特別な比率を伝えてきたのです。例えば、建築物の壁の縦と横の比率の中に、秘密を伝えたわけです」

　碓氷は、首をひねった。

「石工たちが、宗教的な秘密を守り伝えてきたというわけですか？」

「そうです。代表的なものは、黄金比や円周率ですね」

「なぜ石工たちだったのです？」

「彼らは教会を建築したからです。世界のあらゆる宗教には、かならず数字による何かの象徴があります。それを数秘学、あるいは数秘術といいます。そして、数秘学は、カバラから生まれたとされています」

「カバラ……？」

「一言で言うと、ユダヤ教の神秘思想ですね。旧約、新約を問わず、聖書には多くの数字が象徴的にちりばめられています。これもカバラの影響だと言う人もいるのです。また、仏教の経典にも多くの数字が使われています。これも、数秘学の一種とみなすことができます」

「それで……」

　碓氷は、話を戻したかった。「あなたは、現場に残っていた二つの文字の象徴性を知るために、捜査に参加したいと言っているわけですね？」

「繰り返しますが、状況や書き残したのがどういう人かがわかれば、意味を読み解くヒントになると思います」

碓氷は、考えた。捜査本部に命じられたのは、専門家にあの二つのペトログリフの意味を聞いてこいということだ。

最低限の意味はわかった。だが、本当の意味はまだわかっていない。本当の意味というのは、アルトマン教授が言うように、あの文字を現場に残した理由だ。

おそらく、誰を訪ねても、同じ結果になるだろう。桃木文字とヒッタイト文字。そして、「か」と「アン」であるという結果だ。それだけでは不充分だ。捜査の役には立たない。やるなら、徹底してやらなければならない。碓氷はそう考えた。

「本当に、大学を休んで捜査本部に詰めることができるのですね?」

アルトマン教授はうなずいた。

「そのほうが、学生も喜ぶことでしょう。学生たちは休講が好きですからね」

これは、もちろんジョークだろう。

「私の一存では決めかねるので、捜査本部の上の者に訊いてみようと思います」

「その結果を知らせてくれるということですか?」

「ええ」

「時間を無駄にしたくありません。これから私が捜査本部にごいっしょするというのはどうですか？」

一般人を捜査本部に連れて行っていいものだろうか。碓氷は迷った。

だが、考えてみれば、参考人や情報提供者を捜査本部に呼ぶのは珍しいことではない。

碓氷は決断した。

「ご足労いただけるのなら、助かります」

アルトマン教授はうなずいた。

「善は急げ、です。では、行きましょうか」

すっかりアルトマン教授のペースにはまっている。彼は、決断が早く実行力がある。会ったばかりだが、すでにそれが明らかだった。

電車で駒込署の捜査本部に向かおうと思ったが、アルトマン教授が車で来ているというので、乗せてもらうことにした。

運転席のアルトマン教授が言った。

「カーナビというのは、世紀の大発明ですね。東京の道をよく知らない、私のような外国人でも、迷わずに目的地に着ける」

そう言いながら、アルトマン教授は、カーナビの目的地を、駒込署に設定した。

11

まずは、鈴木係長に相談すべきだと思った。頭越しに管理官や田端課長に相談するのはよくない。こういうときは、面倒でもちゃんとした手順を踏まなければならない。

やり方を間違えると、後々鈴木係長が抵抗勢力になりかねない。

アルトマン教授を紹介すると、鈴木係長は、ひどく戸惑った顔になった。英語で挨拶をしようとしているのかもしれないと思い、碓氷は言った。

「アルトマン教授は、日本語をたいへん流暢に話されます」

鈴木係長が、碓氷に尋ねた。

「ペトログリフの専門家というわけか？」

「もともとは言語学が専門で、今は歴史を研究されているということです。もちろん、ペトログリフにも詳しく、埼玉の現場に残されていたのが、ヒッタイト文字で、『アン』と読めることを教えてくれました」

「捜査本部に来ていただいたのはどういう訳だ？」

碓氷は、アルトマン教授が捜査に参加したがっていることを伝えた。鈴木係長は、眉をひそめた。

「ご協力いただけるのはありがたいが、捜査に参加するというのは、どういうことだ？」

碓氷は、アルトマン教授の主張を伝えた。ただ文字を見ただけでは、その裏に隠された意味が読み解けない。本当の意味を知るためには、捜査で知り得た情報が必要なのだ。

鈴木係長は、しばらく考えていた。碓氷は言った。

「どうせ、俺たちに判断できることじゃないでしょう。課長に振ってしまったらどうです？」

鈴木係長は、碓氷の顔を見つめた。碓氷は眼をそらさず見返した。おそらく、係長は、自分の裁量を低く見られたと感じているに違いない。だが、係長に決められることではない。それは明らかだ。

やがて、鈴木係長が言った。

「わかった。ちょっと待っていてくれ」

ひな壇に向かい、田端課長に話をしている。田端課長が、碓氷とアルトマン教授のほうを見ている。

鈴木係長が碓氷に言った。

「こっちへ来てくれ」

碓氷は、アルトマン教授とともに、田端課長の席に近づいた。

田端課長がアルトマン教授に言った。

「まず、ご協力の申し出に感謝します」

アルトマン教授は、ほほえんでこたえた。

「殺人の犯行現場に、ペトログリフが残された。そして、二人の被害者は考古学の研究者だった……。これは放ってはおけないと思いましてね」

「もし、あの二つのペトログリフを犯人が残したのだとしたら、あなたに、犯人の意図が読み取れますか？」

「どれだけの手がかりがあるか、によりますね」

アルトマン教授の言葉に、田端課長はうなずいた。

「おっしゃるとおりです。必要なことがあれば、そこにいる碓氷に言ってください」

碓氷は、驚いて課長に尋ねた。

「つまり、アルトマン教授が捜査に参加することを認めるのですか？」

「ウスやんが見込んで連れてきたんだろう？　だったら、何も心配することはない」

また、田端課長に乗せられそうになる。課長は、部下の使い方がうまい。叩き上げの課長なので、今でも現場感覚を忘れていないのだ。

「俺が見込んだというより、教授に押し切られたようなもんですがね……」

「さっそくかかってくれ。何かわかったら、捜査会議で発表してもらう」

碓氷はびっくりした。

「アルトマン教授が、捜査会議に出席するのですか？」

「捜査に参加するんだから、当然だろう。今回の捜査では、アルトマン教授がウスやんのパートナーということだ」

アルトマン教授が碓氷に言った。

「よろしくお願いします」

田端課長は、すでにその話題は終わりだというように、管理官の一人に声をかけた。

「埼玉県警からの連絡はまだか？」

「今日中に、二個班、やってくるそうです」

二十人ほどの捜査員がやってくるということだ。駒込署の捜査本部が、そのまま埼玉県警との合同捜査本部になるということだろう。

碓氷は、ひな壇を離れて、長机のところに行き、アルトマン教授に言った。

「じゃあ、事件の概要を説明します」

アルトマン教授は、鞄を開けてメモ用紙を取り出した。

碓氷が、事件の経緯を話しはじめると、アルトマン教授は、丁寧にメモを取りはじめた。

それが、英語だったので、思わず碓氷は言った。

「日本語がぺらぺらで、しかも、日本語で説明を受けているのに、メモは英語で取るんですね」

「日本語は私の母国語ではないので、どんなにうまくしゃべれても、私の脳の中では一度翻訳が行われているのだと思います。ですから、自分のためのメモは、英語のほうが便利なんです」

そんなものかと思いながら、碓氷は説明を続けた。

まず、鷹原教授夫人が殺害された件について話し終え、続けて、昨日埼玉県坂戸市で起きた事件について説明した。

アルトマン教授は、尾崎徹雄の名前を聞くと、心底驚いた顔で、碓氷を見つめた。碓氷は尋ねた。

「尾崎徹雄をご存じですか?」

「知っています。会ったことはありませんが、彼の著書を何冊か読んだことがあります」

「『幻想と物証の間に』や『山のことば、海のことば』などですね?」

「もちろん、そうした著書も読みましたが、学術論文も読んでいます。彼は、たいへん優秀な学者だと、私は感じています。特に、鷹原教授の研究室から、彼のような学者が出たことに、驚きを感じますね」

「それは、どうしてです?」

「鷹原教授は、実に日本的な考古学者ですからね」

「それは、徹底した実証主義ということですか?」

「あなたは、本当に理解が早い。あなたのような学生ばかりだと、教えるのも楽だと思います」

「鷹原教授門下の准教授や研究員から話を聞いたのです。ただそれだけのことです。日本では、正統な研究家かそうでないかを、えらく問題にするということですね」

アルトマン教授は、肩をすくめた。

「私も歴史学の一環として、考古学も研究しています。ですが、おっしゃるとおり、私も日本の学会では、正統な考古学者とは見られておりませんね」

「海外では違うのですか?」

「日本が正統を重視するなら、海外では実力を重視します。発表された論文がいかにユニークで、世界の研究家に貢献するか。それを評価するのです」

碓氷は、ふと疑問に思って尋ねた。

「では、海外では、日本の正統な考古学者と、あなたや尾崎徹雄のような学者では、どちらが評価されているのですか?」

アルトマン教授は、笑みをうかべこたえた。

「それは、ケースバイケースですよ。要するに、学者としていい仕事をしたかどうかが、評価の基準なのですから」

なんだか、はぐらかされたような気がした。

「尾崎徹雄は、ペトログリフにも詳しかったようですね」

アルトマン教授は、表情を曇らせた。ころころとよく表情が変化する。

「ええ、そう聞いています」

「では、尾崎徹雄ならば、現場に残されたペトログリフの意味をよくわかっていたはずですね」

「何も参考にせずに、その場でペトログリフを描ける人は限られていることはたしかです」

「なるほど……。ペトログリフについてよく知らない人なら、何かを見ながら、それを模写するしかないということですね？」

「文字というのは、単純に見えて、実は模写をするのがなかなか難しい。日本語をまったく知らない外国人が漢字を模写することを想像してください。ちょっとしたはみ出しや、線の不足で、漢字として成り立たなくなったりするでしょう？　たとえば、土という字と、士《さむらい》という字の違いは、初めてそれを見る外国人には区別がつかないでしょう。工作の工という字と土という字の区別もつきにくい。それが文字を模写することの難しさなのです」

「たしかにそうかもしれません。そういう文字は、日本語を知らない外国人には、同じよ

いのです」

「言語に母国語性があるように、文字にも母国語性があるのではないかと、私は考えています。母国語を話すときには、どんなに崩れた話し方をしても、それは文法的な誤りではありません。同じように、母国語の文字を書くとき、どんなに崩しても間違いにはならないのです」

「崩しても間違いにはならない？」

碓氷の疑問に、アルトマン教授は丁寧にこたえた。

「例えば、漢字の行書や草書です。崩しても、その文字の重要な要素は残されています」

「そうですね。漢字を読み書きして育った人にしか、漢字を崩すことはできないでしょうね。まあ、私も含めて、最近の日本人は続け字の文章を読むことができなくなりつつありますが……」

「それは、日本語を横書きにするようになった影響が大きいと言われています」

「横書きですか？」

「草書や行書は、縦書きをするためのものです。重要なのは書き順とリズムなのです。横書きをするようになって、縦書き独特のリズムが失われ、そのリズムを連綿体から感じ取ることができなくなったのです」

「なるほど、書くときのリズムですか……」

「アルファベットなど、他の国の言葉もそうなのです。おそらく、ハングルもそうでしょう。文字は、単純な線と点の組み合わせでできていますが、実はその組み合わせが重要で、その本当の法則性は、母国語として文字を使用した人にしかわからないのです」

「それは、ペトログリフでも同様なのですね？」

「基本的に文字ですから、同じですね」

「でも、ペトログリフを母国語の文字として使用している人などいませんよ」

「もちろんそうです。私が言いたいのは、文字の成り立ちを感覚で理解できるくらいに、慣れ親しんでいるかということです」

「ペトログリフの研究者ならば、充分に慣れ親しんでいると言えますね？」

「そういうことです。研究者ならば、小さな差異で読み方や意味が違ってくることを知っているでしょうからね」

鷹原と浅井が現場に残された桃木文字について語ったことを思い出した。碓氷は、写真を示して、アルトマン教授に言った。

「この文字を見て、鷹原教授は、『か』か『む』だと言いました。一方、浅井という研究員は、『か』だと断言しました。『か』は左右対称ですが、『む』は左右対称ではないと、浅井研究員は言っていました」

アルトマン教授はうなずいた。

「桃木文字については、鷹原教授よりも、その研究員のほうがよく知っているということでしょうね」

「浅井さんが言ったことが正しいというわけですね？」

「そう。桃木文字の『か』では、葉のように左右から斜め上方に伸びる線の出所が同じですが、『む』では左右対称ではなく、右のほうが上から出ます」

「ヒッタイト文字も、小さな違いで、違った文字になるのでしょうね？」

「楔形文字は、何本の線で構成されているか、また、線が斜めか水平かが重要になってきます。たとえば、垂直の一本の線の左脇から三本の横線が出ているとします。その三本の横線が水平なら『マ』、斜めならば、『テ』と読むことができます」

「素人は、そういう点を間違える可能性があるということですね？」

「それに、模写したのだとしたら、ぎこちなさが残ります。もともとその文字を熟知しているのなら、書き慣れた感じがするのです」

「これらの写真を見て、そういうことがわかりますか？」

「わかります。これは、桃木文字とヒッタイト文字を熟知した者が描いたものだと思います。知らない人が、形だけ真似て描いたようなぎこちなさがありません。おそらく、迷いもなく瞬時のうちに刻んでいったものでしょう」

たしかに、鷹原教授の自宅に残されていたものも、埼玉の現場に残されていたものも、紙に筆記具を使って描かれたものではない。

壁にペーパーナイフで、あるいは、土の壁面に鋭利なもので削って描かれたものだ。迷いや戸惑いがあれば、それが形となって残っていたかもしれない。

「尾崎徹雄は、ペトログリフの研究をしていました」

碓氷が言うと、アルトマン教授は、人差し指を立てて、それを左右に振った。

「そういうことは、正確に述べるべきでしょう。尾崎先生は、ペトログリフを専門に研究されていたわけではありません。ペトログリフも、研究していたというべきでしょう」

碓氷は言い直した。

「尾崎徹雄は、ペトログリフも研究対象にしていました。桃木文字とヒッタイト文字にも詳しかったでしょう」

「そうでしょうね」

「尾崎徹雄ならば、現場で何も参考にせずにペトログリフを描き残せたでしょうね？」

アルトマン教授は、しばらく考えてからこたえた。

「憶測でおこたえするわけにはいきませんが……。まあ、間違いなく尾崎先生だったら描けたでしょうね。しかし……」

「しかし、何です？」

「尾崎先生が容疑者だという意見に、私は納得ができないのです。尾崎先生は、鷹原教授のもとを離れ、独自の研究をされていました。つまり、すでに親離れをしているのです」

「親離れですか……」

碓氷は、アルトマン教授の語彙《ごい》の豊かさに、またしても驚かされた。こういう場合、日本人でも、なかなか親離れなどという言葉は思いつかないだろう。

そして、その一言は、たしかに現在の尾崎徹雄の立場を端的に言い表しているように思えた。

アルトマン教授はうなずいた。

「そうです。研究家として独り立ちしていたのです。今さら、鷹原研究室に対して怨みや憎しみを抱く必要などないように思います」

「必要があろうがなかろうが、怨みや憎しみを抱くことはあります」

「少なくとも、研究の上では、尾崎先生は鷹原研究室と衝突することはなかったと思います」

「個人的なことかもしれません」

アルトマン教授は、じっと碓氷を見つめた。

「警察は、個人的な問題について、すでに知っているということですね？」

「ある程度は……」

「教えてください」

「殺害された鷹原教授の夫人は、研究室のメンバーの一人でした。つまり、かつて、尾崎徹雄の研究仲間だったのです。昔、彼女は、尾崎の部屋を頻繁に訪ねていたそうです。それが、五年前から部屋を訪ねることがなくなりました。五年前というのは、鷹原教授が前の奥さんと離婚された年なのです」

アルトマン教授は思案顔で言った。

「今のお話だけだと、被害者は、尾崎先生と付き合っていたが、五年前に、尾崎先生と別れて、鷹原教授と付き合いはじめた、というふうに理解できますね」

「誰でもそう考えるでしょうね」

「尾崎先生と被害者がお付き合いしていたというのは、確認が取れているのですか？　警察の方々は何と言うのでしたっけ？　裏を取る、でしたか……」

「まだ裏は取れていません。ですが、五年前にそういうことがあったとしたら、犯行の動機になり得ます」

「たしかに動機にはなり得ます。しかし、それは、理論的にはおかしい」

「何がおかしいのですか？」

「あなたは、今、仮定法でおっしゃいました」

「仮定法？」

「五年前にそういうことがあったとしたら……。あなたは、そうおっしゃいました。たしかに、それは動機となり得ますが、あくまで仮定に基づいた動機ということになります。つまり、動機自体が仮定ということです。仮定の動機で、尾崎先生を容疑者と決めつけるのは、おかしいと言っているのです」

「理屈ではそうです。しかし、他のことも考え合わせると、尾崎徹雄の容疑は濃いというのが、捜査本部の考えです」

「他のこと……？」

「ペトログリフに詳しいということです。今、教授も認めたじゃないですか。尾崎ならば、現場で何も参考にしなくても、二つのペトログリフが描けただろう、と……」

「それは、十分条件ではありますが、必要十分条件にはなりません」

「どういうことです？」

「尾崎先生は、ペトログリフを描けるでしょう。でも、ペトログリフを描けるからといって、それが尾崎先生だということにはならないのです」

「一つ一つの事柄を厳密に検証していけば、まあ、そういうことになるでしょう。しかし、捜査というのは筋を読むことも大切なのです。警察の言葉で、鑑が濃いというのですが、そういう場合には容疑者と考えなければならないのです」

「カンガコイ？」

「鑑識の鑑の字を使います。関係性が強く感じられるというような意味です」

「覚えておきましょう」

「被害者の鷹原早紀、当時は、旧姓だったので、植田早紀でしたが、彼女は、それまで、頻繁に尾崎徹雄の部屋を訪ねていましたが、五年前からぱったりと姿を見せなくなったのです。そして、五年前に、尾崎徹雄は順供大学を辞めています。さらに、五年前には、鷹原教授が前の奥さんと離婚をしているのです。これだけの濃い関係性があれば、充分に尾崎を疑うことができると、俺は思います」

「けっこう」

アルトマン教授が言った。「それでは、尾崎先生は、何のためにあのペトログリフを残したのだと思いますか？」

そう質問されて、碓氷はこたえに窮した。

12

「それを、あなたに解き明かしてもらいたいと思っているのです」

「まず、あなたのお考えを聞きたい。もし、その説明に納得できたら、尾崎先生の容疑を認めてもいい」

「尾崎がペトログリフに詳しいことは、鷹原教授の研究室の面々は、みんな知っていたと思います」

「そうでしょうね。私が知っていたくらいですから」

　碓氷は説明をつづけた。

「尾崎が鷹原早紀を殺害したのだとしたら、それは五年前の出来事が原因でしょう。わかりやすく言えば、鷹原に早紀さんを奪われたということでしょう。それに耐えられず、尾崎はそのときに大学を辞めたのです。ペトログリフを残したのは、その動機を研究室のみんなに、特に鷹原教授にわからせるためじゃないでしょうか？」

「動機をわからせるため……？」

「ええ、そうです」

「でも、それでは、犯人が誰かすぐにわかってしまう」

「当然です。自分の犯行であり、動機が何であるかをわからせるためなんですから……」

「それだったら、謎かけのようにペトログリフなど残さなくてもいいでしょう。思いを書いた手紙でも残せばいい」

たしかにそのとおりだと思った。だが、ここでひるむわけにはいかない。

「時間を稼ぐためではないかと思います。ペトログリフを残せば、鷹原教授や研究室の人たちには、犯人が尾崎であることや、殺害の理由などがすぐにわかる。でも、一般の人々や警察には、すぐにはわからない」

「今日は、事件が起きてから何日目ですか？」

「三日目です。いや、通報が午前一時半過ぎで、死亡推定時刻は、前日の二十二時から午前零時ということですから、正確には四日目ということになりますか……」

「捜査が始まって、三日目ですね？」

「そうです」

「たった三日でわかってしまうなら、時間を稼ぐ意味はないんじゃないですか？」

「逃走するための時間と考えれば、三日は充分でしょう。事実、まだ尾崎の行方はわかっていません」

「なるほど……。では、現場に残したペトログリフは何でもよかったわけですね？」

「何でもよかった……?」

「あなたの推論だと、ペトログリフに詳しい者の犯行であると、鷹原教授やその研究室の人にわかればよかったのであって、残された文字そのものには意味がないということになりますね」

学者の指摘というのは、なかなか鋭い。きっと、アルトマン教授に習う学生は苦労しているだろう。

「理屈では、そういうことになりますね」

「それに、今のお話では、第二の殺人の説明にはなっていませんね」

痛いところを衝かれたと思った。

埼玉の発掘現場で殺害されたのは、鷹原研究室の講師、滝本忠治だった。なぜ、滝本が殺されたのかという理由は、まだまったくわかっていない。

「第二の事件の初動捜査に当たったのは、埼玉県警なので、まだ情報が集約されていないのです。もうじき、ここに埼玉県警の人たちがやってきて、合同捜査本部となります。そうすれば、動機についても、いろいろなことがわかるはずです」

「では、動機については、それから考えなければならないということですね?」

「第一の事件の動機は、五年前の出来事だと考えられます。そして、第二の事件にもペトログリフが残されていた。手口もほぼ同様と見ていい。つまり、同一犯の犯行ということです」

「もし、残されていた二つのペトログリフに何らかの意味があるのだとしたら、あなたの推論は成り立たなくなるかもしれませんよ」

「なぜです？」

「犯人が、別のことを伝えたかったのかもしれないからです」

やはり、アルトマン教授は、警察官とは違った考え方をする。刑事は、事件の筋を追う。怪しい者は誰でも容疑者ではないかと考えてしまう。

だが、彼にとっては、検証と理論が何より大切なようだ。

碓氷は言った。

「同じ質問を、こちらからしてもいいですか？」

「同じ質問？」

「犯人が尾崎だとして、どうして現場にペトログリフを残したのだと思いますか？」

アルトマン教授は、首を横に振った。

「その前提条件では、質問にこたえることはできません」

「なぜです？」

「尾崎先生が犯人だとは限らないからです」

「俺の説明では、納得できなかったということですか？」

「あなたの推論は、現場に残されたペトログリフそのものの意味には言及されていません。ですから、尾崎先生が犯人だという証明には不充分だと思います」

「では、質問を変えましょう。あなたは、犯人が書き残した状況がわかれば、文字の象徴性もわかるかもしれないと言いましたね？　犯人がペトログリフを現場に残した理由について、何か考えられることはありますか？」

「事件の概要はうかがいました。しかし、私はまだ、詳しい状況を把握したわけではありません。したがって、あの二つの文字に関して言えることは、まだありません。しかし、一般的な推論はできます」

「聞かせてください」

「もし、あの二つのペトログリフを残したのが、本当に犯人だったとしたら、何らかのメッセージだと考えられます」

今さら何を言ってるんだ。

碓氷はそう思った。尾崎が、過去の出来事を示唆するメッセージだと、説明したはずだ。

だが、何も言わずに話を聞くことにした。学者というのは、明らかなことも確かめていかなければ気が済まないのだろう。

「メッセージというのは、自分の意志を誰かに伝えるためのものです。それが不特定多数の場合もあります。では、犯行の際にメッセージを残す理由は何でしょう？　犯罪行為により、そのメッセージがより多くの人に伝わることを目的としている場合があります。政治的あるいは宗教的な確信犯がそれに当たるでしょう。テロの犯行声明もそれに含まれます。そういう場合のメッセージの特徴は？」

「個人であれ、組織であれ、誰の犯行であるか、そして目的は何か、そういうことが、明確なのが特徴でしょう」

「そのとおりです。では、逆に曖昧なメッセージが残るのは、どんな場合でしょう？」

碓氷は考えた。警察官にとっては、それほど難しい質問ではない。

「まず第一に、ダイイングメッセージが考えられますね。メッセージを残そうとしたが、途中で事切れて、その結果、曖昧で謎めいたメッセージになることがあります」

「けっこう。それから……？」

「犯罪組織などの内部告発ですね。時間的、あるいは物理的な制限がある場合、曖昧なメッセージになる可能性があります。仲間に見つからないように、メッセージを残す必要があるからです。あるいは、自分がメッセージを残したということを、仲間に知られないようにするために、曖昧な表現になることも考えられます」

アルトマン教授は、満足げにうなずいた。質問したのは碓氷の側なのに、いつの間にかテストを受けているような気分になってきた。

「今回のペトログリフは、そのどちらにも当てはまりませんね？」

「そうですね」

「では、わざと謎めいたメッセージを残すのは、どんな場合ですか？」

「ほとんどの場合が、愉快犯です」

「具体的に言うと？」

「世の中の反応を見て楽しんでいるとか……。自分の正体を警察が突き止められるかどうか、ゲーム感覚で挑戦している場合もあります。あるいは、警察が次の犯行を阻止できるかどうかという挑戦……」

アルトマン教授の眼が子供のように輝きはじめた。

「今回の場合は、それも当てはまらないように思いますね。今までの例に当てはまらない犯人のメッセージというのは、何でしょう？」

「特定の誰かに対するメッセージの場合ですね。ある特定の人物かグループだけに伝わるような……」

アルトマン教授は、ほほえんだ。

「ほら、一つの結論が出たじゃないですか」

碓氷は、不思議な気分だった。ただ、アルトマン教授の質問にこたえていただけだった。質問の内容は、碓氷にとっては簡単にこたえられるものだった。

だが、一人で考えていたら、この結論は導き出せなかっただろう。

これが、アルトマン教授の手法なのかもしれない。質問しながら、相手に考えさせる。そして、自分自身でこたえを見つけさせるのだ。

ただの学者ではない。優秀な教育者でもあるのだろう。

「特定の誰かというのは、やはり鷹原教授でしょうか？」

「それは、容疑者がはっきりしたときにわかるでしょうが……」

アルトマン教授が思案顔になった。「しかし、あるグループに向けたメッセージということなら、明らかだと思いますが……」

「鷹原教授、あるいは鷹原教授の研究室のメンバーということですね」

「そう考えていいと思います」

「ならば、やはり尾崎の容疑が濃いということでしょう」

アルトマン教授は、考え込んだ。

「捜査のプロがそうお考えならば、素人の私が言うことは何もありません。しかし……」

「しかし、何です？」

「象徴というのは、解釈を間違えると、まったく違うものになってしまうことがあります」

「どういうことですか？」

「例えば、赤ん坊を抱いた女性の絵画があるとします。ルネサンス以前のヨーロッパの絵画であれば、それが、象徴的に聖母マリアであると理解できます。その際に、わかりやすく、光背を描いたものもありますが、もし、聖書の知識がまったくない者がそれを見たら、ただの母親と赤ん坊の絵に過ぎないのです」

「コウハイ……？」

「聖なる者の背後に描かれる光です。頭の周りに描かれるものを特に、頭光《ずこう》と呼びます」

アルトマン教授は、近くにあったメモ用紙に「光背」「頭光」と、漢字で書いて見せた。日本人ほど書き慣れた感じはしないものの、充分に読める漢字だった。

碓氷は、頭を回転させた。

「象徴の解釈という話と、容疑者とはどういう関係があるのです？」

「捜査本部において、まだ特定されていない容疑者というのは、シンボル、つまり象徴に過ぎません。また、シンボルは、別のシンボルに囲まれているものです。それらのシンボルを慎重に読み解いていかないと、正しい結論には行き着かないのです」

「俺にとって、今のところ、シンボルは二つのペトログリフだけのように思えますがね……」

アルトマン教授はかぶりを振った。

「そんなことはありません。考古学という言葉もシンボルの一つです。また、順供大学というのも、シンボルになり得るかもしれません。そして、鷹原研究室も何かのシンボルであるかもしれないのです」

「そう言えば……」

今の言葉、で碓氷はふと思いついたことがあった。「鷹原教授の弟子は、十三人いたということです。尾崎が抜けて十二人になったというのです。これは、なかなか象徴的ですよね」

アルトマン教授は、また片方の眉を上げた。

「つまり、キリストの十二使徒ということですか?」

「ええ……。もし、あなたがキリスト教徒だったら、こういう喩《たと》え自体、不愉快なことかもしれませんが……」

「私の宗教は関係ありません。十二あるいは、十三という数字が意味するところに興味があります」

「偶然でしょうがね……」

「数字自体が偶然だとしても、人はそれを何かに当てはめようとする。そこに意味が生まれるのです」

「尾崎はつまり、ユダですかね」

「捜査員にその話をしたのは、誰でしょう?」

「順供大学の浅井という研究員です」

「浅井研究員に、会って話を聞いてみたいですね」

「すでに、捜査員が話を聞いています」

「私が行けば、別の角度から話が聞けるかもしれません」

そうかもしれない。専門家同士の、掘り下げた話題になるだろう。

「悪くないですね。順供大学に行ってみますか」

「アポイントメントは、取らないんですか？」

「捜査員は、いちいちアポは取りません。事前に会いに行くことを知らせると、隠蔽工作をされたり、逃走されたりすることもありますので……」

「被害者の関係者に話を聞きに行くときもですか？」

「たいていは、そうです。その人物が犯人、という場合だってあるんです」

「なるほど、犯罪捜査というのは、たいへんなんですな」

何がたいへんなのか、よくわからなかった。碓氷にとっては日常なのだ。

「じゃあ、出かけましょうか」

「けっこう。ところで、昼食はどうするのですか？」

そう言われて、碓氷は時計を見た。午後一時になろうとしている。

「捜査本部にいると、つい食事もおろそかになってしまうのです」

「いけませんね。食事は重要です」

「そうかもしれませんね。じゃあ、昼食を済ませてから、順供大学に向かいましょう」

「学食を試してみるのも手ですよ」

「学食ですか？」

「大学の最近の学食は、ばかにできませんよ。何より安い」

「それは魅力的ですね。しかし、学生じゃなくても利用できるんですか？」

「問題ありません。本来、大学の施設というのは、すべて開かれたものであるべきなのです」

「なるほど……」

まっすぐ、順供大学に向かうことにした。アルトマン教授の車で移動できるのが、ありがたい。捜査車両は、いつも不足しているのだ。

13

順供大学は、本駒込駅のそばにある。旧白山通りに面して正門がある。それほど広いキャンパスではなく、駐車場もかなり制限があった。

「都心のキャンパスというのは、郊外に比べて不自由ですね」

「車の使用を前提としていないのですよ。管理人に話をしてきましょう」

碓氷は、正門の近くにいた守衛らしい中年男性に声をかけ、来意を告げた。

「警察……？」

守衛は、眉をひそめた。「鷹原教授の奥さんの件ですね」

「ええ」

「マスコミがやってきて、迷惑しているんですよ。何とかなりませんか……」

「そういうことは、警察ではどうにもなりませんね」

「とりあえず、あいているところに車を停めて、キーを渡してください。他の車の出入りの際に、移動させるかもしれません」

守衛から告げられた碓氷は車に戻り、その旨をアルトマン教授に告げた。

守衛にキーを渡すときに、アルトマン教授が尋ねた。

「学食はどこにありますか？」

「学食ですか？　事件のことでいらしたのではないのですか？」

「まずは、腹ごしらえです」

「あの……、失礼ですが、警察の方ですか？」

「私は、青督学院大学の教授です。捜査に協力をしているのです」

「ああ……」

守衛は、釈然としない顔だったが、とりあえずうなずいた。「正面の建物の奥に、会館があります。学食はその中です」

「ありがとう」

大学生たちが通り過ぎていく。彼らは、アルトマン教授や碓氷のことを気にしていない様子だ。考えてみれば、大学にいるのは学生だけではない。

教職員や多くの来客がある。だから、どんな年格好の人間がキャンパスにいても、それほど違和感はないのだ。例外は、子供だろうか。大学キャンパスに小学生や幼稚園児くらいの子供がいたら、ちょっと妙な感じがするだろう。

学食は、近代的だった。トレイを取り、好きな物を注文して、スーパーマーケットのように並んでいるレジで会計をする。

アルトマン教授は、カレーライスとサラダを選んだ。碓氷は、A定食。ミックスフライに味噌汁がついている。

アルトマン教授が言った。

「カレーライスは、どこでもたいてい外れがないんです」

「なるほど……」

碓氷は、食べ物にはそれほど興味がない。うまいものを食うに越したことはない。だが、うまかろうがまずかろうが、とりあえず腹が膨れればいい。

「うん」

アルトマン教授が、満足げにうなずいた。「このカレーは、なかなかいけます。やはり、カレーに外れなしです」

食事のことより、これから先のことが気になっていた。碓氷は、鷹原研究室の面々ではなく、鑑取り班のことを考えていた。

すでに鑑取り班が、鷹原研究室の人々から何度か話を聞いているはずだ。碓氷たちは、彼らの縄張りを荒らしているのかもしれない。

鑑取り班に、一言挨拶をしておくべきだったろうか……。

だが、碓氷は考え直した。今さらそんなことを言っても始まらない。アルトマン教授は、警察官とは別の角度から話が聞けるかもしれないと言った。

それは捜査本部にとっても、ありがたい情報となるかもしれない。

食事を終えて、外に出ると、学生に鷹原研究室の場所を尋ねた。

「鷹原研究室……？　よくわからないけど、研究棟なら、向こうです」

その方向に進んだ。研究棟の一階にも守衛がいたので、そこでまた鷹原研究室がどこにあるのか尋ねた。その建物の五階にあるという。エレベーターで五階に向かった。

ノックをして、ドアを開けると、そこに若い男が立っていた。

「何でしょう？」

「浅井さんにお会いしたいのですが……」

「浅井ですか……？　今日はまだ顔を出してませんが……。失礼ですが……？」

「警視庁の碓氷と言います。こちらは、青督学院大学のアルトマン教授です」

「アルトマン教授……。本当ですか？」

若者は眼を丸くした。普通なら警察官が来たことに驚くはずだ。おそらく、事件以来、何人もの刑事に会っているのだろう。

「アルトマンです」

「教授の研究には、いつも注目しています。あ、失礼しました。どうぞ、お入りください」

碓氷は言った。

「浅井さんと連絡がつきますか？」

「ケータイにかけてみます。ちょっと待ってください」

若者は、続き部屋に消えていった。

部屋の作りは、驚くほどアルトマン教授の研究室に似ていた。規格があるわけではないだろうが、同じ目的で作られた建物というのは、すべて似通ってくる。

全国の警察署の内部が、よく似ているのと同じことなのだろう。

若者が戻ってきて言った。

「図書館にいるそうです。すぐにこちらに来るということです」

碓氷はうなずいた。書棚の前で二人で突っ立っていると、若者は慌てた様子で言った。

「あ、どうぞ、おかけになってお待ちください。コーヒーでいいですか？　インスタントですけど……」

アルトマン教授がほほえんで言った。

「ありがとう」

碓氷とアルトマン教授は、来客用のソファに腰を下ろした。若者がコーヒーを出してくれた。インスタントでもありがたい。

一口すすったとき、勢いよくドアが開いた。浅井がやってきた。息を切らせている。彼は、驚愕と畏敬の入り混じった表情でつぶやくように言った。

「本当に、ジョエル・アルトマン教授だ……」

碓氷は、無視されたようで、少しばかり面白くなかった。

「二度ほどお会いしているのですが、覚えていますか？」

浅井は、碓氷がそこにいることにようやく気づいたとでも言いたげな顔で言った。

「ええ、刑事さんですね。碓氷さんでしたっけ？」

「またお話をうかがいたくて、お訪ねしました」

「どうして、アルトマン教授が……」

「殺人現場にペトログリフが残されていたことはご存じですね？　そこで、アルトマン教授に捜査の協力をお願いしたわけです」

アルトマン教授が言った。

「あなたが、浅井さんですね？」

「はい。教授の研究にはいつも注目しています」

眼が輝いている。どうやら、アルトマン教授は、その世界ではかなりの人気者らしい。

碓氷は、浅井に尋ねた。

「どこか、落ち着いて話ができるところはありませんか？」

「ここじゃだめですか？」

「いろいろな方が出入りなさるのではないですか？　例えば、鷹原教授とか、嘉村准教授とか……」

「二人とも、昨日の滝本さんの件で、出かけています。たぶん、滝本さんの自宅のほうに行っているのだと思います」

そうだった。滝本の遺体が発見されたのは、昨日のことだ。研究室の講師が殺害されたのだから、教授や准教授はさぞかしたいへんだろう。

鷹原教授は、夫人を殺害されたばかりだ。その心労はそうとうなものに違いない。

碓氷は浅井に言った。

「あなたに迷惑がかからないのなら、私たちはここでもけっこうですが……」

浅井がうなずいた。

「僕はだいじょうぶです」

碓氷は立ち上がって、アルトマン教授の隣に移動した。今まで碓氷が座っていた場所に浅井が腰を下ろした。碓氷の向かい側になる。

「尾崎徹雄から、その後連絡はありませんでしたか？」

浅井が眉間に皺を刻んだ。

「警察は、尾崎先生を犯人だと考えているのですか？」

聞き込みや尋問の際に、相手からの質問にこたえてはいけない。優位に立つためには、相手の疑問はそのまま放って置いたほうがいいのだ。

碓氷はこたえた。

「話を聞きたいのです。鷹原教授夫人に関して、尾崎徹雄は、かなりいろいろなことを知っていると、我々は考えています」

「容疑者でないのなら、呼び捨てにしないでほしいですね」

浅井に言われて、碓氷は素直に反省した。

「すいませんでした。おっしゃるとおりです」

「尾崎先生から連絡なんてありませんよ。先生が大学を辞められてから、ずっと連絡を取っていないんですから……」

「今、どこにおいでかもご存じありませんか？」

「知りません。そのことは、もう何度も警察の人に言いましたよ」

浅井が苛立ちはじめた様子だ。アルトマン教授がとりなすように言った。

「今日、私たちはもっと基本的なことをうかがいに来ました」

浅井が背筋を伸ばした。

「基本的なこと……？」

聞き返した浅井に、アルトマン教授は言った。

「そうです。まず、尾崎先生が大学にいらした頃の環境です。当時の研究室には、何人くらいの人がいて、尾崎先生はどういう立場だったかというような……」

「鷹原教授の下には、尾崎先生を入れて十三人の研究員がいました。五年前は、嘉村先生も、杉江先生もまだ准教授じゃなくて、講師だったと思います」

　碓氷は尋ねた。

「嘉村先生と杉江先生が、准教授になられたのは、いつのことですか？」

「杉江先生が准教授になったのは、三年前です。嘉村先生は……、ええと、いつだったかなあ……。はっきりとは覚えていないんですが、五年くらい前だったと思いますよ」

「やはり、五年前ですか……」

「五年くらい前と言ったのです。正確に五年前かどうか、僕にはわかりません」

　アルトマン教授が質問した。

「尾崎先生は、その当時は講師だったのですか？」

「そうですね」

「現在の尾崎先生の研究活動は、実に示唆に富んでおり、参考になります。順供大学におられる頃から、そうだったのでしょうね？」

「ええ、昔からとてもユニークな発想をなさる方でした。ただ……」

「ただ、何です？」

「鷹原教授は、突飛な発想よりも、基礎的な検証を大切にする方ですから……」

「それは、鷹原教授が尾崎先生を、あまり評価していなかったということですか？」

浅井は、言いにくそうに、しばらく考え込んでいた。

「うーん、難しい質問です。評価していなかったわけではないと思います。でも、もっと研究のテーマを慎重に選ぶように、とはよく言われていました」

「それは、具体的にはどういうことだったのでしょう?」

「尾崎先生は、これまで日本の考古学界では、まともに取り上げられないような事柄も、どんどん研究に取り入れていました」

「古代王朝の話などですね?」

「そうです。教授もよくご存じの、『竹内文書』などの記述も研究対象にしていました。また、『東日流外三郡誌《つがるそとさんぐんし》』などにも注目されていました」

「なるほど、『東日流外三郡誌』……」

碓氷は、隣のアルトマン教授を見て尋ねた。

「何です、それは……」

アルトマン教授は、テーブルの上にあったメモ帳に、文字を書いた。

「東日流とは、その音のとおり、東北地方の津軽のことです。古史古伝といわれる文書群の中の、『異録四書』の一つとされています」

「東北の歴史について書かれているわけですか?」

「古代の東北には、大和朝廷とはまったく別の王朝が栄えていたという内容です。記述の中に、『アラハバキ神』なるものも登場して、それを象ったのが、遮光器土偶だとされています」

「遮光器土偶……」

碓氷も、それは知っていた。歴史の教科書などにも載っていた。巨大な目を持つ不可思議な形をした土偶だ。

アルトマン教授は、ほほえんだ。

「そうです。主に東北地方から出土した土偶で、縄文時代に作られたものだと言われています。その特徴ある姿から、さまざまな想像をかき立てられます。大きな目の中央を横断するように線が描かれています。それが、イヌイットが雪原で使う光を遮るための眼鏡に似ているところから、遮光器土偶という名前をつけられました」

碓氷は尋ねた。

「じゃあ、その土偶は、イヌイットと関係があるということですか?」

「関係がないとは言い切れませんね。北方の古代史については、謎の部分が多い。アイヌ民族にしても、限定的に北海道に住んでいますが、古代にはもっとずっと広い範囲に居住していた可能性があります。アイヌ民族を経由して、イヌイットの文化が東北まで伝わっていたとしても、それほど不思議ではありません」

アルトマン教授が話しはじめると、浅井が眼を輝かせた。

彼の言葉を一言たりとも聞き逃すまいとしているようだ。

碓氷は、さらに尋ねた。

「じゃあ、遮光器土偶というのは、古代の東北地方が、北海道やさらにイヌイットが住むアラスカあたりまで文化的につながっていたということを示しているのですか？」

「その可能性は、あります。イヌイットもアイヌ民族も、狩猟民族です。世界の規模で見ると、狩猟民族の移動範囲というのは、驚くほど広いのです」

「では、古代の東北地方に大和朝廷とは別の王朝があったという説も、あながち否定はできないですね」

碓氷が言うと、アルトマン教授は、またほほえんだ。

「否定はできませんが、肯定もできません。古代の王朝云々という話に関しては、充分に検証しうる出土品が存在しません。そうした場合、日本の考古学では、その説を否定するのです」

「まだ証拠が見つかっていない、とは考えないのですか？」

「現在見つかっている物で、推論を構築していくのです。まことに慎重な態度で、信頼度という面ではきわめて高いと言えます。遮光器土偶に関しても、現在の定説では、眼鏡など特別なものをかけているのではなく、目を強調したものだということになっています」

「目を強調ですか……。なんだか、つまらない解釈ですね」

「正直なことを言いましょうか。私も同感ですね」

　浅井が言った。

「遮光器土偶に関しては、さまざまな解釈があります。尾崎先生は、『アラハバキ神』に着目していました。その起源は不明なのですが、民間信仰の神として東北中心に古くから祀られていましたから……」

　アルトマン教授は、担当している学生を見るような眼差しを浅井に向けた。

「そう。遮光器土偶に関しては、いろいろな説があります。極端なものでは、オーパーツ説ですね」

「オーパーツというのは？」

　碓氷の問いに、アルトマン教授が答えた。

「出土したものや発見されたものが、その場所や時代にそぐわない場合に、そう呼ばれます」

「場所や時代にそぐわない……」

「例えば、マヤ文明、アステカ文明、インカ帝国など、中南米の遺跡から発掘されたといわれる水晶ドクロなどが有名ですね。あまりに精密な工芸品なので、その時代の技術では作ることが不可能だと言われたのです」

「遮光器土偶もそうだと……」

「遮光器土偶オーパーツ説の始まりは、ソ連のSF作家、A・カザンツェフだと言われています。彼は、想像力豊かに、この土偶は、宇宙服を着た地球外生物を表現していると言ったのです」

「そいつは、逆に夢がありすぎてついていけない気がしますね……」

「そういう説が存在するということ自体は事実なのです。その他に、遮光器土偶は、古代シュメールの女神、イナンナであるという説もあります。イナンナは、アッカド語ではイシュタルと呼ばれます」

　碓氷は、その言葉にひっかかりを覚えた。

「シュメール……。聞き覚えのある言葉なのですが……」

「楔形文字ですよ。もともと楔形文字は、シュメール人がシュメール語を記録するために作り出したものでした。その後、殺人現場に残されていたようなヒッタイト語や、アッカド語、エラム語に借用されたのです」

「そこに何かつながりはあるでしょうか？」

　碓氷は尋ねた。「現場に残された楔形文字とシュメールの神様と……」

　アルトマン教授は、即座に浅井に尋ねた。

「あなたは、どう思いますか？」

　これが、アルトマン教授のやり方であることは、もう碓氷にもわかっていた。対話する相手にこたえさせておいて、自分の考えをまとめていくのだ。

浅井が慎重な態度でこたえた。

「どうでしょう。埼玉の現場に残されていたのは、今教授がおっしゃったように、ヒッタイト文字に間違いないでしょう。だとしたら、直接にシュメールとの関係はないと思います」

「そうですね。同じメソポタミアでも時代が違います。シュメールの都市国家群が衰退した後、アッカド王サルゴンがメソポタミアを統一。その後は、バビロニア王国ができます。そして、今のトルコにいたヒッタイトがバビロニア王国を滅ぼすわけです」

浅井がさらに言った。

「シュメール人とヒッタイト人は、民族的にも異なっています。ヒッタイト人は、インド・ヨーロッパ語族ですが、シュメールはおそらくそうではありません。民族系統が不明なのです」

「しかしですね」

アルトマン教授が言った。「シュメールのイナンナは、『ギルガメッシュ叙事詩』にもイシュタルの名で登場して、メソポタミアでは、広く、そして時代を越えて信仰されました。信仰というのは、不思議なもので、支配者が変わって、新たな信仰が土地にもたらされたとしても、決してなくなりません。むしろ、新たな宗教は、土着の信仰の影響を受けて変質していきます」

浅井はうなずいた。

「それは、よくわかります。インドで生まれた仏教は、チベットでは土着の信仰と結びついて、転生を重視します。また、中国では道教と結びついて独特の発展をします。本家のインドでも、バラモン教の影響を受けて、初期の密教が成立しました」

「そう。キリスト教においても、カトリックでは聖母マリア信仰があります。これは、もともとケルト人の地母神信仰の影響だと言われています」

碓氷は、混乱してきた。

「ちょっと待ってください。私たちは、現場に残された楔形文字の話をしているのですよね？」

アルトマン教授が碓氷に言った。

「こうした考察を経ないと、あの文字が現場に残された理由が読み解けないと思います」

そう言われては、何も言えない。もともと、専門家の意見を聞くことが目的だった。そして、今、二人の専門家が意見を交わしているのだ。

しばらく黙って聞くことにした。

14

アルトマン教授が、浅井に言った。

「ヒッタイト人は、千の神を持つといわれるほど、多くの神々を信仰の対象にしていました。その中には、もちろんイシュタルも含まれます。イシュタルは、メソポタミアだけでなく、多くの地域の神話に名前を変えて登場しています。古代ギリシャではアフロディーテ、ローマではビーナスがそうです。あなたは、イナンナ、あるいはイシュタルの属性をご存じですか？」

「金星の女神です。豊穣の女神だという説もありますが、それは、かなりぼかした言い方で、ずばり言うと、豊穣や出産につながる性愛の女神です。そして、戦いの神でもある……」

「そのとおり。もともと金星がビーナスと呼ばれるようになったのも、イシュタルが金星の女神だったからです。そして、性愛の女神だったというのも正しい」

「娼婦の神でもありますからね」

その浅井の言葉に、碓氷は驚いた。

「娼婦の神……?」

アルトマン教授が説明した。

「ヘロドトスの『歴史』の中に、バビロンのイシュタル神殿における、神聖娼婦の記述がありま す。これについては、多くの誤解があると言わねばなりません。古代メソポタミアにおいては、神の活力を与えるために、神殿において巫女《みこ》が性交渉を行う習慣があったと言われています」

「神殿で性交渉ですか」

碓氷は驚いた。「なんだか、罰当たりな気がしますね……」

「そう思うのは、ユダヤ教やキリスト教など一神教の影響でしょう。もっと言えば、中世以降の道徳観かもしれません。性に関する道徳観は、古代と現代とでは、驚くほど違っているようです。性は神聖なものだったのです」

浅井が言った。

「イシュタルは、旧約聖書にもアシタロテという名で登場します。たしか、サムエル記だったと思いますが、主に対する信仰のために、『他の神々とアシタロテ』を心の中から打ち捨てなければならない、という記述があります。他の信仰を捨てなさいということですけど、わざわざ『他の神々とアシタロテ』という言い方をしている。それくらいに、あの時代にイシュタルへの信仰が強固だったということでしょうね」

アルトマン教授は、ちょっと驚いたような表情になった。

「おや、よく勉強されていますね。イシュタルについて、そんなによくご存じとは……」

「かなりの部分、尾崎先生の書物の受け売りですけど……」

「おっしゃるとおり、イシュタルは、旧約聖書では、アシタロテ、あるいはアシュトレト、複数形でアシュタロトなどと呼ばれますが、これは、イシュタルに『恥』を意味する母音を読み込んだものと言われています。また、新約聖書では、ヨハネの黙示録の第十七章に、大淫婦に関する記述があります。その中で『大バビロン、地上の淫婦と憎むべき者との母』という言葉が出て来ます。一般に教会では、これを偶像崇拝のことと、説明していますが、明らかにイシュタルのことを指していますね」

「それも、何かで読んだ記憶があります。たぶん、尾崎先生の本だったと思います」

アルトマン教授は、碓氷に言った。

「現場に残っていた、ヒッタイト文字の写真を見せてもらえますか？」

碓氷は、取り出してテーブルの上に置いた。アルトマン教授は、それを指さし、浅井に尋ねた。

「これは、表音文字では『アン』と読みます。しかし、限定詞として使用される場合は、『ディンギル』、つまり、神を表します。ここで質問です。今、議論したことを踏まえて、この文字は、何を表していると考えますか？」

「今の話を踏まえてということなら、当然、神を表す限定詞として書き残したということになりますね。しかも、イシュタルである可能性が高いということでしょうか……」

「そう、実際に楔形文字でイシュタルを記述するときには、この『ディンギル』という限定詞が使われています」

「しかし……」

浅井は苦笑した。「それだけのことで、現場に残された文字がイシュタルを表していることにはならないでしょう」

「もちろん、そうです。でも、現場に楔形文字を残した人物は、何らかの目的があって、この文字を選択したはずです。私は、その意図を知りたいのです」

浅井は、アルトマン教授に尋ねた。

「楔形文字が単一で限定詞に使用されることはありません。単一で使用される場合は表音文字と考えるべきじゃないですか？」

「警察では、二つのペトログリフを、犯人が描き残したものと考えているようです」

浅井がちらりと碓氷のほうを見た。碓氷は何も言わなかった。

「そう考えるのが当然ですね」

「だとしたら、それは犯人のメッセージのはずです。これは、碓氷さんとも話し合ったことですが、あの文字を書き残した人物は、まったく迷いもためらいもなく二つのペトログリフを描いている。つまり、桃木文字やヒッタイト文字をよく理解している人物と考えていいでしょう」

「そうかもしれません」

「だったら、意味もない文字を残すはずがない。そう思いませんか？」

「どうでしょう……」

浅井は考え込んだ。「どんな文字でもよかったのかもしれません」

「なぜそう思うのです？」

「一つは、日本の桃木文字、一つはヒッタイト文字です。桃木文字は、残された時代もはっきりせず、近世の偽作かもしれないといわれています。一方、ヒッタイト文字は、世界的に認められている、たいへん貴重な歴史的資料です。その差は歴然としています」

「それで……？」

「犯人は、ただ、捜査の混乱を狙って、あれを描き残したのかもしれません」

アルトマン教授は、碓氷に尋ねた。

「捜査は混乱しているのですか？」

碓氷はかぶりを振った。

「捜査本部全体について言えば、混乱などしていません。調べは着々と進んでいます。ペトログリフについて、担当している捜査員は今のところ、私一人だけです。ですから、ペトログリフが残されていたことが、捜査全体に及ぼす悪影響は、ほとんどないと言っていいでしょう。まあ、正直に言って、私は少々混乱していますけどね……」

アルトマン教授は、浅井に言った。

「捜査は混乱などしていないそうですよ」

浅井は、さっと肩をすくめた。

「犯人は捜査については素人でしょう。そういうことはわからなかったかもしれません」

「わからないのに、捜査の混乱を狙うというのは、理屈に合わないのではないですか?」

「混乱するかもしれない、という程度の考えだったのではないでしょうか」

アルトマン教授は、碓氷に尋ねた。

「今の浅井さんの意見について、どう思いますか?」

「捜査を攪乱しようという犯人の目論見《もくろみ》は、たいていはそれほど効果的ではないということは、よくあります」

「先ほど、あなたは、浅井さんと同じような意見を述べられましたね? 犯人は時間稼ぎのためにペトログリフを残したのかもしれないと……。だから、どんな文字でもよかったというのが、あなたの見解でした」

碓氷はかぶりを振った。

「教授と話をしたり、今の二人の話を聞いたりして、考えが変わりましたよ。あの文字は、犯人のメッセージです。適当な文字を描き残したわけではありません。今では、そう考えています」

「では、私と同じ考えですね」

浅井が言った。

「しかし、あのヒッタイト文字が、イシュタルを表しているかもしれないという考えは、どうかと思います。根拠がなさ過ぎます」

「なるほど、根拠がない」

アルトマン教授は、子供のように眼を輝かせた。「しかし、ある要素によって、仮説を立てることはできます」

浅井が眉をひそめる。

「ある要素?」

「最初の被害者です。女性でした。殺害するくらいですから、犯人は被害者を激しく憎悪していたことも考えられます。もし、そうだとしたら、娼婦というシンボルを持つイシュタルの名を刻んだことも考えられます」

碓氷は、この言葉に心の中でうなずいていた。たしかに、尾崎が鷹原早紀を激しく憎んでいた可能性はある。

「被害者が女性というだけで……。教授の奥さんは、娼婦などという言い方とは程遠い存在でした」

浅井は少々憤慨した様子だった。アルトマン教授が言った。

「失礼なことを言ったかもしれません。しかし、事実から眼をそらさないのが、学問的な態度です」

「それはわかっていますが……」

「重要なのは、教授の奥様がどんな人だったか、ではなく、犯人がどう思っていたか、ではないですか？」

「犯人がどう思っていたか……」

「そうです。殺人の動機は、合理的な事実とは限りません。動機は、犯人の心理の中から生まれるのです」

浅井はしばらく考えている様子だった。やがて、彼は言った。

「そのとおりだと思います。でも、あのヒッタイト文字が、イシュタルを意味していると考えるのは、やはり、論理の飛躍があると思います。もし、表音文字ではなく、限定詞だとしても、すべての神の名の前に記される文字ですから……」

「なるほど……」

「二つの文字には、ペトログリフであるということ以外に、何か共通点があるとしたら、話は違ってきます」

アルトマン教授は、驚いた表情で、浅井の顔を見た。

「共通点……？」

「はい。そうでなければ、別々のペトログリフを残した意味がありません。同じペトログリフを残せばいいんです」

「でも、先ほどあなたは、一方は偽作かもしれない文字、一方はきわめて歴史的な価値の高い文字で、その差は歴然としていると言いませんでしたか？　その二つの文字にどんな共通点があるというのです？」

「あくまでも、何か共通点があれば、という仮定の話ですが……。研究資料としての価値や、その読み方などにとらわれていると、共通点に気づかないかもしれません」

「どういうことでしょう？」

「教授はあくまでも、二つのペトログリフを、何かのメッセージだとお考えなんですよね」

「そうです」

「ならば、あらゆる可能性を考察してみるべきです」

「やっているつもりですが……」

戸惑うアルトマン教授に、浅井は言った。

「まだ、文字の読みとか意味そのものにこだわっているように思えます。純粋に形状に注目してみるとか……」

アルトマン教授は、碓氷に言った。

「桃木文字のほうの写真も持っていますか？」

碓氷は写真を取りだして、ヒッタイト文字の写真と並べて置いた。アルトマン教授は、あらためてその二つの写真を見つめた。

一分ほどそうしていただろうか。碓氷が声をかけようとしたとき、アルトマン教授が言った。

「なるほど、今のは面白い指摘でした。考慮してみましょう。さて、尾崎さんが大学にいらした頃のことについて、もう少しうかがいたい」

浅井がうなずいた。

「どうぞ」

「鷹原教授の研究室には、十二人のお弟子さんがおいでだったとか……」

「尾崎先生を入れると、十三人になります。尾崎先生が抜けたことで、十二人になったのです」

「十二人の弟子ということで、キリストの十二使徒になぞらえる人もいたということですね」

「はい。そのとおりです。尾崎先生をユダだと言っていた者もいます」

「でも、それは、キリスト教をよく知らない人々の言ったことですね。聖書の十二使徒は、イスカリオテのユダを入れて十二人なのです。レオナルド・ダ・ビンチの『最後の晩餐』に描かれているのが、その十二人です」

「ええ、それは私たちもよく知っています。でも、何かになぞらえるとき、そういうことはあまり問題ではないのです。弟子の数が十二人であることが、十二使徒を連想させ、尾崎先生が研究室を追われたことが、ユダを連想させるということなのです」

アルトマン教授がうなずいて言った。

「シンボルというのは、そういうものですね。この場合、十二という数がシンボルとして重要なのです。ところで、あなたは、今、尾崎先生が研究室を追われたと言いましたね？尾崎先生は、自主的に大学を去ったのではないのですか？」

浅井は、口ごもった。

「自主的に辞められたのだと思います。でも、辞めるには理由があったはずです。その理由は、研究室の側にあったのかもしれないと思ったもので……」

「研究室の側に……？　それはどういうことだったのでしょう？」

「具体的なことを知っているわけではありません。ただ、そう思っただけです。刑事さんにも言いましたが、僕は、学部時代は、この大学じゃなかったんです。大学院からここにやってきたので、他の研究員ほど事情に詳しくないんです。そういうことは、鷹原教授とか、嘉村先生に訊いたほうがいいと思います」

「そうですか……」

そのとき、碓氷の携帯電話が振動した。鈴木係長からだった。

「はい、碓氷です」

「今、どこにいる？」

「順供大学です」

「すぐに戻って来られるか？」

「何かあったんですか？」

「尾崎徹雄の出国記録が確認された。カンボジアに出かけているということだ」

「すぐに戻ります」

電話を切ると、アルトマン教授が碓氷に尋ねた。

「どうしました？」

「ちょっと、捜査に進展がありました」

碓氷は、浅井に言った。「いろいろと参考になりました。また、お話をうかがいにくるかもしれませんが、そのときは、よろしくお願いします」

尾崎が海外にいることを、浅井には知らせないでおくことにした。浅井は、もう知っているのかもしれない。また話を聞きに来るときのために、なるべくこちらの手の内は見せないほうがいい。そんな気がしていた。

15

捜査本部に戻ると、碓氷はすぐに鈴木係長に尋ねた。

「尾崎は、高飛びですか？」

鈴木係長は、苦い表情で首を横に振った。

「いや、尾崎が出国したのは、十月九日。鷹原早紀が殺害されたのが、十月十二日の深夜と見られているから、その三日前ということになる」

碓氷は、一瞬言葉をなくした。

「……つまり、アリバイ成立ということですか？」

「そういうことになるな……」

「アリバイ工作じゃないんですか？　出国して、またすぐにこっそり入国しているとか……」

「入国の記録はない。まだ、海外にいるということだ。今、カンボジアに入国の記録があるかどうか、問い合わせている」

碓氷は、少なからず動揺していた。容疑が濃いと思っていた尾崎にアリバイがあった。

捜査は、また一からやりなおしということだろうか。

　碓氷だけではない。捜査本部にいる刑事たちや捜査幹部も動揺しているのは明らかだった。

「失礼……」

　アルトマン教授が言った。「どういうことなのか説明してくれますか？」

「尾崎が容疑者のリストから外される、ということですね？」

「事件が起きたときに、尾崎先生が海外にいたことが証明されたということですよ」

「そうです。尾崎が鷹原早紀と滝本忠治を殺害することは不可能だったわけです」

　アルトマン教授が言った。

「それを聞いて、ほっとしました」

「ほっとした、ですって？」

「ええ。私は尾崎先生を尊敬していますから……」

「冗談じゃない。捜査が振り出しに戻ったかもしれないんですよ」

　つい、語気が荒くなってしまった。なにも、アルトマン教授に当たることはないのだ。

　碓氷は、すぐに反省した。

「すいません。教授のお立場なら、ほっとされるのも当然ですね」

「あなたのお気持ちもわかりますよ。犯人だと信じていた尾崎先生が、容疑者ではなくなったのですからね。残念でしょう」

碓氷は、しばらく考えてから言った。

「いや、まだ尾崎を容疑者リストから外すのは早いかもしれません」

「まだ早い……？」

二人の会話を聞いていた鈴木係長が、碓氷に言った。

「たしかに、ウスやんの言うとおり、アリバイ工作の可能性は、ないことはないが……」

「海外に出かけたように工作することは、不可能ではないと思います。自分に似た他人にパスポートを持たせて、出国させるとか……」

「たしかに、日本人が出入国をする場合、指紋の認証もないしな……。だが、入国管理局の職員は人相を見る訓練をしているはずだ」

「それでも、方法はあるはずです。カンボジアにいるという尾崎の身柄を押さえて、本人かどうか確認するまで、まだ、容疑者ですよ」

「まあ、たしかにそうだな」

アルトマン教授が溜め息をついた。

「刑事さんというのは、厳しい見方をするものですね。私は、尾崎先生を信じたい」

碓氷はアルトマン教授に言った。

「あなたは、尾崎と会ったことはないと言ってましたよね？」

「会ったことはありません」

「なのに、尾崎を信じたいと言うのですか？」

アルトマン教授は、うなずいた。

「著書を読めば、人柄がわかります。尾崎先生は、常に物事を前向きに考えるタイプです。そういう人が、人を殺すほど思い詰めたり、人を怨んだりするとは思えません」

「人生では、何が起きるかわかりません。殺人事件は、毎日のように起きているのですよ。だから、私たちの仕事がなくならない。犯人が逮捕されたとき、周囲の人々は、まさか、あの人が、と言うことが多いのです。意外な人が、意外なことをやってしまうのですよ」

アルトマン教授は、しばらく無言で考え込んでいた。やがて、言った。

「あなたは、毎日犯罪者を相手にしておられる。だから、つい、人を疑ってしまうようになってしまったのではないですか？」

碓氷は、うなずいた。

「そうかもしれません。しかし、これだけは、はっきりしているんです。誰もが犯罪者になり得る。そして、いつその瞬間が来るか、誰にもわからないのです」

「オーケイ」

アルトマン教授が言った。「尾崎さんが海外にいることが確認されるまで、私は、余計なことは言わないことにします。私の役割は、犯人がどうしてペトログリフを残したのか、それを解明することでしたね？」

「はい、そうです」

「誰が残したのかを考えるのは、私の役割ではない。それは、あなた方の仕事だということですね？」

碓氷は、笑みを浮かべて言った。

「まあ、教授が犯人を見つけてくれたら、私たちは楽ができますがね……」

もちろん冗談のつもりだったが、アルトマン教授は笑わなかった。

「捜査に協力するからには、できる限りのことをしますよ。殺害されたのは、大学の研究室の講師たちです。私は、あなたたちよりもその世界に詳しい。また、あなたたちとは違った角度から、事件のことを見ることができるかもしれません」

鈴木係長が言った。

「専門家の見方というのは、捜査の上でも重要なものです。協力を感謝しますよ」

アルトマン教授が、鈴木係長にほほえみかけた。

「捜査会議は何時からですか？」

鈴木係長がこたえた。

「午後八時からの予定ですが……」

アルトマン教授は、碓氷に言った。

「けっこう。それまでに、発表すべきことをまとめておかなければなりませんね」

たしかに、田端課長は、何かわかったら、アルトマン教授に、捜査会議で発表してもらうと言った。一般人に捜査会議の出席を許していいものだろうかと、碓氷は疑問に思っていた。

おそらく鈴木係長も同じだろう。

だが、課長が決めたことなので、碓氷があれこれ言う必要もない。

碓氷は、アルトマン教授に言った。

「では、これからのことについて、相談しましょう」

碓氷はアルトマン教授とともに、鈴木係長のもとを離れた。

アルトマン教授が、碓氷に言った。

「浮かない顔ですね」

浮かない顔、などという表現に、やはり驚かされてしまう。

「そう見えますか？」

「あなたは、尾崎先生が犯人だという前提で捜査を進めていた。その前提条件が崩れたのですから、動揺するのも当然です」

「読みが外れることは、よくあるんです。だから、いちいち落ち込んではいられないんですよ」

「学者の研究も、なかなか仮説通りには進まないものです」

碓氷は、曖昧にうなずいた。

「捜査会議に出席すると、帰宅はかなり遅くなるはずです。だいじょうぶですか？」

「大学は休みにすると言ったでしょう。だいじょうぶです」

「私たちは、ここに泊まり込みです。徹夜で捜査する者もいますし、仮眠所の布団にもぐり込んで寝る者もいます」

「ほう。それでは、私も泊まり込むことにします」

碓氷は驚いた。

「その必要はないと思います。帰宅されて、また明日の朝に来てくだされば……」

アルトマン教授は、かぶりを振った。

「あなたの上司は、私のことを、あなたのパートナーだと言いました。ならば、私はあなたと行動を共にします」

田端課長が言ったことだ。

碓氷は、昨日帰宅したので、今日は捜査本部に詰めるつもりだった。だが、碓氷が残れば、アルトマン教授も残ると言うだろう。教授のことを考えて、今日も帰宅したほうがよさそうだと思った。

「では、こうしましょう。今日は、私も自宅に戻ります。ですから、教授も帰宅してください。本部に泊まり込むのは、明日からにしましょう」

「オーケイ。では、明日は着替えを用意して来ることにします」

長机の空いている席に二人で腰かけ、浅井から聞いた話を検証することにした。

「私がお二人の話を聞いた印象では、新しい手がかりはなかったように思うのですが……」

「そうでしょうか。私は、新しい発見がいくつかあったように思います」

「新しい発見？　どんなことです？」

アルトマン教授がこたえた。

「浅井さんが、『東日流外三郡誌』のことを言ってくれなければ、『アラハバキ神』のことを思い出すこともなかった。つまり、遮光器土偶からイシュタルのことを連想することもなかったはずです」

「でも、あのヒッタイト文字がイシュタルを表しているという説には、浅井さんは否定的だったと思います」

「そう。彼は、その点、ぶれませんでしたね」

「ぶれなかった……？」

「私は、誘いをかけたのです。ミステリー作家が、読者のミスリードを誘うように……」

「何のために？」

「いつもやることですよ。学生たちが、どれくらい確かな知識を持っているか、あるいは、どれくらいちゃんと物事を理解しているかを試すためです」

「あなたの学生でなくてよかったと思いますよ」

「そういう対話によって、こちらもいろいろな発見をするものです」

「浅井さんは、あなたの誘導にひっかからなかった。つまり、あのペトログリフについて、正しく理解していたということでしょうか？」

「そういうことだと思います。浅井さんは、尾崎先生の受け売りだと言っていましたが、たしかによく勉強されていますね。おそらく、浅井さんは、彼自身でイシュタルにたどり着いていたのかもしれません」

碓氷は、思わず眉をひそめた。

「どういうことです？　彼がイシュタルにたどり着いていたというのは……」

「浅井さんは、あの二つのペトログリフについて、いろいろと調べていたに違いありません。でなければ、簡単に私の誘導にひっかかったはずです」

「教授と話をする前に、あの文字がイシュタルを表しているという仮説を立てていたということですね？」

「そうです。そして、それを自分で否定していたのです。だから、ぶれなかったわけです」

碓氷は、アルトマン教授が言ったことは、本当にあり得るかどうか、無言で検討していた。わからなかった。

専門家同士の話なので、どの程度のことが常識で、どこから先が常識外なのか判断がつかないのだ。碓氷にしてみれば、遮光器土偶だの、それが、メソポタミアの女神と結びつく話だの、そして、その女神が娼婦の象徴だのといった話は、いずれも突拍子もないものに感じられる。

だが、彼らにとっては常識なのかもしれない。そんなことを考えていると、アルトマン教授が言った。

「浅井さんが言った、二つのペトログリフの共通点という言葉が気になります」

「ペトログリフであるという以外に、共通点などあるのでしょうか？　私は、考古学や歴史に関しては、まったくの素人ですが、歴史的な価値という意味でも、まったく違っていることはわかります」

「そう。私たちは、ペトログリフであるということに、眼を奪われていたのかもしれません」

「どういうことです？」

「浅井さんは、こう言ったのです。純粋に形状に注目してみるとか……」

碓氷は、二枚の写真を取りだして、長机の上に並べた。

「形に共通点があるとは思えませんね」

アルトマン教授は、肩をすくめた。

「まあ、浅井さんも、思いつきで言っただけなのかもしれません。しかし、検討に値する指摘だと思いますね」

碓氷は、二枚の写真を見つめた。アルトマン教授も同様に見つめている。二人でしばらくそうしていた。

碓氷は声をかけられて顔を上げた。梨田が立っていた。外回りから戻って来たようだ。

「あれ、思ったより面白いですよ」

「何の話だ？」

「尾崎徹雄の本を読んでおけって、自分に言ったじゃないですか？」

すっかり忘れていた。

「そうだったな。すまんが、あれは、もういいんだ」

「もういいって、どうしてですか？」

「聞いてないのか？」

「何をです？」

碓氷は梨田に告げた。

「尾崎は、事件当時、海外にいたらしい」

「アリバイですか……」

「本人の所在確認が取れていないから、まだ完全にシロだとは言い切れないが……」

「そうですか……」

アルトマン教授が梨田に言った。

「尾崎先生の何をお読みですか？」

梨田が、驚いた様子で、碓氷に尋ねた。

「こちらの方は？」

碓氷は梨田にアルトマン教授を紹介した。

「言葉のことは心配するな。もしかしたら、おまえより日本語が達者かもしれない」

梨田は、アルトマン教授に言った。

「『山のことば、海のことば』という本です。まだ、読みかけですが……」

「あれは、いい本です。難しい学問用語など使わず、わかりやすい言葉で、さまざまなテーマを提供してくれています」

梨田が何度もうなずいた。

「そうなんです。すごくわかりやすいんですよ。聞いたことのある伝説とか昔話を例にとって、日本がどれくらい多種多様な文化の影響を受けているかを説明してくれるんです」

碓氷は、興味を引かれて聞き返した。

「伝説や昔話……？」

　梨田ではなく、アルトマン教授がこたえた。

「例えば、浦島太郎の昔話です。日本国内でもいろいろなパターンがある昔話ですが、その原型はミクロネシアの伝説だといわれています。また、ワタリガラスというカラスの一種は、シベリアやアラスカなどで、天地開闢《かいびゃく》に関わる重要な鳥とされています。ワタリガラスは、北欧神話では、オーディーンの斥候といわれていますが、これが八咫烏《やたがらす》の原型になったのかもしれないと、尾崎先生は、本の中で述べています」

「北欧神話が八咫烏の……？」

　碓氷はアルトマン教授に言った。「それは本当のことなんですか？」

「本当のことかどうかなんて、誰にもわかりません」

　碓氷はアルトマン教授に再度尋ねた。

「眉唾ってことですか？」

「そうではありません。この類の話は、誰にも証明できない代わりに、否定もしきれないのです。どの程度の可能性があるかという、比較論なのです」

「北欧の文化が大昔の日本に伝わってきていた可能性があるということですか？」

「可能性はおおいにありますよ。遮光器土偶の話をしたときも言いましたが、北海道を経由して、イヌイットなどの文化が日本に入ってきた可能性は、否定できないのです。アイスランドやスカンジナビア半島から、現在のポーランドやロシアを経由して、伝説や神話が伝わってくるというのは、歴史的に見れば、それほど突飛な説でもないのです」

「へえ……」

「日本列島の周囲には、四つの海流が流れています。日本海流、対馬海流、リマン海流、千島海流……。極端な言い方をすれば、太平洋、日本海、オホーツク海や東シナ海周辺のどこかで何かを流したら、日本列島に流れ着く可能性が高い。それは、何を意味しているかというと、日本は文化の吹きだまりだということなのです。尾崎先生は、『山のことば、海のことば』で、そのことを語っているのです」

　梨田が言った。

「それが、とても納得できるんですよね。今、自分たちが日本独自の文化だと思っているものは、ほとんどが外来のものだというんです」

「そう」

　アルトマン教授が言った。「大昔から、いろいろな人々が日本列島に流れ着いて、言葉や文化を伝えました。それが、長い年月の間に、幾重にも重なって、日本独特の文化を形成していったのです」

　そのとき、管理官席で、大きな声が聞こえた。

「尾崎徹雄本人と連絡が取れました。すぐに帰国の準備に入るそうです」

ひな壇の田端課長が尋ねる。

「帰国はいつになる？」

「乗り継ぎの関係で、明後日になるということです。捜査員が、成田空港まで行って、本人確認をする予定です」

「わかった」

そのやり取りを聞いたアルトマン教授が言った。

「どうやら、アリバイは確実のようですね」

「まだ、本人確認が済んでいません」

確氷は言った。「……しかし、まあ、アリバイ成立は間違いないでしょうね」

梨田が言う。

「しかし、自分なんか、すっかり尾崎が本命だと思っていましたからね……」

「おまえ、地取りだったな？　マンションの防犯カメラは、どうなんだ？」

梨田は顔をしかめた。

「それがですね、故障していたんですよ」

「故障……？」

「事件の三日前から、映像データを保存できない状態になっていたそうです。マンションの管理会社も、これまで、実際に防犯カメラが役に立つような事件がなかったので、それほど修理を急いでいなかったようです」

「鷹原教授は、そのことを知っていたのか？」

「知っていたと思います。自分は、直接確認を取っていませんが……」

「他に、そのことを知っていた者は……？」

「自分は、知りません。そういうのって、鑑取りの仕事ですから……」

　碓氷は、思わず顔をしかめた。

「地取りも鑑取りもあるか。もしかしたら、それが重要な手がかりになるかもしれないんだ」

　そう言いながら、携帯電話を取りだしていた。鑑取りをやっている高木に電話した。

「何だ？」

　高木は、相手の確認もせずに、そう言った。番号を登録している相手の名前が携帯電話に表示されることは、碓氷だって心得ている。だが、こうしたやり取りには、まだ慣れなかった。

「碓氷だが……」

「わかってるよ」

「マンションの防犯カメラが故障していたという話、聞いているか？」

「もちろんだ」

「俺は聞いてなかった」

「捜査会議で発表されたぞ。会議で配られた資料の中にもあった」

今朝は自宅から青督学院大学に直行したので、朝の捜査会議を欠席していた。おそらく、そのときに発表されたのだろう。

碓氷は高木に尋ねた。

「鷹原研究室の関係者で、そのことを知っていたのは誰だ？」

「今のところ、確認が取れているのは、鷹原教授、嘉村准教授の二人だ」

「嘉村准教授は、どういう経緯でその事実を知ったんだ？」

「十月十日、水曜日に、彼は鷹原教授宅を訪ねているんだ。教授が帰宅するときに、同行した。そのときに、防犯カメラの話題が出たらしい」

「防犯カメラの件、他に知っている者はいないのか？」

「どうして、そんなことにこだわるんだ？」

「海外にいる尾崎徹雄と連絡が取れた。遅くとも、明後日には本人確認が取れるだろう」

「なるほど、アリバイ成立か……」

「防犯カメラに犯行当時のことが映っていないかと思って、洋梨に尋ねたら、防犯カメラが故障していたって言うじゃないか……」

「犯人は、そのことを知っていた可能性が高いということか？」

「そう考えて当然だろう。俺はまだ、嘉村准教授からは、詳しい話を聞いていない。鑑はどうなんだ？」

「あんた、あの壁のへんてこな文字のことを調べているんだろう？　鑑取りのことは、俺たちに任せてくれ」

「おまえも、洋梨みたいなことを言うのか。いいか、捜査ってのはただ分担して調べればいいってもんじゃないんだ」

「わかってるよ。そのために、捜査会議があるんじゃないか。もっとも、居眠りしてたんじゃ、捜査会議の意味はないがな」

「誰が居眠りしてたなんて言った？」

「だって、防犯カメラのことを知らなかったんだろう？」

「今朝の捜査会議に出てないんだ」

「そういえば、姿が見えなかったな。じゃあ、捜査本部に合流した埼玉県警の連中にも会ってないのか？」

すでに、埼玉県警の捜査員たちがやってきて、第二の事件について報告があったということだ。

「会ってない。だが、現場で話をしている」

「ああ、現場の様子は梨田から聞いた」

会議を欠席した者に、わざわざ話し合われた内容を教えてくれる者はいない。誰かをつかまえて、尋ねなければ置いて行かれるのだ。

「容疑者が絞れれば、現場にペトログリフを残した理由も明らかになるんだ」

「そいつは、話が逆だな」

「逆……？」

「俺たちは、ペトログリフの意味を解明することで、誰があそこに描き残したのかを割り出せると期待しているんだ」

「俺に、犯人を割り出せと言ってるのか？」

「期待して悪いことはないだろう？」

「そいつは、難しいな」

「あんたなら、やってくれると思っているんだ」

買いかぶりだ。碓氷は、自分をそれほど優秀な捜査員だとは思っていない。

「あんたや梨田の協力が必要なんだよ」

「もちろんだ」

高木が言った。彼がにやにや笑っているのが眼に見えるようだった。「協力するから、早く容疑者を絞ってくれ」

電話が切れた。

16

碓氷は、梨田に尋ねた。

「今朝の捜査会議には出席したんだな？」

「もちろんですよ。碓氷さんがいないので、自分が埼玉の件の報告をしなければならなかったんですよ」

「埼玉県警側からの報告は？」

「あのとき、現場で聞いた話と大差ありませんよ。鑑識の報告と、検視報告です。被害者は、滝本忠治、三十九歳。順供大学の講師です。死亡推定時刻は、医学的には十時から遺体発見の十一時半の間ですけど、十時半頃に、被害者を見かけた人がいるということなので、実質的に十時半から十一時半の間ということですね」

「絞殺で間違いないのか？」

「ええ。発掘現場に張り巡らせてあったビニールのロープと、被害者の首の索条痕が一致したことは、知ってるでしょう？」

「第一発見者は、女子学生だったな？」

「佐野恵理奈、二十一歳。順供大学三年生で、考古学専攻です」

「第一発見者に、疑わしい点は？」

「どうでしょうね……。第一発見者を疑うというのは、まあ、殺人捜査の鉄則ですが、彼女に殺せたかどうか……」

　碓氷は梨田に確認した。

「物理的な問題か？」

「絞め殺すのって、けっこう力がいりますからね。今のところ、彼女の動機も見つかっていませんし……」

「その辺のことについて、埼玉県警では、何か言ってなかったか？」

「索条痕の状態から見て、後ろからロープで首を絞められたのだろうということですが、体力差や身長差を考えると、女性の犯行とは考えにくいと見ていますね」

「たしか、発掘現場には、学生が五人、一般のボランティアが三人いたんだったな？」

「ええ、そうです」

「その中で、被害者とのトラブルを抱えていたような人物はいないのか？」

「埼玉県警で話を聞いたところでは、そういう問題はないようですね」

「俺が、埼玉県警に、余計な先入観を与えちまったかもしれない」

「先入観ですか？」

「容疑者は、尾崎徹雄だと言ってしまったんだ」

梨田が小さく肩をすくめて言った。

「仕方ないですよ。あの時点では、捜査本部の誰もがそう考えていたんですから……」

「あのときの、おまえの指摘は、正しかったかもしれない」

「自分の指摘……？」

「交通手段がないと、おまえは言ったんだ。あの現場に行こうとしたら、車を使うしかない。だが、誰も車のエンジン音を聞いていない。埼玉県警の板倉も、犯人は、学生とボランティアの中にいるかもしれないと、当初は考えていたらしい。それなのに、俺が余計なことを言ったので……」

「でも、発掘現場にいた五人の学生や、三人のボランティアには、被害者を殺害する動機がなかったんですよ。あのとき、碓氷さんの言葉を聞いて、板倉さんが口にした別の考えだって、充分に可能性があるんです」

「エンジン音が聞こえないくらいに離れた場所で、車を降りて、徒歩で現場に近づいたって話か？」

「ええ、そうです。現場の周辺には、民家もあまりありませんし、人に見られることはないでしょうから、誰でも近づけますよ」

碓氷は、梨田が言ったことについて、しばらく考えてみた。発掘に携わっていた八人のなかに犯人がいるかもしれない。

あるいは、外部の人間が現場にそっと近づいて被害者を殺害したのかもしれない。

どちらの可能性もあると、碓氷は思った。

碓氷と梨田が話し合っている間、アルトマン教授はずっと黙っていた。碓氷は、彼に尋ねた。

「教授は、どう思います？」

「捜査のプロであるあなたたちにわからないことが、この私にわかるはずがありません」

「事件を別の角度から見られるかもしれないとおっしゃったじゃないですか」

「尾崎先生に話を聞く必要があると思いますね。尾崎先生を巡って、五年前に鷹原研究室で何が起きたのか……。それを確かめないといけないと思います」

碓氷は、うなずいた。

「当然、事情を聞くことになると思います。そのときに、あなたにも話を聞いてもらうようにしましょう」

「鷹原教授やその他の研究室の人たちにも話を聞いておきたいですね」

「わかりました。会いに行ってみましょう」

梨田が言った。

「鷹原教授は、まだ例のホテルに滞在しているようですよ」

「さっき、順供大学に行ってきたんだ。そのときは、嘉村准教授といっしょに、滝本さんの自宅に行っているらしい、ということだった」

「あの二人、なんだか、いつもいっしょにいるみたいですね」

「あの二人？」

「鷹原教授と嘉村准教授ですよ」

　それを聞いたアルトマン教授が、ほほえんで言った。

「嘉村准教授は、鷹原教授の一番弟子なのでしょうね」

　碓氷は尋ねた。

「一番弟子？」

「日本の研究室は、いまだに徒弟制度が強く残っているのです」

「海外では違うのですか？」

「師弟関係はあります。教育者は、学生や研究者を厳しく指導しなければなりません。しかし、すぐに研究者は独自の道を見つけて巣立って行きます。日本のように、強固な徒弟制度に縛られるということはありません」

「学問の世界というのは、意外と前近代的なのですね」

「研究員たちは、それに守られている一面もあるのです」

「守られている……？」

「いずれの分野でも、博士課程を卒業したからといって、すぐに仕事が見つかるわけではありません。大学に残るのもたいへんなのです。研究者たちが、教授に忠誠心を示す代わりに、教授は彼らの面倒をみるわけです」

「日本の大学は保守的だと聞いたことがありますが、そういう事情もあるのですね？」

「だから、理系の研究員などは、海外に出ることを希望するようになります。日本にいては、仕事もないし、研究費もままならない。頭脳流出ですね。一方で、文系の研究員は、海外で仕事を見つけるわけにもいかず、ひたすら担当教授に頼ることになります」

「でも、尾崎徹雄は、そうではなかったような印象があります」

「尾崎先生は、特別です。彼は本当に独創的で、研究熱心なのです。実行力もあり、徒弟制度に縛られなくても、仕事を見つけることができたのだと思います」

「しかし、今は、日本の考古学の世界では認められているわけではないのですね。在野の研究者扱いのように思えるのですが……」

アルトマン教授は、少し悲しげな顔になった。

「たしかに、今は大学で研究されているわけではないので、学会で彼の学説が認められるというわけにはいかないでしょう」

尾崎は、決して今の自分の境遇に満足しているわけではないだろう。そのあたりのことも、質問しなければならないと、碓氷は思った。

午後八時には、ほとんどの捜査員が上がって来た。その中には、碓氷が見たことのない者たちも混じっている。埼玉県警の捜査員たちだろう。

今日一日の成果が発表される。冒頭は、カンボジアにいる尾崎本人と連絡が取れたという報告だった。

田端課長がすぐに尋ねた。

「なぜ、今まで連絡が取れなかったんだ？」

担当の捜査員がこたえた。

「何でも、携帯電話が通じない地域に滞在していたとかで……」

「尾崎徹雄の帰国は、明後日。捜査員が成田空港で本人確認の上、任意同行を求めるんだったな？」

「そうです」

「本人確認は、まだだが、尾崎徹雄のアリバイは固まったと見ていいな」

田端課長は、苦々しい表情で言った。「さて、これで容疑者が一人減ったわけだが、他に容疑の濃い者は？」

その質問にこたえたのは、鈴木係長だった。

「殺人の場合、第一発見者と配偶者をまず疑え、というのが鉄則ですが、鷹原教授は、その両方の条件に合致しています」

　捜査本部内が少しざわついた。

　鈴木係長の言うことは間違いではない。だが、第二の事件についてはどうなのだろう。

もちろん、鷹原教授は、第一発見者でも配偶者でもない。

　田端課長も、同じようなことを考えている様子だった。釈然としない表情で、鈴木係長に言った。

「疑うのはいいが、何か確証はあるのか？　動機はどうだ？」

　珍しく、高木が挙手をして発言した。

「それに関して、ちょっと耳にしたことがあるんですが……」

「耳にした……？」

　田端課長が聞き返す。「なんだか、曖昧な言い方だな」

「まだ、裏を取ったわけじゃないので……」

「どんな話だ？」

「被害者の鷹原早紀と滝本忠治は、かなり親密な間柄だったとか……」

　田端課長の表情が引き締まった。

「不倫関係ということか？」

「そう考えていいかもしれません。何度か、二人きりで食事をしているところを、複数の人間に目撃されています」

「同じ研究室だからなあ……」

田端課長が言う。「たまに食事をするくらいで、関係を疑われちゃたまらんだろう……」

「二人の関係を洗ってみる必要はあると思います」

「そうだな……。もし、二人が不倫関係にあったとしたら、早紀の夫である鷹原教授には、動機があるということになる」

捜査本部は、あらゆる可能性を検討する。だから、最初から容疑者を一人に絞ることのほうが少ない。

尾崎が容疑者から外れたとしても、第二、第三の容疑者を検討すればいいのだ。尾崎本人から話を聞くことで、何か進展があるかもしれない。

田端課長は、さらに捜査員たちに尋ねた。

「他に何かあるか?」

誰も挙手をしない。田端課長は、碓氷を見て言った。

「ウスやん、ペトログリフのほうで、何か進展はないのか?」

「進展は、いろいろあるのですが、それが直接捜査に結びついているわけではありません」

「特に言っておきたいことは?」

碓氷は、アルトマン教授を見た。教授は、碓氷と眼が合うと、おもむろに立ち上がった。

「容疑者について、確実なことは、今のところ一つだけ」

アルトマン教授が、流暢な日本語で説明を始めると、驚いた表情を見せた捜査員が、何人もいた。

田端課長が興味深げに尋ねた。

「それは、何です？」

「ペトログリフに造詣が深いということです。現場に残った二つのペトログリフは、何の迷いもなく、一気に描かれたものです。それは、残されたペトログリフの線を見ればわかります。何かを見ながら写したり、あやふやな記憶を頼りに描いたとしたら、ああいうふうにはならないでしょう」

田端課長は、鑑識係長のほうを見て尋ねた。

「どう思う？」

鑑識係長はうなずいた。

「納得できる意見だと思います」

田端課長が、アルトマン教授に尋ねた。

「それが容疑者と、どういう関係があるのですか？」

「私は、関係者すべてにお話を聞いたわけではないのですが、今まで知っている人の中で、一人だけペトログリフにとても詳しい人がいます。そして、その人は、第二の事件の現場にいました」

「それは誰です？」

「研究員の、浅井さんです」

碓氷は、それを聞いて驚いた。今の今まで、浅井を容疑者だとは思っていなかったのだ。

田端課長が、慎重な態度で、さらにアルトマン教授に尋ねた。

「浅井研究員ならば、現場で、ペトログリフを、一気に描くことは可能だったということですね？」

「そう思います」

「鷹原教授はどうですか？　彼は、教授だから、当然、さらさらと描けたんじゃないですか？」

「これまでの、鷹原教授の研究から考えると、彼は、ペトログリフにはそれほど興味を持っていないように思います。むしろ、浅井さんのほうが詳しいと思います」

それは、碓氷も感じていた。

田端課長が、碓氷のほうを見て尋ねた。

「ウスやんは、どう思う？」

碓氷は、立ち上がってから考えた。

「浅井研究員には、何度か話を聞いていますが、容疑者として見たことは、今まで一度もありませんでした。しかし、たしかに、アルトマン教授が言うとおり、彼ならば、現場で、ごく短時間のうちにペトログリフを描くことはできたと思います。埼玉の事件の現場にいたことも事実です。そして、今にして思えば、最初に尾崎教授の名前を出したのは、浅井研究員だったと思います」

続いて、アルトマン教授が言った。

「彼ならば、ペトログリフの意味をよく理解しているので、あの二つのペトログリフに、何らかの意味を持たせることも可能だったと思います」

田端課長が尋ねる。

「その、何らかの意味というのは？」

「メッセージですね。誰に向けてのメッセージかはわかりません。多くの場合、殺人現場に残されたメッセージというのは、警察に向けてのものだそうですね。でも、今回のメッセージがそうであるかは、まだわかりません。しかし、メッセージであることは明らかです」

「捜査員たちに、あのペトログリフについて、専門家としての見解を聞かせていただけませんか？」

その言葉で、碓氷は着席した。アルトマン教授が話しはじめた。

17

「第一の事件の現場に残されていたのは、日本のペトログリフといわれている、桃木文字で、『か』と読めます。第二の事件の現場に残されていたのは、楔形文字と呼ばれているもののなかの、ヒッタイト文字で、表音文字としては、『アン』と読むことができます。また、この文字は、限定詞として、神を表す『ディンギル』という意味に使われます。したがって、この二つのペトログリフは、直接的には何の関係もありません」

田端課長が尋ねる。

「何の関係もない二つの文字が残されていた……。それで、メッセージになるのですか？」

「私は、ついつい、ペトログリフの読み方や意味に興味を持ってしまいます。それにとらわれてしまう。しかし、実は、そうではないかもしれない」

「どういうことです？」

「日本のペトログリフであるとか、メソポタミアの文字であるとか、その歴史的な関連とか、そういうことに気を取られてしまうのです。しかし、シンボルというのは、もっとシンプルなものなのかもしれません」

「すいません」

田端課長が苦笑をうかべる。「ここにいるのは、大学の学生たちじゃないんです。もっと、わかりやすくお願いできますか？」

「読みとか意味にとらわれずに、単純に形だけを見るとか……。実は、それを示唆してくれたのも、浅井さんなのです」

「浅井研究員が？」

「私は、浅井さんと、二つのペトログリフについて、討論を試みました。第一の被害者が女性であることから、埼玉の現場に残されていた、神の限定詞に使われる楔形文字は、メソポタミアで広く信奉されていた、イシュタルのことを表しているのではないかと、話を誘導してみました。ちなみに、イシュタルは、神殿娼婦の象徴でもあります」

「神殿娼婦……？」

「メソポタミアでは、神の活力を得るために、巫女と性的な交わりをする風習があったのです」

碓氷は、すでにその話を聞いていたので驚かなかったが、多くの捜査員にとっては、やはり意外な話だったようだ。捜査本部内にひそひそと囁きが広がった。

田端課長が言った。

「警察としては、なかなか認めがたい話の内容ですね」

「文化の違いはいかんともしがたいですよ。私は、浅井さんを、文字の意味についてあれこれ解釈するような方向に誘導しようとしたのです。しかし、それにひっかかりませんでした。彼は、揺るがなかったのです」

「揺るがなかった……?」

「そうです。さらに、彼は、あの二つのペトログリフの文化的背景や、意味そのものではなく、単純に形状などを考えてみてはどうかと、示唆したのです」

碓氷は、アルトマン教授の言っていることが、ようやく理解できてきた。

浅井が揺るがなかったのは、彼がメッセージの本当の意味を知っているからで、我々にそのヒントをくれたのかもしれないと言っているのだ。

田端課長は、興味深げな表情になった。

「それで、その単純な形状ということで、何かわかったのですか?」

アルトマン教授は、かぶりを振った。

「残念ながら、まだわかりません。ごらんのとおり、二つのペトログリフは、見たところ、まったく似ていませんからね」

捜査員たちが、ごそごそと、手元の資料の中にある二つのペトログリフの写真を取り出した。

田端課長が言う。

「では、その謎をぜひ解いていただきたい」

「私が言いたいのは、浅井さんがその意味をご存じかもしれない、ということなのです」

「それは、浅井研究員が、容疑者だということですか？」

「私にそれを判断することはできません」

田端課長は、鈴木係長を見て言った。

「浅井が容疑者の一人だと考えていいだろうか？」

鈴木係長は、真剣に考えている様子だった。ここで、軽はずみなことは言えない。しばらくして、係長が言った。

「当然、洗ってみるべきだと思います」

田端課長はうなずいて、さらにアルトマン教授に尋ねた。

「他に何か気づいたことは、おありですか？」

アルトマン教授は、しばらく考えてから、こたえた。

「いいえ、今のところは、報告するほどのことはありません」

田端課長が言った。

「わかりました。引き続き、ご協力をお願いします」

碓氷は、アルトマン教授の横顔を見ていた。物憂げな表情をしている。それは、なぜだろうと、碓氷は思った。

二日続けて帰宅すると、妻の喜子が驚いた顔をした。

「捜査本部じゃないんですか？」

「俺は、予備班扱いなんだよ。子供たちは？」

「もう寝てるわ」

そう言ってから、付け加えた。「寝てるはずよ」

風呂に入って、ちゃんとした布団で眠れるなんて贅沢な話だと、碓氷は思った。普通の人に許されることが、刑事には許されない。

「大学の講師が二人、殺されたんだって？」

喜子が言った。事件の話をするのは、珍しい。普段は、碓氷の仕事のことには、口出しはしない。

「興味があるのか？」

「教授の奥さんと、その同僚でしょう？　その二人って、不倫でもしていたんじゃない？」

女の勘は、あなどれない。

「どうして、そう思うんだ？」

「大学の研究室って、閉鎖的な社会でしょう？　それに、新聞に出ていた女性の被害者、けっこう美人だったし……」

「たしかに、閉鎖的なところらしいな。いまだに徒弟制度なんだそうだ。つまり、教授は、ものすごく偉いんだよ。そんな閉鎖的な組織の中で、弟子が、教授の奥さんに手を出したりするかね？」

「どんなに教授に権力があろうと、男と女の問題は、別よ。どんなことが起きたって不思議じゃないと思う」

「その意見、参考にさせてもらうよ」

碓氷は、半ば本気でそう言っていた。


翌日、碓氷は、八時十五分に捜査本部にやってきた。すでにアルトマン教授が来ていた。

「早いですね」

「八王子の大学に行くことを思えば、なんともないです」

「今日も車ですか？」

「そうです。今日は、ぜひ、鷹原教授と話をしてみたいのですが……」

「話をする」という言い方が、新鮮に聞こえる。刑事は、たいてい「話を聞く」と言うのだ。

「捜査会議が終わったら、大学か滞在しているホテルに行ってみましょう」

九時から捜査会議が始まった。昨日報告されたことの確認が主だ。田端課長から、今後の捜査に向けての方針が告げられる。つまり、発破をかけられるわけだ。

一時間ほどで、会議が終わり、捜査員たちは、それぞれに出かけていく。

碓氷は、高木に声をかけた。

「アルトマン教授が、鷹原教授に会いたいと言ってるんだが、問題はないか？」

「あるね」

高木が言った。「場合によっては、任意で引っぱることも考えているんだ」

「鑑取り班が会いに行くときに、同行するというのは？」

高木は、にっと笑った。

「面白い話が聞けるのなら来てもいい」

「あんたが行くのか？」

「そう。これから、ホテルを訪ねる」

「では、俺たちは、アルトマン教授の車で行く」

「車で移動するのか？　俺たちも便乗させろよ」

「かまわないと思う」

アルトマン教授の車に、三人の捜査員が乗って、駒込署を出発した。

助手席に碓氷が乗り、後部座席に高木と駒込署の捜査員が乗っている。高木が碓氷に話しかけてきた。

「アルトマン教授は、浅井を疑っているようだな?」

運転中のアルトマン教授は、何も言わない。

碓氷はこたえた。

「可能性の問題だ。たしかに、浅井はペトログリフに詳しいし、埼玉の事件では現場のすぐ近くにいた」

「だが、動機が不明だ」

「アルトマン教授の発言を受けて、鑑取り班が話を聞きに行くんだろう?」

「任意で引っ張れるくらいの材料があれば、話を聞きに行く。今は様子見だな。だが、捜査員が張り付いているはずだ」

殺人の捜査は、あらゆる可能性を検討する。少しでも容疑があれば、当然、捜査員がマークする。

「当然、鷹原教授にも張り付くことになるんだろうな?」

「まあ、そうだろうな」

アルトマン教授は何も言わない。思案顔だが、沈痛な表情にも見える。碓氷は、それが気になっていた。

水道橋のホテルに着き、高木がフロントで従業員に、鷹原教授に会いたいと告げた。

「すぐに下りて来られるそうです」

従業員が高木に言った。

その言葉どおり、鷹原教授は、五分後にロビーに姿を見せた。一人ではなかった。今日も、嘉村准教授がいっしょだった。

鷹原教授は、刑事たちではなく、まず、アルトマン教授に、真っ先に声をかけた。

「どうして、あなたが……」

アルトマン教授がこたえた。

「現場に残ったペトログリフに興味がありましてね。警察に協力することになったのです」

「なんと物好きな……」

その言葉には、皮肉な響きがあった。

高木が鷹原教授に尋ねた。

「アルトマン教授をご存じなのですか？」

「学会などで、何度かお会いしたことがあります。個人的な話はしたことがありませんがね……」

高木がうなずいてから言った。

「また、確認したいことが出てきまして……。もう一度お話をうかがえれば、ありがたいのですが……」

鷹原は、迷惑そうな表情で言った。

「妻を亡くした直後、また教え子を亡くした。正直に言うと、放っておいてほしいんだがね……」

「私たちとしましては、その犯人を一日も早く検挙したいんですよ。ご協力いただけませんか？」

「そのために下りて来たんだ。早く済ませてしまおう」

「では、先日のように、あのカフェで……」

鷹原がそちらに向かうと、嘉村がいっしょに行こうとした。高木が嘉村に言った。

「あ、あなたは、こちらでお待ちいただけますか？」

嘉村は、憤慨した表情を見せた。

「どうしてです？　この前は、同席しても何も言わなかったじゃないですか」

「今日は、鷹原教授だけにお話をうかがいたいんですよ。後ほど、あなたにもお話をうかがいます。よろしいですね？」

嘉村は、何もこたえなかった。彼を残して、鷹原教授と、三人の刑事、そして、アルトマン教授がカフェに入った。

カフェはすいていた。二組の客がいるだけだ。高木は、先日と同じ席を選んだ。他の客から離れており、話を聞かれる心配のない席だ。

鷹原教授の真向かいに高木が座った。そのとなりに、駒込署の捜査員。碓氷とアルトマン教授は、隣のテーブル席に着いた。

鷹原教授が、また皮肉な口調で、アルトマン教授に言った。

「あなたも、私を尋問するのですか？」

アルトマン教授は、その質問にはこたえず、言った。

「奥様と教え子の方のこと、お悔やみ申し上げます」

鷹原教授は、曖昧にうなずいて、眼をそらした。

高木が言った。

「奥さんに続いて、滝本さんも殺害されたわけですが、二人に怨みを抱いているような人物に心当たりはありませんか？」

遺族に対してはきつい質問かもしれない。だが、容疑者に対しては当たり障りのない質問と言えた。

現時点で、まだ鷹原教授は容疑者とは言えない。だが、高木はその可能性もあるという前提で質問をしている。

鷹原教授はこたえた。

「心当たりなどない。どうして、こんなことになったのか、見当もつかない」

「見当もつかない……」

高木は、鷹原教授の言葉を、確認するように繰り返した。「奥さんと滝本さんは、かなり親しかったという話をうかがいましたが……」

鷹原教授は、眉をひそめた。

「同じ研究室にいるんだ。親しかったとしても、不思議はないだろう」

「申し上げにくいのですが、お二人は男女として親しかったということです」

鷹原教授は、表情を変えない。

「誰がそんなことを言ったんだ?」

高木は、その質問にはこたえない。

「二人の関係を、教授はご存じでしたか?」

「知っているも何も、そんなことは、あるはずもない」

「何度も二人きりで食事などをされていたようですし、それ以上の関係もあったかもしれません」

「確認は取ったのですか? 警察は、事実の確認が第一なのでしょう?」

「もうお二人から確認を取ることは不可能です」

これは、うまいこたえだと、碓氷は思った。何も、事実の確認は、本人からしか取れないわけではない。だが、こう言われてしまうと、確かめようがないような気になってしまう。

「とにかく、私は、二人の関係などについて知らなかった。いや、そんなことはあり得なかったと思っている」

高木は、うなずいてから、別の質問をした。

「事件当日は、会合を終えて銀座に飲みに行かれたのですね。午前一時半頃に帰宅して、事件に気づかれた……」

「そうだ」

「それを証明できる方はいらっしゃいますか？」

鷹原教授は、驚いたように言った。

「私のアリバイを確かめているのか？　私を容疑者扱いするのか？」

高木は、強気に質問を続ける。

「どんな会合に出席なさっていたのですか？」

「私を容疑者と考えているのなら、質問にこたえる前に、知り合いの弁護士に相談したい」

当然、鷹原教授にはその権利がある。そして、捜査員は、それを妨げてはいけない。だが、できれば、弁護士に会う前に、有力な証言を得たい。

高木もそう考えているはずだ。

「もちろん、それはかまいません」

高木は、平静な声で言った。「私たちは、そんなに大げさなことだと考えているわけではありません。日々、調べたことを書類にします。その不備があれば、追加の質問をしなければなりません。教授の犯行当日の行動についての記録が曖昧なので、ちゃんとしろと、上司に言われたんですよ。それだけのことなのですが、そちらが弁護士を用意するとなれば、こちらも、それなりの覚悟で質問をすることになります」

危ない橋を渡っているな。

碓氷はそう思った。これは、捜査員による恫喝《どうかつ》ととられかねない。

捜査員のこうした発言を、弁護士に知られたら、違法捜査だと言われるかもしれない。

だが、こうした圧力が、効果的であることも確かだ。警察官に脅しをかけられて平気でいられる一般人は少ない。

鷹原は、平静を装っているが、おそらく不安になっているはずだ。高木は、さらに言った。

「弁護士を呼ばれるというのであれば、任意で署までご同行いただくことになるかもしれません」

「なぜです？」

「私どもとしては、証拠の隠滅の可能性を、できるだけ防がなければなりませんので……」

もちろん、刑事訴訟法にそんな規定はない。本当に証拠隠滅の恐れがあるなら、令状を取って身柄を拘束すべきなのだ。

高木は、はったりをかましているのだ。それは効き目を発揮している。鷹原は、だんだんと落ち着きをなくしてきた。

「別に、隠し立てしようというわけじゃないんだ。私は、被害者の遺族でもあり、同時にもう一人の被害者の担当教授でもあった。その私を容疑者扱いするのが我慢ならないと言っているんだ」

「ですから……」

高木は、ほほえんだ。「容疑者だと思っているわけではないのです。ちゃんとした書類を作らなければならない。それだけなんです。逆に、今アリバイを証明しておけば、あなたは、今後、疑いをかけられることはなくなるのです」

鷹原は、しばらく無言でいたが、やがて言った。

「会合というのは、学会の会合だ。日本の古代史を研究するワークショップがあり、私はその座長をつとめている」

「その会合には、何人出席しましたか？」

「私を入れて五名だ」

「ほかの四名のお名前と連絡先を教えていただけますか?」

「今、全員の連絡先はわからない。大学に行けばわかるが……」

「では、お名前だけでも教えてください」

鷹原は、四名の出席者の名前と身分を言った。駒込署の捜査員が、それをメモした。

会合に出席したというのは、嘘ではないだろう。碓氷はそう思った。高木もそう考えているはずだ。確認はすぐに取れるだろう。

問題は、その会合のあとだ。高木が質問した。

「その会合のあと、食事をし、銀座に飲みに出かけたんですね?」

鷹原は、言いよどんだ。

「実を言うと、酒を飲んだことは間違いないが、場所は銀座ではない」

「では、どこでお飲みになったのですか?」

「神楽坂だ」

「神楽坂の何という店ですか?」

鷹原は、また逡巡した。そして、覚悟を決めたような態度で言った。

「店じゃないんだ。神楽坂のマンションに行って酒を飲んだ」

18

高木が事務的な口調で鷹原に尋ねた。

「どなたのマンションですか？」

「昔からの友人だ」

「友人？」

「そう」

「お名前は？」

「北川江里子《きたがわえりこ》」

女性のマンションを訪ねていたということだ。それを隠したかったわけだ。

「では、その方に確認すれば、あなたのアリバイは明らかになるわけですね？」

「それが……」

鷹原は、小さく溜め息をついてから言った。「マンションを訪ねたとき、彼女は留守だった。携帯電話にかけたがつながらなかった。それで、飲みながら待つことにしたが、午前一時を過ぎたので、引きあげることにした」

「つまり、北川江里子さんとは、お会いになっていないと……」

「そういうことだ」

「留守中に、無断で部屋に入ったのですか？」

「合い鍵を持っている。珍しいことじゃなかった。彼女は出かけていることが多いのでね……」

「愛人関係ということですか？」

「私は、そういう関係だとは思っていない。月々の手当を払っているわけではない。ただ、時々会って酒を飲みながら話をするだけだ」

「肉体関係はありましたか？」

「そういうことまで話さなければならないのかね？」

「どういう関係か、はっきりと把握しておかなければなりませんので……」

「肉体関係はあったよ。だが、私にとっては、それが重要なわけではない。仕事から解放される場所と相手が必要だったんだ」

鷹原は、言い訳をしているが、警察官は、これを愛人関係と分類してしまう。人間関係は、人それぞれだ。人が何を思って他人と付き合っているかはわからない。だが、社会的にどういう付き合いであるかを分類することはできる。

鷹原に愛人がいたかどうかは、たいして重要なことではない。本人は、重大な告白をしたように感じているかもしれないが、警察官にとっては、ごくありふれたことだ。碓氷たちは、もっと驚くような人間関係に、毎日のように接している。隠された人間の一面を暴いていくのが、警察官の仕事なのだ。

今、重要なのは、事件当時、鷹原が一人でいたということだ。北川江里子から話を聞いてみなければ、はっきりしたことは言えないが、鷹原のアリバイがないことは、ほぼ明らかだ。

「北川江里子さんとは、いつ、どこで知り合われたのですか？」

「彼女は、銀座でホステスをやっていた。店で知り合い、意気投合した。今、彼女は水商売を上がり、ネイルサロンで働いている」

「年齢は？」

「四十二歳だ」

高木は、うなずいた。

「お話はわかりました。北川江里子さんの連絡先を教えてください」

鷹原は、神楽坂のマンションの住所と、携帯電話の番号を言った。それを、駒込署の捜査員がメモする。

高木が、碓氷のほうを見た。彼の質問は終わったという意味だ。碓氷が鷹原に言った。

「アルトマン教授から、いくつか質問があるようです。こたえていただけますか？」

鷹原教授は、碓氷を見て、それからちらりとアルトマン教授を見た。それから、恥じ入るように眼を伏せた。

アルトマン教授が言った。

「私にも女性の友人はたくさんいます。それは、何も悪いことだとは思いません」

「おわかりでしょう」

鷹原教授は、眼を伏せたまま言った。「ただの友人ではないのです」

アルトマン教授は、肩をすくめたが、それはおそらく鷹原教授の眼には入らなかっただろう。

「人の生き方は、単純ではありません。私は、他人の人生についてとやかく言える立場ではありません」

鷹原教授は、何も言わない。まるで、何かに敗北したようにうなだれている。アルトマン教授が、続けて言った。

「うかがいたいのは、五年前のことです」

鷹原教授が、ゆっくりと顔を上げた。

「五年前……？」

アルトマン教授は、うなずいてから質問した。

「五年前には、いろいろなことがあったようですね」

鷹原教授は、にわかに警戒を露わにしたように見えた。

「そりゃ、毎年、いろいろなことがありますよ」

「個人的なことをうかがいますが、気を悪くなさらないでください。前の奥さんと離婚されたのが、五年前ですね？」

鷹原教授は、顔をしかめた。

「そのことは、もう何度も警察の人に話しましたよ」

「尾崎さんが大学を辞められたのも、五年前のことですね？」

「ああ、そうでしたね」

「亡くなられた奥様は、五年前まで、尾崎さんの部屋を、かなり頻繁に訪ねていたという話を聞きました」

鷹原教授は、憤然とした表情になった。

「誰がそんなことを言ったのです？」

「私は、警察の人から聞きました。奥様は、五年前から、尾崎さんのアパートに姿を見せなくなったそうです。それについて、何かご存じありませんか？」

「部屋を訪ねていたのは、何か研究について、相談したり議論したりするためじゃないかと思いますよ。尾崎が大学を辞めたので、会いに行かなくなった……。ただ、それだけのことだと思いますがね……」

鷹原教授の言葉に、アルトマン教授はうなずいた。

「そうなのかもしれませんね。尾崎さんが、大学を辞めた理由は何だったのですか?」

「それは、本人に訊いてほしいですね。私は、ずいぶんと目をかけてやったつもりです。それなのに、突然辞めると言い出したのです」

これは、浅井から聞いた話と、ずいぶんニュアンスが違うと、碓氷は思った。

アルトマン教授が尋ねた。

「尾崎さんは、かなり独特な研究をなさる方ですね。大学におられる頃からそうだったと思いますが……?」

「そう。それが貴重だと、私は思っていましたよ」

「しかし、教授が大切になさっている、考古学の本流とは、ちょっと外れていたように思いますが、その点はどうだったのでしょう?」

「考古学の本流? あなたらしくもない言い方ですね。考古学には、本流も何もありません。一人一人の研究者の発見と検証、そして解釈があるだけです。だから、考古学には、明確な学派というものもないし、統一した解釈もありません」

「では、教授も、尾崎さんの研究を認められていたということですね?」

「当然です。私の研究室にいたのですからね」

「たしか、嘉村さんが准教授になられたのも、五年前のことですね? その頃、尾崎さんは、講師をされていた……」

「それが、何か……？」

「その二年後に、杉江さんも准教授になられた……」

「だから、何がおっしゃりたいのですか？」

アルトマン教授は、小さく肩をすくめた。

「尾崎さんに目をかけておられたとおっしゃいましたね？　だったら、どうして尾崎さんを准教授になさらなかったのですか？」

「准教授にするかどうかは、私が決めるわけではありません。学部会で決めることです」

「しかし、担当教授の推薦が大きくものを言うはずです」

「嘉村君は、私の一番弟子です。研究室の中で一番年上です。彼が一番先に准教授になるのは当然のことでしょう。たしかに、尾崎と杉江は同学年で、同じ年でしたが、嘉村君が准教授になったときは、まだ二人とも准教授に推《お》せるほどの実績がありませんでした。そして、尾崎が大学を辞めてしまった……。だから、三年前に、杉江を准教授に推薦したのです。それだけのことですよ」

「年齢や経歴ではなく、実力で評価すべきではないのですか？」

「研究の成果でも、嘉村が一番だったのです」

「なるほど……」

「警察が、研究室内の人間関係について、あれこれ詮索をするのは、仕方がないと思います。だが、アルトマン教授、あなたまでが、そういうことを言うのは我慢ならないですね」

「失礼は承知の上です。私は、捜査に協力する約束をしました。やるからには、最善を尽くします」

「警察に協力などと、物好きな……」

「亡くなった奥様と、お付き合いを始めたのは、いつ頃のことですか？」

「それも、すでに警察に話したことです。結婚までの交際期間は、約一年だった」

「結婚されたのが、一年前。つまり、二年前から交際されていたということですね？」

「そういうことです」

「突然お付き合いが始まったわけではないでしょう？　奥さんに強く惹かれはじめたのは、もっと早い時期なのではないですか？」

「もっと早い時期……？」

「例えば、五年前くらいとか……」

「離婚の原因が早紀だったと考えているのなら、それは違いますよ。それも、警察には話しています」

鑑取り班は、鷹原の前の夫人にも話を聞きに行っているはずだ。

たしか、柿崎美津子という名で、三鷹市下連雀二丁目にある実家に住んでいるはずだ。

碓氷は、高木の顔を見た。高木は何も言わない。柿崎美津子が、鷹原と同様のことを供述しているということだろうか。あとで、確認してみなければならないと、碓氷は思った。

アルトマン教授の質問が続いた。

「早紀さんとは、学部時代を含めると、知り合って十五年以上ということになりますね？」

「そうですね」

「実際に交際を始められたのは、二年前かもしれませんが、突然そういうことになったわけではないでしょう？　もう一度、同じ質問をします。早紀さんに強く惹かれるようになったのは、五年前ではないのですか？　おっしゃるとおり、離婚の直接の原因は早紀さんではなかったかもしれません。しかし、早紀さんへの思いが、離婚を後押ししたのではありませんか？」

辛辣な質問だと、碓氷は思った。

アルトマン教授は、学生と討論して相手の実力を確かめるときのように、本領を発揮しはじめている。

「離婚の理由は、性格の不一致です。そして、互いにこの先の人生を共有する必要がないことを確認し合ったのです。協議離婚だったんですよ」

「それは形式上のことでしょう。早紀さんとは五年前から親しくされていたのではないですか？　そのせいで、早紀さんは、尾崎さんと別れることになったのではないでしょうか？」

「尾崎と別れるも何も、彼らは付き合ってなどいなかったはずです。先ほども言ったように、部屋を訪ねていたのも、おそらく早紀が、尾崎の研究の手伝いをしていただけだと思いますよ」

アルトマン教授は、しばらく無言で鷹原教授を見つめていた。鷹原教授は、目をそらした。

やがて、アルトマン教授は、質問を再開した。

「埼玉の殺人現場に残されていた楔形文字は、ごらんになりましたか？」

唐突に話題が変わったので、鷹原教授は、少々面食らった様子だった。

「ええ、警察の人に写真を見せられました」

「あの二つのペトログリフは、犯人のメッセージだと思うのですが、何かお気づきのことはありませんか？」

「私の自宅の壁の文字は、偽書といわれている竹内文献の中に出てくる桃木文字です。おそらく『か』か『む』と読むのでしょう。一方、埼玉の発掘現場に残されていたのは、メソポタミアの楔形文字です。両者の間には、何の関係も見いだせません」

アルトマン教授が言った。

「あなたの教え子である浅井さんは、あの桃木文字をすぐに『か』だと断言したそうです」

「ほう……」

「楔形文字に関しては、どう思われますか?」

「私の専門は日本国内の考古学です。楔形文字については詳しくありません」

「桃木文字同様に、浅井さんは、楔形文字にも造詣が深い様子でした。現場に残された文字が、表音文字の場合は、『アン』と読み、限定詞として使われる場合は、神を表す『ディンギル』という言葉として使われることをご存じでした」

鷹原教授は、わずかに不快そうな表情になった。

「彼は、少々余計なものに関心を寄せる傾向がありましてね……」

「余計なものというのは、尾崎さんの研究などのことですか?」

鷹原教授は、ますます不機嫌そうになった。

「誰もそんなことは言っていない……」

「でも、浅井さんは、尾崎さんの受け売りだと言っていましたよ。浅井さんが、尾崎さんの著作に興味を持たれているのは明らかです」

鷹原教授が、アルトマン教授の顔を見据えた。

「それがどうしたというのです。浅井は、たしかに尾崎に何か共感を持っている様子でしたよ。私は、そういうことではいけないと、叱ったのですがね……」

　アルトマン教授が尋ねた。

「浅井さんが、尾崎さんに共感を持つことが、どうしていけないのですか？」

「考古学は、実証に徹底すべきだと、私は考えています。その点、尾崎は出土品以外のものに気を取られることが多かったのです」

「出土品以外のもの……？」

「文化人類学的な発想とか、言語学とか……、民俗学とか……」

「それらの学問は、歴史を語る上で決して無視はできないものだと思いますが……」

「歴史や考古学を、学際的に捉えることを提唱されているあなたは、そうお考えでしょうね。尾崎の立場は、あなたに似ていたかもしれない……。でも、私の立場は違います。考古学者は、出土品を何よりも大切に考えなければならないのです。もっと、有り体に言えば、出土品以外のものに惑わされてはいけないのです」

　考古学についてては素人の碓氷も、この発言には驚いた。鷹原教授は、実証主義だと聞いてはいたが、これほど徹底しているとは思わなかった。

　だからこそ、この世界で有名になれたのだろう。鷹原のような立場だと、尾崎のような研究家は、認めがたかったかもしれない。

　アルトマン教授が言った。

「それでは、未来のシュリーマンは生まれてこないと思いますがね……」

シュリーマンの話は、碓氷も知っていた。幼少の頃に読んだホメロスの『イリヤッド』の記述を信じ、トロイアの遺跡を発見した。

鷹原教授は、皮肉な笑みを浮かべた。

「シュリーマンについては、近年いろいろなことが言われている。トロイアを発見したことで、彼が『イリヤッド』の記述が真実であったことを証明したという話。あれは、後年のシュリーマンの作り話だったと言われている。シュリーマンがトロイアの発掘を始めた時代には、すでにトロイアの実在は信じられており、発掘の準備も進んでいたのだ」

アルトマン教授は、肩をすくめた。

「私は、ロマンの話をしているのですよ。歴史や考古学にはロマンが必要です」

「ロマンなど、在野の考古学研究家に任せておけばいいのです。我々には、真実を追究する責任がある。考古学者がいい加減なことを言うわけにはいかないのです」

なるほど、と碓氷は思った。

鷹原教授の徹底した実証主義は、責任感の表れと言うこともできる。彼は、おそらくアルトマン教授を意識して、極端な言い方をしているに違いない。

「あなたは、先ほど、尾崎さんに目をかけていたとおっしゃった」

アルトマン教授が、質問を続けた。「ですが、今のお話をうかがうと、とてもそうとは思えない。あなたと尾崎さんの立場や主張が違いすぎるように思えます」

「立場や主張が違うからこそ、大切だということですよ。私は、学者ですから、それくらいの良識は持ち合わせていますよ」

「つまり、互いに議論し合うことが大切だという意味ですか？」

「そうです」

「私も、議論することは重要だと思っています。話し合うことで、自分の論理の弱さも確認できますし、誤りを見つけることもできます」

「そういうことです」

「しかし、尾崎さんは、あなたと議論などできたのでしょうか？」

「それは、どういう意味ですか？」

「あなたは、あくまで実証主義を貫こうとされている。そして、あなたは、尾崎さんを指導する立場の教授です」

「もちろんそうですが、議論の有効性は認めていますよ」

「実際に、尾崎さんと議論をしたことがありますか？」

「当然じゃないですか」

「問題は、尾崎さんのほうが、どう思っているか、ですね」

「もちろん、尾崎だって、学問上の議論は大切だと思っているはずです。その点では、何の疑問もない」

アルトマン教授は、かぶりを振った。

「そういうことではありません。尾崎さんが、あなたと議論をしたと意識しているかどうかが問題だという意味です」

鷹原教授は、眉をひそめた。

「何をおっしゃりたいのか、わかりませんね……」

「日本の大学は、徒弟制度的な傾向があります。おそらく、あなたの研究室もそうでしょう。そういう環境で、担当教授と教え子が対等な立場で議論できるとは思えないのです」

アルトマン教授は、ますます本領を発揮してきたと、碓氷は思った。彼は、ためらわずに相手を挑発する。それによって、相手の本心を知ろうとするのだ。

それは、刑事の尋問のテクニックにも通ずるものがある。

鷹原教授は、むっとした顔で言った。

「私が、尾崎の主張に耳を傾けなかったと言いたいのですか?」

「尾崎さんの意見を聞かなかっただけではなく、彼の研究を否定することもできたはずです」

「私は、そんなことはしていない。私は尾崎を認めていた。それは事実だ」

アルトマン教授は、笑みを浮かべた。

「わかりました。いろいろと失礼な質問をして、申し訳ありませんでした」

鷹原教授は、その言葉にはこたえず、高木に言った。

「まだ、何か訊きたいことはあるかね？」

高木は、隣の捜査員を見た。彼は、小さく首を横に振った。高木が、鷹原教授に言った。

「いえ……。ご協力ありがとうございました」

鷹原教授は、立ち上がり、アルトマン教授の顔を見ないまま、軽く会釈だけして去っていった。

19

高木は、隣の捜査員に、ロビーにいる嘉村を呼んでくるように言った。嘉村は、すぐにやってきて、鷹原教授が座っていた場所に、腰を下ろした。

まず、高木が質問した。

「あなたは、北川江里子さんをご存じですか？」

とたんに、嘉村は落ち着きをなくした。

「えーと、それは……」

「隠しても、いずれわかることです。正直にこたえてください。ご存じですか？」

「ええ、知っています」

「お会いになったことは……？」

「あります。教授と彼女が食事をするときに、同席したことがあります」

「事件の当日、鷹原教授は北川江里子さんのマンションにいたということですが、そのことはご存じでしたか？」

「教授がそう言ったのですか？」

高木は、その質問にはこたえなかった。

「ご存じだったのですか？」

嘉村はこたえた。

「いえ、私は知りませんでした。……というか、教授が、どうして彼女のマンションに……」

「教授と北川江里子さんは、かなり親しい間柄だったようですね？」

「詳しいことは知りません。昔からの知り合いだと紹介されました」

高木は、少し間を取った。

「防犯カメラについて、もう一度うかがいます。あなたは、事件当時、鷹原教授がお住まいのマンションの防犯カメラが故障していたことをご存じでしたね？」

「ええ、知っていました」

「他にそのことを知っている人はいましたか？」

「さあ……」

嘉村は、しばらく考えていた。「そういえば、もう一人知っていた者がいたかもしれません」

「それは、どなたですか？」

「浅井です。教授が、私に防犯カメラが故障していると話したとき、それを聞いていたかもしれません」

「前に話をうかがったときは、そのことはおっしゃいませんでしたね？」

「今思い出したんです。あれは、たしか十月十日のことです。私と浅井が教授の自宅を訪ねたときのことです」

「十月十日……。教授が帰宅するときに、いっしょにマンションを訪ねたということでしたね？」

「そうです」

「そのとき、浅井さんもいっしょだったということですか？」

「ええ、浅井もいっしょでした」

「それも初耳ですね……」

「そんなに重要なことだとは、思わなかったので……」

高木は、矢継ぎ早に質問をした。

「鷹原教授の奥さんと、滝本さん……、つまり、被害者の二人が、親密な交際をしていたという話を聞いたのですが、あなたは、そのことをご存じでしたか？」

嘉村は、驚いた顔になった。

「聞いたこともありません。誰がそんなことを言ったのですか？」

高木はまた、その質問を無視した。彼は、無言で碓氷を見た。質問していいという意味だ。

碓氷は、アルトマン教授に言った。

「何か、訊きたいことはありますか？」

「これは、鷹原教授にも質問したことなのですが……」

アルトマン教授は、そう前置きして、嘉村に尋ねた。「亡くなった奥さんは、五年前まで、かなり頻繁に、尾崎さんの自宅を訪ねていたそうです。それはご存じでしたか？」

「植田君が、尾崎の部屋を訪ねていたですって？　それは初めて知りました」

「植田君……？」

「ああ、奥さんの旧姓です。私たちは研究室にいるときは、まだそう呼んでいました」

「五年前を境に、ぴたりと尾崎さんの部屋に姿を見せなくなったということですが、その理由について、何か思い当たることはありませんか？」

「さあ……。植田君がそんなことをしていたことすら知らなかったんです。理由なんて思いつくはずもありません」

「鷹原教授と奥さんは、いつ頃から交際されていたのでしょう？」

「結婚される一年ほど前からだったと思います」

「それは交際が公になった時期ではないですか？　本当は、もっと早い時期から、人知れず交際されていたのではないですか？」

「そういうことは、私にはわかりませんね。教授は何と言っていたのですか？」

「交際は、あくまで二年前からだと……」

「だったら、そうなのでしょう」

「鷹原教授が離婚されたことに、早紀さんが影響していたと思いますか？」

「私は関係ないと思いますね」

「尾崎さんが研究室におられた頃のことをうかがいたいのですが……」

「尾崎の……？」

嘉村は、怪訝な顔をした。アルトマン教授は、かまわずに続けた。

「彼は、研究室内では、どういう立場でしたか？」

「どうって……」

嘉村の表情が微妙に変化した。一瞬だが、嘲るような笑いが浮かんだのを、碓氷は見逃さなかった。「まあ、変わり者でしたね」

「どういう意味で？」

「アルトマン教授、あなたなら、おわかりでしょう。尾崎は、鷹原研究室では、異端児でしたよ」

「鷹原教授は、尾崎さんの研究を評価していたとおっしゃっていましたが……」

「鷹原教授は、寛大な方ですからね……」

「つまり、尾崎さんの研究を、気に入らないけれども、大目に見ていたということでしょうか？」

嘉村は、少し間を置いてから言った。

「私は、そう思いますね」

アルトマン教授は、うなずいてから質問を続けた。

「現場に残っていた二つのペトログリフについて、あなたは、どう思いますか？」

「教授の自宅に残されていたのは、桃木文字の『か』か『む』、埼玉の発掘現場に残っていたのは、楔形文字だということしかわかりませんね」

「誰が描き残したと思いますか？」

「見当もつきませんね」

「犯人が残したという見方が有力なのですが……」

このアルトマン教授の発言は、正確とは言えない。警察では、まだ何者が何の目的で描き残したのか、はっきりしたこたえを出していないのだ。

嘉村から何かを引き出すために、わざとこういう言い方をしたのだろうと、碓氷は思った。

嘉村は言った。

「描き残したのは、犯人ではあり得ないでしょう？」

「どうしてです？」

「犯人が、自ら手がかりを残すようなことをするでしょうか？」

アルトマン教授は、碓氷に尋ねた。

「殺人の犯行現場に、犯人がメッセージを残すというのは、あり得ないことですか？」

碓氷はこたえた。

「決してあり得ないこととは、言えません。特に、確信犯や愉快犯の場合、そういうことがあり得ます」

「その目的は？」

「確信犯の場合は、政治的な、あるいは宗教的な主義主張を訴えるため。愉快犯の場合は、たいてい警察やマスコミに対する挑戦ですね」

アルトマン教授は、嘉村のほうを見た。

「犯人がメッセージを残すこともあるそうです」

「なるほど……。だったら、あのペトログリフを描いたやつが犯人なんでしょうね」

「それが誰か、心当たりはありませんか？」

「私にわかるはずがない」

「では、あの二つのペトログリフから、何か読み取れることはありませんか？」

嘉村は、首を横に振った。

「皆目わかりませんね。あなたなら、何かおわかりになるんじゃないですか？　あなたは、ペトログリフなどにもお詳しいはずです」

「いろいろと考えてはいるのですが、どうしても、あれを描き残した人の意図が見えてこないのですよ」

「アルトマン教授がおわかりにならないのでしたら、私などにわかるはずもありません」

「あなたは、私よりも鷹原研究室の人間関係に詳しいはずです」

「それは、どういうことです？　犯人は、研究室内の人間だということですか？」

「それ以外は、考えられないのですよ」

この言葉には、碓氷も驚かされた。もちろん、捜査本部は、研究室内の人間関係について詳しく調べている。だが、完全に研究室内部の人間の犯行と断定したわけではない。

「そんな……」

嘉村は、つぶやいた。それ以上言葉が出てこない様子だった。

アルトマン教授は、碓氷に言った。

「私の質問は以上です」

碓氷は、高木にうなずきかけた。

高木が嘉村に言った。

「ご協力ありがとうございました。捜査の進展によって、また、お話をうかがうことがあるかもしれません。そのときは、よろしくお願いします」

　嘉村が去っても、高木はカフェから動こうとしなかった。椅子に腰かけたまま、何事か考え込んでいる。

　だから、彼と組んでいる所轄の捜査員も動けない。若い捜査員は、どうしていいかわからない様子で、時折、高木の様子を横目でうかがっている。

　アルトマン教授も、考えに沈んでいる。碓氷は、高木に声をかけることにした。

「今の二人の話、どう思う？」

　高木が碓氷のほうを見た。

「どう思うって？　どっちも額面通りは受け取れないな」

「嘘をついていると……？」

　高木は、小さくかぶりを振った。

「嘘かどうかは微妙なところだ。だが、二人とも、守るものがあるから、隠し事はしているだろうな」

「守るものというのは、社会的地位のことか？」

「鷹原教授は、大学教授という立場と研究室の教え子たちを守らなければならない。嘉村准教授は、鷹原教授を守ろうとしている」

「それで、離婚についての鷹原教授の言い分は、別れた奥さんの供述と一致しているのか？」

「性格の不一致による協議離婚。その点では一致している。でもなあ……」

「でも、何だ？」

「離婚を決意するまでは、夫婦の間でいろいろなことがあったに違いない。原因も一つではなかっただろう。鷹原早紀がその原因の一つだったかどうかは、わからない」

「その点について、別れた奥さんの柿崎美津子はどう言ってるんだ？」

「何も言っていない」

「追及しなかったのか？」

「もちろん、被害者の鷹原早紀のことについては尋ねた。だが、離婚とは関係ないとこたえた」

「その点は、鷹原教授が言っていることと一致している。本当に関係ないのかもしれない」

「そんなわけ、ないだろう」

高木は鼻で笑った。「十年以上も前からの知り合いで、突然結婚する関係になるなんて、考えられない。アルトマン教授が質問したように、交際がみんなに知られる前から、関係があったとしか思えない」

「たしかに、そのとおりだな」

「俺は、アルトマン教授にお訊きしたい。教授は、あの二人について、どう思ったのか……」

アルトマン教授が、眼だけ動かして高木のほうを見た。何も言わずに、まだ考えている様子だ。

高木がアルトマン教授に向かって言った。

「ずいぶん厳しい質問をされていましたね？」

アルトマン教授に代わって、碓氷がこたえた。

「それが、彼のやり方なんだよ。議論することで、相手を揺さぶり、論理の弱点や知識の曖昧さに気づかせるんだ」

「それで、その結果、犯人は鷹原研究室内にいるということになったわけですか？」

ようやく、アルトマン教授がこたえた。

「出過ぎたことをしたかもしれません。私の役目は、ペトログリフについて考えることですからね……」

急に発言が弱気になった。

碓氷は言った。

「別に出過ぎたことだとは思いませんね。あのペトログリフに、犯人が託したメッセージを読み解くために、被害者とその関係者の人間関係を知る必要があった。だから、捜査に参加することを、希望されたのでしょう？」

「ですが、やはり、捜査のことは、刑事さんらに、任せるべきでしょう。素人があれこれ言ってはいけないと思います」

妙だ。

碓氷は思った。アルトマン教授は、鷹原と嘉村の話を聞いたとたんに、腰が引けてしまったように思える。

しばらく考え込んでいたのだが、その表情が冴えない。

「犯人は、鷹原研究室の内部にいると言いましたね？　犯人の目星がついたのですね？」

アルトマン教授は、肩をすくめた。

「あの、二つのペトログリフが、何を意味しているのか……。私は、それを解明することに全力を尽くすことにします」

高木が、少し皮肉な口調で言った。

「嘉村さんに、犯人は鷹原研究室内部にいるとおっしゃったのは、はったりですか？」

アルトマン教授は、また肩をすぼめた。そして、珍しく曖昧な言い方をした。

「まあ、そうだったかもしれません」

高木が碓氷を見た。どういうことだと、無言で尋ねているのだ。碓氷にも訳がわからない。

明るくて、誰とでもすぐに親しくなるようなタイプだと思っていたが、今は別人のように物静かな印象がある。だからといって、嫌な感じではなく、思慮深さが際立ったようだ。

もしかしたら、これが本当のアルトマン教授の姿なのではないかと、碓氷は思った。

高木が、さらに言った。

「研究室内部の人間の犯行だとしたら、動機は怨恨の可能性が高いですね？」

「怨恨……」

アルトマン教授は、高木のほうを見ないままつぶやいた。「そうかもしれませんね。殺人現場にメッセージを残すというのは、何かを訴えているということです。それが、怒りや怨みである可能性は大きい」

「なるほど……」

碓氷は、アルトマン教授に言った。

「尾崎徹雄にも話を聞く必要があるでしょう。明日、帰国する予定だから、その時間を作りましょう」

アルトマン教授の表情が、少しだけ明るくなった。

「尾崎先生とは、ぜひ話をしてみたいですね」

碓氷は、高木に言った。

「問題ないな？」

「もちろんだ」

四人は、アルトマン教授の車で捜査本部に戻った。

20

尾崎徹雄が捜査本部に姿を見せたのは、翌日の夕刻のことだった。日焼けして、髪が耳を隠すくらいに長い。無精髭《ぶしょうひげ》が生えており、一歩間違えると路上生活者のように見られかねない。

だが、なぜかまったくそういう印象がなかった。眼のせいだと、碓氷は気づいた。聡明そうで、よく光る眼をしている。

まず、鑑取り班が事情を聞くことになっていた。碓氷とアルトマン教授は、鑑取り班の捜査員と尾崎徹雄が会話しているのを、離れた場所から眺めていた。

「驚きました。どうしてこんなことになったのでしょう」

尾崎のそんな言葉が聞こえてきた。それから、尾崎は別の場所に案内されて行った。取調室だろうか。

事情を聞くだけなら、捜査本部の中でもできる。おそらく、鑑取り班の捜査員たちは、落ち着いた場所でゆっくりと話を聞きたいと考えたのだろう。

アリバイがあるとはいえ、一度は容疑者リストに載った人物だ。

尾崎の姿が見えなくなると、アルトマン教授は、また二つのペトログリフの写真を見つめはじめた。

どうも声をかけにくい。今は、そっとしておくことにした。鑑取り班の事情聴取が終われば、二人で尾崎に会うことになる。そのときになれば、いくらでも話はできる。

結局、一時間以上待たされた。鑑取り班の捜査員がやってきて、碓氷に告げた。

「我々の話は終わった」

やはり、尾崎は取調室に案内されていた。容疑者が座る席で、まっすぐ机のほうを向いている。

碓氷とアルトマン教授が名乗ると、尾崎は目を丸くした。

「やはりアルトマン教授でしたか。さきほどお見かけしたときに、そうじゃないかと思ったんですが、まさか、警察に教授がおいでとは……」

アルトマン教授が、ほほえんだ。親しみやすい雰囲気が戻っていた。

「事件のあらましは、お聞きになりましたか？」

尾崎は、とたんに沈痛な面持ちになった。

「まさか、植田君や滝本がこんなことになるなんて……」

「お二人は、あなたの後輩に当たるのですね？」

「滝本は二年後輩、植田君は、ずいぶん下ですね。僕が講師になってから、大学院にやってきましたから……。六年後輩だったと思います」

「警察の質問と重複すると思いますが、質問させてください。あなたは、五年前に順供大学をお辞めになった。その理由は何だったのですか？」

尾崎は、少し照れたような表情でこたえた。

「大学の研究室という環境が、僕には合わなかったんです」

「しかし、大学にいたほうが、収入の心配もなく、自由に研究できたのではないですか？」

「それは逆ですよ。アルトマン教授も、そのへんの事情はよくおわかりの上で、そんな質問をされているのでしょう？」

尾崎は、アルトマン教授のやり方を心得ているかのような言い方をした。アルトマン教授は、またほほえんだ。

「そう、わかっていながら、質問しています。それで、あなたのこたえは？」

「大学の研究室に残ると、たしかに講師などの仕事はありますが、給料は微々たるものです。そして、教授の研究のための基礎資料集めや、学会の準備、後輩の指導など、雑用が多くて、自分の研究に費やす時間が自由に取れないのが現状です」

「あなたは、それが嫌だったのですね？」

「嫌だったというより、ずっと自分には向いていないと感じていました。そして、僕はもっと自由に物事を考えてみたかったし、それを発表したかったのです。それが、大学を去った理由です」

「あなたの著作は、いつも興味深く拝読しています」

「アルトマン教授にそう言ってもらえると、純粋にうれしいですね。僕も、アルトマン教授の活動にはいつも注目しています」

「あなたが、大学を辞められたのが五年前。その年には、いろいろなことが起きていますね」

「先ほど、刑事さんからも五年前の出来事について質問を受けました」

アルトマン教授は、うなずいてから質問を続けた。

「まず、鷹原教授の離婚です。それについては、研究室内では話題になりませんでしたか?」

「教授が離婚されたのは、僕が大学を辞めた後のことだったんです」

「どれくらい後ですか?」

「そうですね……。一ヵ月ほど後のことだったと思います」

「あなたが、大学にいらした頃には、まだ離婚の噂などなかったということでしょうか?」

「ええ、そうです。少なくとも、僕は聞いたことがありませんでした」

「離婚の理由は何だったと思いますか?」

「性格の不一致だったと聞いていますが、詳しいことはわかりません」

「お疲れでしょうから、あまりお時間を取らせたくありません。ですから、単刀直入にうかがいます。あなたは、五年前まで、鷹原早紀さん……、当時は植田早紀さんですが、彼女と交際をされていたのではないですか？」

尾崎が、不思議そうな顔をした。

「あなたが、なぜそんな質問をされるのですか？」

「警察の捜査に協力することになりましてね……」

「捜査に協力……？」

「差し支えなければ、質問にこたえていただきたいのですが……」

「交際はしていませんでした。でも……」

「でも、何です？」

「僕の不注意というか、思慮のなさのせいで、そういう噂が立ったことは事実です」

「噂が立った……。それは、研究室内で噂になったということですか？」

「そうです。僕は彼女の博士論文について相談を受けていました。たまたま、僕が研究していた題材と重複する部分がありましたので……」

「彼女は、あなたのご自宅を頻繁に訪ねていたそうですね？」

「僕が、彼女の論文について相談に乗る。その代わりに、彼女が僕の資料の整理を手伝う。そういう約束で、自宅で作業をしていました」

「どうして自宅だったのです？　大学ではできない作業だったのですか？」

尾崎がますますはにかんだような表情になった。

「それが、僕の不注意だったのです。僕は逆に、大学で彼女と長時間接していると、妙な誤解をされると思ってしまったのです。自宅でなら、誰の眼も気にすることなく、話し合いや作業ができると考えました。でも、その気づかいが裏目に出たんですね……」

「なるほど……」

アルトマン教授は、尾崎を見つめたままうなずいた。「それで、鷹原教授は、あなたと早紀さんの噂をご存じでしたか？」

「どうでしょう……。教授がそのことについて、何か言ったのを、僕は聞いたことがありませんでした」

「もし、鷹原教授がその噂を耳にしていたら、どうお感じになったでしょうね？」

「昔のことですし、それは、あくまで仮定の話でしょう」

「あえて、仮定を前提として質問しているのです。こたえていただけませんか？」

尾崎は、しばらく考えていた。碓氷は、彼の表情を観察した。真剣にこたえを探している様子だ。眼が泳いだり、アルトマン教授の顔を盗み見たりといった行動は見られない。

つまり、嘘をつこうとしてはいないということだ。

尾崎が顔を上げてアルトマン教授の顔を見た。

「教授は不愉快に思ったかもしれません」

「なぜです？」

尾崎は、小さく肩をすくめた。

「研究室のメンバーは、家族のようなものだと、いつも言っていましたからね。つまり、研究室内での恋愛沙汰とかを、鷹原教授は、あまり歓迎しないのです」

肩をすくめる行為は、はっきり何かを言いたくないときの仕草として知られている。アルトマン教授も、それに気づいたはずだ。

「鷹原教授が不愉快に思う理由は、それだけですか？」

尾崎は、小さく溜め息をついた。アルトマン教授の追及をかわすことはできない。そう考えたに違いない。

「鷹原教授は、植田君に好意を持っていました。それが理由です。二人は結婚したわけですから……」

「お二人の結婚について、あなたはどう思われましたか？」

「正直に言うと、驚きましたね。二人がそういう関係だったとは、考えもしませんでしたから……。でも、それだけです。二人が結婚したとき、僕はすでに大学を辞めていましたし、式や披露宴にも招待されませんでした」

「招待されなかった……？」

「ええ、すでに、僕は鷹原研究室とは無関係の人間でしたから……」

アルトマン教授は、鷹原早紀を巡る男女関係について、明らかにしたいと考えているようだ。

それは、おそらく鑑取り班も同様のはずだ。殺人の動機として、第一に挙げられるのが男女関係のもつれなのだ。

捜査のことは、刑事に任せるべきだと言ったばかりなのに、アルトマン教授は動機を探ろうとしているのだろうか。それは、一貫性を欠いていて、彼らしくないと、碓氷は感じた。

あるいは、アルトマン教授は、何か別のことを知ろうとしているのだろうか……。

「鷹原研究室とは、無関係の人間ですか……」

「そうです。研究室の人たちとは、ほとんど連絡も取っていませんでしたし……」

「ほとんど……？」

アルトマン教授は、じっと尾崎を見つめた。「まったく、ではなく、ほとんど、ですか？」

尾崎は、また肩をすくめた。

「ええ、大学を辞めてから、彼らとまったく連絡を取らなかったわけではありませんから……」

「誰と連絡を取り合いましたか？」

「誰って……」

尾崎は、戸惑った様子だった。ちらりと碓氷のほうを見た。これは、どういう意味だろう。

おそらく、こんな質問にこたえる必要があるのかと、無言で問いかけたのだろう。幾分か抗議したい気持ちもあったに違いない。

碓氷は、無言で尾崎を見返していた。今回の質問は、すべてアルトマン教授に任せることにしていた。

尾崎は、アルトマン教授に眼をもどすと、言った。

「大学を辞めて五年も経つんですよ。誰が連絡を取ってきたかなんて、正確には覚えていないですね」

「それはおかしい」

「おかしい……？」

「そうです。私がもし、いつ、誰が、と質問したのなら、覚えていないというこたえにも納得できます。人間の記憶というのは、それほど確かなものではありませんからね。でも、単に誰が、と質問されたら、こたえられないはずはないのです」

尾崎はさらに戸惑った表情になった。

「それが、重要なことなのですか？」

「私は知りたいのです。鷹原教授は、あなたが大学を去られた後、研究室の人たちに、連絡を取らないよう指示していたそうです。もし、誰かがあなたと連絡を取ったのだとしたら、その人物は教授の言いつけを守らなかったことになります。それには、何か理由があるはずです」

尾崎は、考えていた。こたえを探すというよりも、こたえるべきかを考えている様子だった。迷っているのだ。

やがて、彼は言った。

「もし、誰かが鷹原教授の言いつけを守らなかったからといって、それが何だというのです？」

「それが重要なことかもしれないのです」

「なぜ、重要なんです？　あなたは、僕が犯人だとでも思っているのですか？　もう一度言いますが、僕はもう鷹原研究室とは関係のない人間です。だから、僕には研究室の人を殺す理由などないのです」

「あなたを犯人だとは思っていません。あなたには、アリバイがあります」

「だったら……」

「しかし、私はあなたが事件と無関係だとは思えないのです」

尾崎は言葉を失っていた。その様子を見ると、鑑取り班の刑事たちも、ここまで突っこんだ発言はしていなかったことがわかる。

「僕がどう関係していると言うのですか？」

「それを明らかにするためにも、私の質問にこたえていただきたい。あなたが、大学を辞めてからも、あなたと連絡を取り合っていた人がいるはずです。それは、誰なのですか？」

すでにこたえはわかっている。アルトマン教授は、それを尾崎の口から言わせたいのだ。

尾崎は、また溜め息をついた。

「浅井です」

アルトマン教授は、うなずいた。彼の頭の中で、何かが符合したにちがいない。碓氷は、それが何であるのか知りたかった。

尾崎は、次の質問のために身構えているように見えた。

アルトマン教授が、現場に残っていた二つのペトログリフの写真を取り出した。

「これは、殺人現場に残されていたものです」

尾崎は、それをちらりと見て言った。

「先ほど、刑事さんにも見せてもらいました。桃木文字と、ヒッタイト文字ですね」

「もちろん、意味はわかりますね？」

「ええ」

尾崎は、すでに碓氷が知っているとおりの説明をした。浅井も、知識の多くを尾崎の著書から得たと言っていたから、これは当然のことだ。

だが、アルトマン教授の表情は冴えなかった。まるで、担当する学生が満足なこたえを出さなかったかのような顔をしている。

アルトマン教授が言った。

「文字そのものの意味はわかっています。私には、どうしてこの二つの文字が残されたのか、その理由がわからないのです。何か、心当たりはありませんか?」

「桃木文字とヒッタイト文字には、歴史的にも地理的にも、何の関連もありません」

「それは私にもわかっています。ですから、そうしたものとは、別の関連を考えなければなりません」

「別の関連?」

「そう。人間関係です。私は、あなたの周辺の人間関係が、この謎を解く鍵だと思っているのです」

尾崎は、机の上の二枚の写真をしげしげと見つめた。それから、手にとってさらに仔細に観察していた。

写真を机に戻すと、尾崎は言った。

「心当たりはないですね」

「あなたの著書や、大学時代の研究の中で、この二種類の文字を同時に扱ったことはありませんか？」

尾崎は、記憶を探るように天井に眼をやった。視線をアルトマン教授に戻すと、言った。

「いえ、そういう記憶はありませんね。たしかに、私は、一歩間違えば、トンデモ本と言われてしまうくらいに、大胆な記述をすることがあります。しかし、桃木文字とヒッタイト文字を同時に扱うなどといったことをやったことはありません」

「私たちは、ヒッタイト文字の『アン』が、実はイシュタルを表しているのではないかという仮説を立てたことがあります」

アルトマン教授は、「私たち」と言った。それは、彼と浅井を意味しているのだが、尾崎に明確に告げようとはしなかった。

何かの意図があるのかもしれないと、碓氷は思った。

アルトマン教授の言葉に、尾崎は首を横に振った。

「この文字が単独で書かれる場合は、あくまでも表音文字の『アン』でしかありません。この文字の後に、何らかの属性が記されて、初めて神を表す限定詞になるのです。たとえば、この文字の後に、『風』を意味する単語があれば、『風の神』という意味になります」

「この文字が書かれた状況を考えてください。殺人の現場です。これらの文字を書いた人物は、一刻も早くその場を立ち去りたかったに違いありません。本当は、二つ以上のヒッタイト文字を書きたかったのですが、その時間的な余裕がなかったということなのかもしれません」

尾崎は、真剣な表情でこたえた。

「いや、それでも、この文字がイシュタルを表しているとは考えにくいですね。もし、イシュタルのことを表現したいのなら、別にもっと簡単な文字やマークがあります」

「例えば……?」

「そうですね……。現在、女性を表すシンボルマークとして使われている丸の下に十字を書くマークです。惑星記号では金星を表しますが、イシュタルやビーナスを表すマークとして知られています。ビーナスはもともとイシュタルと同一の女神ですから……」

「なるほど……」

アルトマン教授がうなずいた。今度は、さきほどよりも満足そうだった。納得のいくこたえだったのだ。碓氷も、尾崎の意見に、心の中でうなずいていた。

アルトマン教授が、さらに質問した。

「あなたは、大学におられる頃から、楔形文字をはじめとするペトログリフを研究なさっていたのですね?」

「ええ、僕は、日本国内の出土品だけではなく、世界に眼を向けたいと、いつも感じていましたから……」

「偽書といわれている古史古伝なども、研究対象にされていましたね？」

「はい。民俗学的な興味といいますか……。多くの古史古伝は、宗教が絡んでいるのですが、そうしたものが書かれた背景に興味があったのです。偽書であっても、それが書かれた背後には、何らかの真実があるはずです」

「わかりますよ。私も、歴史を学ぶ以上、そうしたものを無視してはいけないと思っています」

「考古学や歴史学を学際ととらえておられるアルトマン教授なら、理解していただけると思っていました」

学際というのは、たしか、いろいろな学問を集めて研究することだったな……。碓氷は、頭の中で確認していた。

アルトマン教授が、さらに質問する。

「あなたの他に、鷹原研究室で、ペトログリフにお詳しかったのは、どなたですか？」

「植田君ですね」

「教授の奥さんが……？」

「先ほども説明したとおり、彼女は、僕の資料整理などを手伝ってくれていましたから、自然に詳しくなったはずです」

「ほかには、いらっしゃいませんか？」

「浅井も詳しかったと思います」

またこの名前が出た。

アルトマン教授が、慎重な口調で尋ねた。

「あなたが、大学にいらっしゃる頃、浅井さんとは親しかったのですか？」

「特に親しいというわけではありませんでしたが……」

「が……？」

アルトマン教授がうながすと、尾崎は、考えながら言った。

「彼は、孤立しがちだったので、気にかけていました」

「浅井さんは、別の大学から、順供大学の大学院に進んだのでしたね」

「ええ」

「それで、浅井さんはあなたの研究に興味を持つようになったのでしょうか？」

「いえ、そうではないと思います。もともと実証的な考古学だけではなく、言語学や民俗学、文化人類学などにも興味があったようです。彼は、アルトマン教授の活動にも注目していたはずです」

「そのようですね。光栄なことです」

「私も教授を尊敬しています」

「あなたにそう言ってもらえると、純粋にうれしいです。我々三人は、同じ志を持っていると考えていいですね」

「そのお言葉には、恐縮しますね。教授と僕らではレベルが違います」

「志が同じなら、ものの見方も似ていると思います。浅井さんが、この二つのペトログリフについて、私にこんなことを言いました。まだ、文字の読みとか意味そのものにこだわっているようだ。純粋に形状に注目してみるというようなことも必要だろう、と……」

「形状に注目ですか……」

尾崎は、あらためて二つのペトログリフの写真を見つめた。「この二つは、似ても似つかないですね。浅井は、どうしてそんなことを言ったのでしょう」

アルトマン教授は肩をすくめた。これは、何かをごまかすためではなく、自分にもわからないということを示したのだ。

「私もいろいろと考えてみました。だが、あなたがおっしゃるとおり、この二つに、形状の共通点はありません。おそらく、浅井さんも、思いつきで言われたのだと思いますが……」

尾崎は顔を上げて、アルトマン教授を見た。

「僕も考えてみたいと思います。僕にもこの写真をいただけませんか?」

アルトマン教授が、碓氷のほうを見た。碓氷は、迷った。尾崎は、一度は、容疑者リストに上がった人物だ。アリバイがあったとはいえ、事件の関係者であることは間違いない。

尾崎に、現場の写真を渡していいものだろうか。

碓氷は、アルトマン教授に尋ねた。

「ペトログリフについて、尾崎さんの協力が必要ですか？」

「彼の意見が聞けるのなら、とても心強いですね」

碓氷はうなずいてから、尾崎に言った。

「その写真をお持ちください。ただし、この写真は、マスコミには公開していません。くれぐれも流出などしないように気をつけてください」

尾崎は、ぽかんとした顔で碓氷を見た。

「どうして秘密にする必要があるんです？　マスコミが、研究室の人間に接触したら、現場にペトログリフが残されていたことなど、すぐに知られてしまうはずです」

「それでも、現場の写真がなければ、マスコミは発表できません。我々は捜査情報をコントロールしなければならないのです」

俺は、何でこんなことを説明しているのだろうと、碓氷は思っていた。おそらく、二人の学問的な雰囲気に呑まれてしまったのだろう……。

尾崎は、まだ不思議そうな顔をしている。

「この写真が発表されたって、問題はないように思いますがね……」

碓氷はこたえた。

「これを見た犯人が何かの工作をする恐れもあるのです」

「工作？　どんな工作です？」

「それは、わかりません。必死になった犯人は、予想もつかないようなことをやるものです」

「はあ……。そうですか……」

尾崎は、釈然としない表情のまま、そう言った。アルトマン教授が、思い出したように、尾崎に言った。

「鷹原教授のお弟子さんは、十二人いらっしゃるので、キリストの十二使徒になぞらえる人もいたということですね？」

尾崎は、目をしばたたいた。

「十二使徒ですか？　僕は知りませんね。それに、僕が研究室にいる頃は、弟子は十三人でしたよ」

「それについては、浅井さんは、こう説明していました。人々が何かを連想するときは、象徴的な事柄が重要なのだと……。つまり、十二という数字が重要なのであり、研究室を出られたあなたは、必然的にユダを連想させるのだというのです。まあ、この意見については、私は納得しましたがね……」

尾崎はかぶりを振った。

「浅井が何を言ったか知りませんが、鷹原研究室を十二使徒になぞらえた人がいたなんて、僕は知りませんでした」

アルトマン教授は、何度か小さくうなずいてから、碓氷に言った。

「尾崎さんは、お疲れでしょうから、今日はこのへんにしておきましょうか」

碓氷は言った。

「アルトマン教授にお任せします」

アルトマン教授が尾崎に尋ねた。

「連絡を取りたいときには、どうしたらいいでしょう?」

「携帯電話にお願いします」

「カンボジアにおいでのときには、なかなか通じなかったようですが……」

「日本にいる間はだいじょうぶです」

「わかりました。今日はお話しできて、よかった」

「参考になりましたか?」

アルトマン教授はこたえた。

「ええ、とても参考になりました」

21

捜査本部に戻ると、食べ物のにおいがした。店屋物《てんやもの》を取ったのだろう。部屋のあちらこちらで、麺をすする音が聞こえている。

碓氷はアルトマン教授に言った。

「私たちも食事にしましょうか？」

「魅力的な提案ですね」

二人は、食事に出かけることにした。署を出て、近所を歩き回っていると、鰻屋《うなぎや》が目にとまった。

「鰻を召し上がったことはありますか？」

「大好物です」

店に入り、鰻重を二つ注文した。茶を飲みながら、アルトマン教授の様子をうかがった。やはり、何事か考え込んでいる様子だ。

外で食事をしながら、捜査の話はすべきではない。どこで誰が聞いているかわからないのだ。

だが、碓氷はアルトマン教授に質問せずにはいられなかった。なるべく、固有名詞を出さないように注意しながら言った。

「ホテルで話を聞いてから、ずっと考え事をされているようですね？」

アルトマン教授は、上目遣いに碓氷を見た。

「ええ、いろいろと考えていますよ」

「何かに気づかれたのですね？」

その問いに、アルトマン教授はこたえなかった。茶をすすり、また考えている。碓氷はさらに言った。

「まあ、ここでは具体的な話はできない。食事を終えて、戻ったら、何をお考えなのか聞かせてもらえますか？」

アルトマン教授が言った。

「とにかく、食事のときは食べることに専念しましょう」

「わかりました」

やがて、鰻重がやってきて、アルトマン教授に言われたとおりに、碓氷は鰻を味わった。柔らかく、ふっくらしていて、なおかつよく脂が乗っている。

久しぶりにうまいものを食べた気がした。贅沢な気分だ。うまいものを食べると、つい、妻や子供のことを思い出す。彼らにも食べさせてやりたいと思うのだ。年を取ったのだろうか。ふと、碓氷はそんなことを思った。

　捜査本部に戻り、長机に向かって腰を下ろすと早速、碓氷はアルトマン教授に言った。

「ホテルで、鷹原教授や嘉村准教授の話を聞いたときから、あなたは、ちょっと沈んだ表情になられた。それはなぜです？」

「別に沈んでいるわけではありません。ただ、残念な思いがしただけです」

「犯人が、鷹原研究室内部にいるということを確信された。それが残念なのですね？」

「それだけではありません。おそらく、この殺人は、いくつもの誤解が重なった結果なのではないかと思います」

「誤解？　いったい、どんな誤解が……」

　アルトマン教授は、また考え込んでしまった。碓氷は、彼が話し出すまで、辛抱強く待つことにした。

　やがて、アルトマン教授が言った。

「申し訳ありません。今はまだ、筋道立ててお話しすることができないのです」

「別に筋道が立ってなくてもかまいません。漠然とした話でもいいのです。聞かせてもらえませんか？」

「いや、それはできません。私は学者です。仮説を立てたら、それを検証しなければならないのです」

「いいですか？　これはあなたの研究ではなく、捜査なのです。情報は共有しなければならないのです」

「捜査だからこそ、私はいい加減な発言をするわけにはいかないのです。情報は、ちゃんと共有しているじゃないですか。あなたは、私とずっといっしょだった。つまり、同じものを見て、同じことを聞いたわけです」

「私には、専門の知識がありませんから、同じことを見聞きしても、理解力が追いつかないのかもしれません」

「そんなはずはない。あなたは刑事なのです。犯罪者については、私よりずっとお詳しいはずだ」

「そう、刑事の私がこうしてお願いしているのです。いったい、何に気づかれたのか、誤解というのは、何のことなのか、教えてもらえませんか？」

「もう少しだけ待ってください」

「何を待つのです？」

「ペトログリフの謎が解けるのを、です」

碓氷は考えた。もちろん、それがアルトマン教授の役目だ。それ以上のことを、彼に求めるのは、酷なのかもしれない。

「ペトログリフの謎が解けたときには、あなたが気づいているすべてのことについて、お話しいただけるのですね？」

アルトマン教授は、あくまでも慎重だった。

「確認できた事柄については、すべてお話ししましょう」

このあたりが、落としどころかもしれない。碓氷はそう思って言った。

「わかりました。何かお手伝いできることはありますか？」

「お手伝いしているのは、私のほうですよ」

アルトマン教授が人なつこい笑顔を見せた。この笑顔を見るのは、久しぶりのような気がした。


事件発生から一週間が過ぎた。最初の殺人が起きたのが、先週の金曜日。今日は木曜日だ。

捜査員たちにまだ焦りの色はない。この頃になると、大人数の捜査会議よりも、管理官からの個別の指示が増えてくる。

捜査も、昔に比べてシステム化されたと嘆くベテランも少なくない。捜査員は、自分で考えるというより、管理官らの指示に従順であろうとする。

システム化された弊害もあるだろうが、利点も多いはずだ。碓氷は、今の捜査のやり方に、別に不満はなかった。

だが、他の捜査員がどんなことを調べているのかわからないという点は問題かもしれないと思った。情報が管理官のところにしか集まらない。

高木のようにマイペースな男は、そういう捜査のやり方が、あまり好きではないかもしれない。彼は、捜査員自身が頭を使い、筋を読んでいく、昔ながらの捜査のほうが好きなはずだ。

その高木が、朝早くに碓氷に近づいてきた。

まだ、捜査本部にアルトマン教授の姿はない。

高木が碓氷に言った。

「アルトマン教授は、尾崎から何を聞き出したんだ？」

「鷹原早紀を巡る男女関係について尋ねていたな」

「それは、俺たちも詳しく訊いた」

「それから、ペトログリフについて、学者らしいやり取りがあったよ」

「具体的には？」

碓氷は首を横に振った。

「特に進展はない。今までにわかったことが確認されただけだと、俺は感じた」

「だが、アルトマン教授は、何かに気づいている様子だった」

「ペトログリフの謎が解けたときに、気づいたことについて話してくれると言っていた」

「あんたらしくないな」

高木が碓氷に言った。

「俺らしくない？　どういうことだ？」

「押しが弱いってことだ。アルトマン教授には、きっと誰がペトログリフを描き残したのか、見当がついているんだ」

「そうかもしれない」

「もしかしたら、犯人の目星もついているのかもしれない」

碓氷は、かぶりを振った。

「被疑者を割り出すのは、教授の役割じゃない。俺たちの仕事だ」

「教授は、自分から捜査協力を申し出たと聞いているぞ」

「そのとおりだが……」

「いつものあんたなら、協力者から必要な情報を遠慮無く聞き出しているはずだ」

「俺だって、慎重になることもある」

「慎重だって？　今は、どんな情報でも欲しいんだ。捜査本部ができて一週間だ。時間が経つにつれて、手がかりがどんどん減っていくのは、あんただって知っているだろう」

「もちろん、知っている」

「関係者の記憶だって薄れていく」

「あんたは、どう思ってるんだ？」

碓氷は、逆に高木に質問した。彼の意見も聞いてみたい。高木は、しばらく無言で碓氷の顔を見つめていた。どうこたえていいか考えているらしい。

やがて、高木が言った。

「アルトマン教授は、犯人が鷹原研究室内にいると言っていた。俺も同じ意見だ。俺だけじゃない。ほとんどの捜査員がそう考えているんじゃないか」

碓氷は尋ねた。

「動機は？」

「金銭的な問題は浮上してこなかった。考えられるのは、男女間のトラブルだ」

「具体的には……？」

「不倫していたという噂の二人が殺害されているんだ」

「だとしたら、鷹原教授の容疑が濃いということになるが……」

「鷹原教授にはアリバイがない。当初は、尾崎が疑われていたが、尾崎には立派なアリバイがあった」

「じゃあ、あんたは、鷹原教授があの二人を殺害したというのか？」

「理屈から言えばそういうことになる。あんたも今、そう言ったじゃないか。捜査幹部は、鷹原教授を任意で引っ張れないかと相談しているようだ」

「つまり、重要参考人ということか？」

高木が、肩をすくめた。

「俺が考えたことじゃない」

「つまり、あんたは、鷹原が殺《や》ったとは思っていないんだな？」

「第一の事件だけだったら、鷹原を疑っていたかもしれないな。だが、埼玉の事件が余計だった。鷹原があの事件を起こすのは不自然な気がする」

「アリバイがあるのか？」

「いや、ホテルに引きこもっていたということだ。日曜日だったので、誰にも会っていないと言っている。だが……」

「だが、何だ？」

「話を聞いた印象だがね、鷹原教授が隠し事をしているとは思えないんだ」

「アルトマン教授は、尾崎が事件と無関係ではないと言っていた」

「だが、被疑者ではあり得ない」

「尾崎が、研究室内の人間関係を複雑にしていた。そんな気もするんだが……」

「人間関係を複雑にしていた？」

「早紀が彼の部屋に出入りしていたので、あらぬ誤解を受けたと言っていた。それは本当のことだろうが、その誤解が、何かに発展した可能性がある」

そう言いながら、碓氷は、アルトマン教授が言ったことを思い出していた。彼は、こう言ったのだ。

「おそらく、この殺人は、いくつもの誤解が重なった結果なのではないかと思います」

もしかしたら、アルトマン教授が言っていた誤解というのは、今碓氷が言ったことも含めているのかもしれない。

ならば、その他の誤解というのは、どういうものだったのだろう。

「だからさ……」

高木が言った。「何か決定的な手がかりがほしいんだよ。でなければ、鷹原教授を引っ張ることになる」

「ペトログリフの謎が解けたら、気づいたことを話してくれると、アルトマン教授は言っていたが……」

そこまで言ったとき、当のアルトマン教授が、捜査本部にやってきた。少しばかり興奮した面持ちだ。目を大きく開き、碓氷を見つけると小走りに近づいてきた。

碓氷は思わず尋ねた。

「どうかしましたか？」

「まさに、神の啓示かもしれません」

「神の啓示……？」

「夢を見て目覚めたのですが、その夢に例の二つのペトログリフが出てきたのです」

「それで……？」

「たぶん、謎が解けたと思います」

碓氷と高木は、顔を見合った。

22

碓氷は、アルトマン教授に言った。

「話してもらえますか？」

「その前に、いくつか確認しておきたいことがあります」

「確認しておきたいこと……？」

「そうです。警察に、最初に尾崎さんの名前を教えたのは、浅井さんでしたね？」

「ええ、そうでした」

「間違いありませんね？」

碓氷は高木を見た。高木がうなずいて言った。

「それは、俺も確認しています」

アルトマン教授が、碓氷の顔を見つめて言った。

「鷹原教授のお弟子さんたちが、キリストの十二使徒になぞらえられていると証言したのは、浅井さんだけですね？」

「そうですね」

碓氷はこたえた。「教授もご存じのとおり、尾崎さんに尋ねても、そんなことは聞いたことがないと言っていました」

高木が言った。

「鑑取り班でも、十二使徒の話など聞いた者はいません」

アルトマン教授は、さらに言った。

「ペトログリフの意味にとらわれず、純粋に形状も考慮すべきだと、私に言ったのは、浅井さんでしたね？」

「ええ」

碓氷はうなずいた。「それは、私が確認しています」

「浅井さんは、私に何度もヒントを与えていたのです」

「浅井が……？」

碓氷は、はやる気持ちを抑えようとした。ここは、慎重にならなければ……。「ヒントを与えていたというのは、どういうことですか？」

「十二使徒……。そして、形状に注目しろ……。その言葉が私の潜在意識にずっと残っていたのでしょう。目覚めているときには、それはなかなか顕在化してくれません。ですが、潜在意識を活発に拾い上げる現象があります。それが夢なのです」

ここでユングについて説明されても困る。碓氷は、先をうながした。

「それで、何がわかったのですか？」

「見てください」

アルトマン教授は、フォルダに挟んであった、二つのペトログリフの写真を取り出し、近くの机の上に並べた。

碓氷と高木は、それを覗き込んだ。写真に、赤いマジックでなぞった部分がある。

「赤い印がついている部分に注目してください」

アルトマン教授が言った。

碓氷は、指摘された場所を見た。まず、第一の事件の現場から発見された桃木文字だ。左右に伸びる曲線の部分は除外され、中心部の直線が交差している部分がなぞってあった。

そして、第二の事件のヒッタイト文字では、やはり、直線がクロスしている部分が赤でなぞってある。

「たしかに、この部分は、共通していると言えますが……」

碓氷は、そういってから高木を見た。

高木も理解できないような顔で言った。

「これは、ただ線が交差しているだけですね。どんな文字にも見られるんじゃないですか？　共通点と言えるでしょうかね？」

「立派な共通点だと思います。シンボルとして、これほど力強いものはない」

碓氷は尋ねた。

「それで、これは、どういう意味なのですか？」

「これを見てください」

アルトマン教授は、さらに一枚の紙をフォルダから取り出して、写真の横に置いた。

「十字架ですね」

碓氷は言った。

見慣れた形だ。キリストが磔《はりつけ》にされた十字架だ。

アルトマン教授は、その紙を百八十度回転させた。ひっくりかえしたのだ。碓氷は、訳がわからなかった。

「通常の十字架を逆さにした印。これは、ペトロの十字架と呼ばれています」

「ペトロの十字架……？」

「見てください。現場に残された二つのペトログリフの、赤でなぞった部分は、間違いなく、ペトロの十字架なのです」

碓氷は、もう一度写真を見た。高木も、覗き込んだ。

たしかに、二つのペトログリフの中には、十字架が含まれている。しかも、通常の十字架をひっくり返した形だ。つまり、横棒と交差する縦の棒の、下の部分よりも上の部分が長いのだ。

「ペトロの十字架というのは、いったいどういうものなんですか?」

碓氷は言った。「キリスト教の素養のないわれわれには、まったく馴染みがないものなのですが……」

「十二使徒の一人、聖ペトロはご存じですね」

「まあ、名前は知っています。サン・ピエトロ大聖堂の名前の由来になった使徒ですね?」

「そうです。サン・ピエトロ大聖堂は、聖ペトロの墓所の上に建てられたといわれています。聖ペトロは、イエズス・キリストの最初の弟子であり、十二使徒のリーダー的存在でした。また、カトリックでは、初代の教皇とされています。つまり、ペトロがキリスト教会創設の中心人物だったのです」

碓氷は、驚いた。

「キリスト教会を作ったのは、キリストじゃないんですか?」

「イエズス・キリストは、あくまでもユダヤ教の一派として、教えを説いていたのです」

そうなのか、と碓氷は思った。言われてみれば、キリストが生きている時代に、彼の教えが宗教として成立するというのも、おかしな話だ。

そんなことは、これまで考えたこともなかった。

アルトマン教授の説明が続いた。

「『ペトロ行伝』の中に、次のような記述があります。聖ペトロは、ローマで宣教した際に、ネロ帝の迫害に遭い、磔の刑に処せられた、と……。そのとき、聖ペトロは、逆さまに十字架に磔にされたとされています」

碓氷は思わずつぶやいた。

「逆さまの磔……」

「ペトロが自らそうするように望んだといわれています。それが、逆さ十字を聖ペトロ十字と呼ぶいわれです」

高木が、アルトマン教授に言った。

「浅井が何度もヒントを出したってのは、どういうことです？」

「まず、鷹原研究室がキリストと十二使徒だということを、私たちに印象付けようとしました。そして、二つのペトログリフに、聖ペトロ十字が隠されていることを示唆したのです」

高木が碓氷の顔を見て言った。

「浅井は、第一の事件の日、現場の防犯カメラが故障していることを知っていた……」

たしかに、そう嘉村が証言していた。碓氷は、アルトマン教授に言った。

「浅井なら、あの二つのペトログリフを、迷いなく一気に描くことができた。そうですね？」

「では、浅井が殺人事件の被疑者ということですか？」

アルトマン教授は、かぶりを振った。

「私は、そうは言っていません」

「しかし、浅井は、アルトマン教授に対して、ペトログリフの謎を解くヒントを与えていました。彼なら、ペトログリフに精通していたので、何も参考にせずに現場で描くことができたとお考えですよね？　そして、彼は、第一の事件のときに、鷹原教授が住むマンションの防犯カメラが故障していることを知っていたのですよ。そして、浅井は、第二の現場にもいたのです」

「そう。浅井さんは、両方の現場に、ペトログリフを描き残した。私は、そう思っています」

「ペトログリフは、犯人が残したメッセージじゃないんですか？」

「メッセージには違いありません。しかし、私は犯人が残したものだと断定はしていません」

「どういうことです？」

碓氷は、戸惑った。

「あの二つのペトログリフは、犯人が誰かを教えるためのメッセージだったと、私は考えています」

「犯人が誰かを伝えるメッセージ……？」

「でなければ、理屈に合わないのですよ」

「理屈に合わない……」

「いつか、議論したことがありますよね。わざと謎めいたメッセージを残すのは、どういう場合か……」

「犯人がそういうメッセージを残す場合は、ほとんどの場合が愉快犯です」

「それ以外の場合は？」

碓氷は、アルトマン教授と話し合ったことを思い出しながら言った。

「被害者が、ダイイングメッセージを残そうとして途中で事切れる場合が結果的にそうなります。また、内部告発などの場合もそうである可能性があります。メッセージを残したことを、仲間に知られないようにするために、わざと謎めいた内容になることもあります」

「それから……？」

「特定の相手へのメッセージですね」

アルトマン教授は、うなずいた。

「今回の場合は、内部告発であると同時に、特定の相手に対するメッセージと考えることができます。だとしたら、犯人がメッセージを残したとは考えにくい」

「どうしてです？」

「メッセージの内容が、特定の人物を示しているからです。もし、犯人がそれを残したとすれば、それは何のためでしょう？　自分で自分を指し示すメッセージでしょうか？　それは可能性が低い」

「愉快犯なら、それもあり得ます。警察やマスコミ、世間の対応を嘲笑っているのです」

「今回の犯人は、愉快犯ではあり得ないと思います。なぜなら、犯人は研究室内部の人間だし、動機も明らかだからです」

高木が反応した。

「あのペトログリフを描いたのは、状況から見て、浅井だと考えて間違いないんですよね？　だったら、メッセージが指し示している人物というのは、誰なんです？」

アルトマン教授は、あっさりと言った。

「嘉村准教授ですよ」

碓氷は、思わずうなっていた。高木は、眉をひそめて尋ねた。

「では、嘉村准教授が被疑者ということですか？」

アルトマン教授は、かぶりを振った。

「それを判断するのは、私の役割ではありません。私はただ、こう言いたいだけです。二つのペトログリフを、現場に描き残したのは浅井さんで、それは、嘉村准教授を示すメッセージだったと……」

　碓氷は、再び高木の顔を見た。高木が、さらに質問した。

「今、教授は、犯行の動機が明らかだとおっしゃいましたね？　それは、何だとお考えですか？」

「一言で言えば、秩序の回復ですね」

「何の秩序ですか？」

「鷹原研究室内の秩序です。おそらく、研究員たちの心は、どうしようもないくらいに乱れていたに違いありません」

「それは、なぜです？」

「いくつかの誤解が重なったのだと、私は考えています」

　いくつかの誤解というのは、何なのだろう。それは、後で質問することにした。碓氷は、まず、ペトログリフのメッセージについて尋ねることにした。それを理解しないことには、その先の推論が成り立たない。

「なぜ、あの二つのペトログリフが、嘉村准教授を示していると思われるのですか？」

「浅井さんは、ペトログリフの形状に留意すべきだと言いました。たしかに、あの二つのペトログリフには、共通するシンボルが含まれていました。それが、聖ペトロ十字だったのです。そのことは、了承していただけますね？」

「ええ……」

「鷹原研究室は、キリストと十二使徒になぞらえる人がいると、浅井さんは言っていました。実際には、そういう事実はないようで、浅井さんが、我々にそれを印象づけるために言っただけなのかもしれませんが……。とにかく、浅井さんが示唆したように、鷹原教授のお弟子さんを、十二使徒と考えるならば、ペトロの役割を担っているのは、嘉村准教授しかいません」

碓氷は、今アルトマン教授が言ったことについて反論しようとした。だが、言うべきことが思いつかない。

アルトマン教授の説は、説得力があった。それ以外の解釈が思いつかない。

「浅井は、そのメッセージを、誰に伝えたかったのでしょう？」

「これは、想像ですが……」

アルトマン教授は、そう前置きしてから言った。「尾崎さんではないかと思います」

「尾崎に……」

「おそらく、尾崎さんなら、いずれ私と同じ結論にたどり着いたはずです。いや、彼のことだから、今頃、もう気づいているかもしれません」

「なぜ、浅井が尾崎にメッセージを伝えようとしたのでしょう？」

アルトマン教授は、またちょっと沈んだ表情になった。

「ここから先は、私の役割から逸脱してしまいます」

「参考意見として聞かせてください」

アルトマン教授は、小さく溜め息をついてからこたえた。

「それも、いくつかの誤解の一つだったと思います。浅井さんは、尾崎さんが、失意のうちに大学を去ったと誤解していたのです」

「どうしてそんな誤解を……?」

「早紀さんとの噂が原因でしょう。実際には、尾崎さんと早紀さんは、男女の関係ではなかった。研究者同士の共感はあったし、いくらかの好意は持っていたかもしれませんが、互いに恋愛感情は抱いていなかったのです。しかし、周囲はそれを誤解しました。そして、浅井さんは、その噂を信じ込んでしまったのです」

「たしかに、尾崎は、そのようなことを言っていました。しかし、それが本当のことかどうかわかりません」

「あなたは、尾崎さんが嘘をついていたと感じましたか?」

そう言われて、しばらく考えた。そして、碓氷は言った。

「いいえ、嘘をついていたとは思いませんね」

アルトマン教授は、満足そうにうなずいてから、説明を続けた。

「五年前、早紀さんは、尾崎さんの自宅を訪ねることを止めました。それは、おそらく、ただ研究の整理が一段落ついたからとか、そういった普通の理由だったのでしょう。しかし、周囲の人々は、鷹原教授の存在を意識したに違いありません。教授と早紀さんが付き合いはじめたから、尾崎さんがふられたのだと考えたことでしょう。そして、浅井さんもそう思い込んだのです。それも、誤解でした」

高木が言った。

「浅井がその噂を信じたからといって、なぜ、ペトログリフを現場に描き残すようなことをしたのか、俺には理解できません」

「浅井さんは、心から尾崎さんのことを慕っていたのですね。いや、今でもその気持ちに変わりはないでしょう。しかし、浅井さんは、一つの要素に過ぎません」

「一つの要素？」

高木が尋ねた。「では、他の要素についても説明してください」

「鷹原教授と早紀さんの結婚については、周囲の人々は、ある程度予想していたに違いありません。まあ、研究室の人々は、いちおうは祝福したことでしょう。それは、表面上のことに過ぎません。しかし、その中で、心からこの結婚を歓迎した人がいたはずです」

高木が興味深い表情で、話の先をうながした。

「それは、誰です？」

「嘉村准教授です」

「なぜです？」

「研究室でたった一人の女性。それは、ある意味、異分子でもあります。異分子は、トラブルの原因となります。教授がその異分子を独占することにより、トラブルが回避されることになる。嘉村准教授はそう考えたに違いありません」

「どうして、あなたにそんなことがわかるのです？」

「嘉村准教授が、ペトロだからです。研究室内の秩序に責任を負っていたのは、鷹原教授ではなく、教授の第一の弟子であり、弟子たちのリーダーである、嘉村准教授だったのです。それは、鷹原教授と嘉村准教授の様子を見ていればわかります。そして、私も大学で学究生活を送っているので、容易に想像がつきます」

　碓氷は言った。

「研究室内の秩序のために、異分子を排除することが必要だった……。鷹原教授が早紀さんと結婚することで、女性という異分子を整理することができたと……」

「研究室内の異分子は、もう一人いました」

　碓氷はうなずいた。

「尾崎ですね？」

「そう。教授の結婚とほぼ同時期に、もう一人の異分子である尾崎さんも、研究室から去りました。これも、嘉村准教授にとっては、都合がよかったはずです」

碓氷は、思いついて言った。

「もしかしたら、尾崎は、嘉村准教授に、大学を辞めるように言われたのではないでしょうか？」

アルトマン教授がかぶりを振る。

「私にはそれはわかりません。警察で調べるべきことですね」

「おっしゃるとおりです」

「尾崎さんが大学を去り、鷹原教授と早紀さんが結婚して、研究室内に落ち着いて学究活動をする環境が整ったと、嘉村准教授は考えたことでしょう。しかし、波風は次々とやってきます」

高木が言った。

「北川江里子か……」

「それも、要素の一つです。鷹原教授は、結婚する前から、北川江里子さんと親密にお付き合いをされていた。しかし、それだけなら、家庭生活にもそれほど問題はなかったはずです。ここにまた、一つの誤解が生じました」

碓氷は尋ねた。

「どんな誤解ですか？」

「鷹原教授が、家庭よりも、北川江里子さんとのお付き合いを優先させる、というような誤解です」

「誰が、そのように誤解したのでしょう?」

「北川江里子さんの存在を知っていると、証言したのは、誰ですか?」

高木が碓氷のほうを見てこたえた。

「鷹原教授のほかに、彼女のことを知っていると言った人物は、一人しかいない」

碓氷はうなずいた。

「嘉村准教授だな」

「そうだ」

アルトマン教授が言った。

「それは、嘉村准教授にとっては、大きな問題だったはずです。もし、離婚などということになったら、また研究室内に波風が立つことになります。なにせ、奥さんが研究室の一員なのですからね」

高木が、考えながら言った。

「その奥さんに、浮気の噂が立った……」

「大きな問題です」

アルトマン教授が言った。「それが、嘉村准教授に追い打ちをかけたのです」

「つまり……」

高木が、慎重な口調で言った。「嘉村准教授が殺人の犯人で、それを知らせようとしたのが、浅井だったということですか？」

アルトマン教授は、かぶりを振った。

「何度も言いますが、それを判断するのは、私の役目ではありません」

高木が畳みかけるように言う。

「でも、あなたは、そう考えているのですね？」

「私は、大学に身を置いているので、鷹原研究室の内情が想像できます。そして、理論的に考えれば、先ほど言ったような結論しかあり得ないのです」

「理論的に考えれば……」

碓氷は、アルトマン教授の言葉を借りて言った。「浅井が、暗号のようなメッセージを残すのは、おかしいんじゃないんですか？」

アルトマン教授は、興味深そうな顔で碓氷を見た。

「おかしい？」

「嘉村准教授のことを示したいのなら、そのまま名前を書き残せばいいのです」

「ペトログリフであることが、浅井さんにとって重要だったのかもしれません」

「なぜ？」

「浅井さんは、尾崎さんを慕っていました。当然ながら、尾崎さんの研究にもおおいに興味を持っていたはずです。研究室内で、ペトログリフを研究対象にしていたのは、尾崎さんだけだったと思います。だから、浅井さんは、尾崎さんにメッセージを伝えるために、ペトログリフを選んだのです。さらに言えば……」

そこで、アルトマン教授は、しばらく考え込んだ。碓氷は、説明を促した。

「さらに言えば……？」

「尾崎さんが大学を辞めたことに、ペトログリフが関係しているかもしれません」

「具体的に言うと、どういうことです？」

「それはわかりません。しかし、尾崎さんと浅井さんの二人は、ペトログリフに対して特別な思いがあったはずです。だからこそ、浅井さんは、尾崎さんにメッセージを伝えるのに、ペトログリフを選んだのではないでしょうか」

高木が言った。

「その辺のことは、俺たちが聞き込みをしてみよう」

気づくと、すでに捜査員たちが集まりはじめていた。碓氷は、高木に言った。

「今のアルトマン教授の話は、充分に検討する価値があると思う」

高木がうなずいた。

「係長に話しておく」

「そうだな」

碓氷は言った。「アルトマン教授が言ったとおり、誰が殺人事件の被疑者なのかをつきとめるのは、警察の仕事だ。アルトマン教授は、現場に残ったペトログリフから導き出せる推論を述べてくれただけだ」

「わかってるよ」

高木は、鑑取り班の席に向かった。

碓氷とアルトマン教授も、いつもの席に着いた。ほどなく、捜査会議が始まるはずだ。

23

この時期になると、全体の捜査会議はごく短いものになり、代わって管理官からの個別の指示が増えてくる。

この日もそうなるはずだった。だが、鈴木係長の一言で、状況が一変した。

「現場に残されていたペトログリフについて調べている特命班から、ちょっと報告しておきたいことがあるようです」

特命班というのは、碓氷とアルトマン教授のことだ。たしかに課長の特命を受けて動いていたから、この呼び方は間違いではない。だが、少々大げさだと、碓氷は思った。

田端課長が鈴木係長に言った。

「今は、どんな情報でもありがたいよ。……で、どんな情報だ？」

「二つの現場に、ペトログリフを描き残したのは、おそらく浅井だろうということです」

「つまり、浅井の容疑が濃いということか？」

「いいえ、特命班の役割は、あくまで、ペトログリフについて調べることですから、殺人の被疑者については、言明しておりません」

「それで、ペトログリフの意味はわかったのか？」

「おそらく、嘉村准教授のことを示しているのだろうということです」

田端課長が眉間にしわを刻んだ。

「それはどういうことだ？」

「正確を期するためには、本人たちから報告させたほうがいいと思います」

田端課長が碓氷のほうを見た。

「ウスやん。説明してくれ」

「あくまでも、状況から導き出した推論に過ぎませんが……」

田端課長は、顔をしかめた。

「そういう前置きはいい。そんなことは、みんなわかってるんだ。一歩前に進むための材料がほしいんだ」

碓氷は起立して説明した。

「地取り、鑑取りの捜査の結果、二件の殺人は、鷹原研究室内部の人間の犯行であることが、ほぼ明らかになっています。そして、研究室内に限定して考えた場合、二つの現場にペトログリフを描き残すことができたのは、浅井しかいないのです」

「だったら、浅井が被疑者ということになるが……」

「浅井には、動機がありません」

「なるほど……。それで、ペトログリフが、嘉村准教授を示しているというのは？」

「それについては、アルトマン教授に説明してもらうほうがいいでしょう」

田端課長が言った。

「教授、お願いできますか？」

碓氷が着席すると、アルトマン教授がおもむろに立ち上がった。

「二つのペトログリフが、どのようなものか、ご存じのかたも多いと思いますので、細かな説明は省きます。二つには、共通のシンボルが隠されていました。十字架を逆さまにした形です。これは、聖ペトロ十字と呼ばれるものです」

「聖ペトロ十字……？」

「キリストの十二使徒のペトロです。鷹原教授の弟子たちは、十二人です。そこで、キリストの十二使徒にあてはめてみると、ペトロの役割を担っているのは、明らかに嘉村准教授なのです」

捜査員たちが囁きを交わした。田端課長も、判断がつきかねる様子だ。

「こじつけのようにも聞こえますが……」

「理論的に考えてみてたどりついた結論です。こじつけかどうかは、私にはわかりませんが、信じるに足る根拠はあります」

「それは何です？」

「二つのペトログリフの中に、聖ペトロ十字が隠されていること、そして、鷹原研究室をキリストの十二使徒になぞらえる、というヒントを私にくれたのは、他でもない浅井さんだったのです」

それから、アルトマン教授は、浅井が、おそらく尾崎に向けてメッセージを送りたかったのだろうと説明した。

その理由について、いくつかの誤解が重なったということも告げた。

まず、尾崎が被害者の早紀と付き合っていたという誤解。そして、それが理由で、彼が失意のうちに大学を去ったのではないかという誤解。

鷹原教授が、北川江里子との交際を、家庭よりも優先するのではないかという誤解。

「アルトマン教授、あなたは、今、被疑者が嘉村准教授だと説明しているわけですね？」

「そうではありません。私は、あくまで、浅井さんが、あの二つのペトログリフで何を伝えたかったかを説明しているに過ぎないのです」

「私には、同じことのように思えますがね……」

「同じではありません。嘉村准教授が二件の殺人を犯したというのは、浅井さんの考えであって、私の考えではありません」

「では、あなたが解釈された浅井の考えでもかまいません。教えてください。嘉村准教授の犯行の動機は、何だったのですか？」

「研究室内の秩序を維持して、研究活動に集中できる環境を整えることでしょう。それは、鷹原教授の名前を高めることになり、ひいては、研究室の存在価値も高まり、自分自身の立場も上がるということです」

「研究室の秩序を維持するためだけに、二人もの人間を殺すというのは、私には納得できないんですけどね……」

「大学の研究室というのは、閉鎖された社会です。いわば、日本の村に近いのです。そこでは、一般に些細なことと思われることが、重大事として扱われることが珍しくないのです」

「そう言われても、まだ、ぴんときませんね……」

「では、こういう言い方ではどうでしょう。嘉村准教授は、鷹原教授と、研究室の存続と発展のために、障害となる異分子を排除しなければならなかった……」

「二人の被害者が、異分子だったと……？」

田端課長の問いに、アルトマン教授がこたえた。

「いや、異分子は、鷹原教授の奥さんと尾崎さんのお二人です。埼玉で殺害されたお弟子さんは、粛清に近いのではないでしょうか」

「粛清……」

「異分子に惑わされて、秩序を乱したための粛清です」

そこまで聞いて、碓氷は、思わずつぶやいた。

「そうか……」

アルトマン教授と、田端課長が同時に碓氷のほうを見た。碓氷は、気まずくなり、声を出したことを悔やんだ。

「なんだ、ウスやん」

田端課長が言った。「何か思いついたのか?」

「浅井がペトログリフで、尾崎にメッセージを送った理由です。彼は、尾崎に心酔していました。つまり、嘉村准教授に言わせれば、異分子に共感していたことになります。浅井もそのことを意識していた。それで、自分も粛清されるかもしれないという危機感を抱いたのではないかと思います。それで、尾崎にだけわかるようなメッセージを送ろうとしたのでしょう」

田端課長が言った。

「ペトログリフの謎を解いたのは、尾崎ではなく、アルトマン教授だぞ」

「浅井は、まず捜査員に尾崎の名前を告げたのです。二つのペトログリフを、尾崎に解いてほしかったからに違いありません。浅井にとっては、アルトマン教授の出現は計算外だったに違いありません。彼にとっては、救いとなる計算違いだったはずです。それで、アルトマン教授に二つのヒントを与えたりしたわけです」

田端課長は、またしばらく考えている様子だった。

管理官の一人が田端課長に尋ねた。

「それで、具体的には、どういうことになりますか？　尾崎は被疑者のリストから正式に外していいということですね？」

田端課長は、顔を上げると言った。

「アリバイもあることだし、尾崎は、被疑者リストから除外する。ただし、鷹原研究室内の事情に詳しいはずだから、今後も継続的に接触をはかる。浅井は参考人、嘉村は重要参考人として話を聞く」

管理官がさらに尋ねる。

「身柄はどうしますか？」

課長は、鈴木係長に尋ねた。

「嘉村を逮捕するだけの証言や物証は？」

鈴木係長が、恐縮した様子でこたえた。

「強いていえば、嘉村は第一の事件現場の監視カメラが故障していたことを知っていた、という事実を挙げられますが、それ以外は、まだ……」

「弱いな……。とにかく、今、アルトマン教授から聞いた線で、裏付けを急げ。嘉村の身柄は押さえたいので、任意で事情を聞け。逃走するようなら、緊急逮捕だ」

管理官が力強くうなずいた。

「了解しました」

久しぶりに、捜査員たちの士気が上がった。

会議が終わり、捜査員たちが出かけて行くと、アルトマン教授が妙にさばさばした口調で言った。

「さて、私の役目は、もう終わりましたね」

たしかに、そのとおりだ。アルトマン教授は、ペトログリフの謎を解くという役割を果たした。

だが、碓氷はまだ、アルトマン教授に、捜査本部から去ってほしくなかった。不思議なものだ。彼が捜査を手伝いたいと言い出したときは、戸惑った。正直に言うと、素人が捜査に口出ししてほしくないという気持ちもあった。

今は、まったく違う気持ちだった。

「結末をごらんになりたくはないですか？」

アルトマン教授は、かぶりを振った。

「それは、警察の仕事でしょう」

彼は、ふと考え込んだ。「ただ……」

「ただ、何です？」

アルトマン教授が、思案顔のまま言った。

「尾崎さんに会って、話が聞いてみたいですね」

碓氷はうなずいた。

「鑑取り班と調整してみます」

高木に連絡を取って、尾崎の自宅を訪ねることにした。アルトマン教授の車で移動する。その間、彼はずっと無言だった。何かを考えているのだろう。思索の邪魔をしないよう、碓氷も黙っていた。


ドアチャイムを鳴らすと、尾崎がすぐに顔を出した。彼は、驚いた表情で言った。

「アルトマン教授……」

教授が言った。

「お邪魔でなければ、少しお時間をいただきたいのですが……」

尾崎は、アルトマン教授と碓氷の顔を交互に見て言った。

「どうぞ、お入りください。散らかってますが……」

執筆をしている最中だったようだ。机の上に資料が積まれ、パソコンのディスプレイにぎっしりと文字が並んでいた。アルトマン教授が言った。

「お仕事中でしたか」

「だいじょうぶです。急ぎの仕事ではないので。まあ、おかけください。今、お茶をいれます」

「おかまいなく。すぐに失礼します」

アルトマン教授と碓氷は、ダイニングテーブルのそばにあった椅子に腰かけた。尾崎は、パソコンの前に座る。

「事件のことですか？」

尾崎が尋ねると、アルトマン教授はうなずいた。

「あの二つのペトログリフが、何を意味しているか……。あなたは、すでにお気づきですね？」

尾崎は、碓氷のほうを一瞥してから、アルトマン教授に眼を戻した。その表情がひきしまった。

「ええ、気づいています」

「誰が、あれを現場に描き残したかも……」

「はい。あのペトログリフは、僕へのメッセージだとすぐにわかりました」

「誰からのメッセージだと思いましたか？」

「思いついたのは、一人だけでしたね」

アルトマン教授が言った。

「浅井さんですね？」

尾崎がまた碓氷のほうを見た。碓氷は、無言で見返した。尾崎がアルトマン教授に言った。

「そうです」

尾崎は、沈んだ表情で、肩をすくめた。「アルトマン教授なら、二つのペトログリフの意味に気づくだろうと思っていましたよ」

「文字そのものの意味よりも、純粋に形状に注目すべきだ。そう教えてくれたのは、浅井さんでした」

「それは、かつて、僕が浅井に教えたことでした。もし、未知の記号や文字らしいものに出会ったら、あれこれ意味を考える前に、まず形状に注目しろ、と……。シンボルは形状に現れます」

「なるほど……。それで、あなたは、あの二つの文字の中に聖ペトロ十字が隠されていることに気づいたのですね？」

「あなたから、鷹原教授の研究室を、キリストの十二使徒になぞらえる人がいる、という話を聞いていたせいもあります」

「そのことを、私に伝えたのも、浅井さんでした」

「もし、鷹原教授の弟子たちを十二使徒にあてはめるのなら、ペトロは間違いなく、嘉村さんですね。つまり、浅井は、二つの事件の犯人が、嘉村さんだということを、僕に伝えたかったのです」

アルトマン教授が、重々しくうなずいた。碓氷は、二人の顔を交互に見ながら言った。

「浅井が、嘉村に罪を着せようとしていることは、考えられませんか？」

尾崎がこたえた。

「もし、そうなら、あんな謎めいたメッセージを残す必要はないでしょう」

アルトマン教授が碓氷に言った。

「それに、これは、あなたが言ったことですが、浅井さんには、動機がないのです」

二人の言うことは、もっともだ。

「なるほど……」

尾崎がさらに言った。

「浅井だって、嘉村さんには、ずいぶん世話になっているはずです。同じ釜の飯を食った仲といってもいい」

碓氷はうなずいた。

「嘉村准教授を、実名で告発することはできなかったということですね？」

「そう思います」

尾崎は言った。「研究室内の事情をよく知っており、なおかつ、研究室の外にいる誰かに伝えたい。浅井は、そう思ったに違いありません。それが、僕だったのです」

アルトマン教授が言った。

「それだけではないでしょう。浅井さんは、あなたのことを、心から尊敬して、慕っておられた。だから、あなたが失意のうちに大学を去られたことが、悔しくてならなかった。もしかしたら、浅井さんは、その原因を作ったのが、嘉村准教授だったと考えていたかもしれません」

「ちょっと待ってください」

尾崎が戸惑った様子で言った。「僕が、失意のうちに大学を去ったですって？　そんなことはありませんよ」

「あなたは、親しく交際していた早紀さんを、鷹原教授に奪われてしまった」

「それは事実とは違います。本当のことは、説明したはずです」

「問題は、浅井さんが、そう信じていたということです」

碓氷は、尾崎に尋ねた。

「もしかして、あなたを大学から追い出したのは、嘉村准教授だったのではないですか？」

「そんなことはありません。でも……」

「でも、何です？」

尾崎は、考えながらこたえた。

「浅井は、そう思ったかもしれません」

「何があったのです？」

「僕の研究を、鷹原教授がそのまま論文の一部に使用したのです。でも、鷹原教授に悪気があったわけではないんです。教授が、資料が必要だと、嘉村さんに言って、嘉村さんが、僕の研究資料をそのまま、教授に渡してしまったのです」

「研究の成果を奪われてしまったわけですか？」

「結果的にそうなりますね。でも、教授のために、弟子が下調べをするのは、よくあることです。僕は、それほど気にしていませんでした」

「浅井さんは、そのことをご存じだったのですか？」

「ええ。憤慨していました。その直後、僕が大学を辞めたので、浅井は、僕が腹を立てたのだと思ったかもしれません」

「それは、何の研究だったのですか？」

「ペトログリフについての研究です」

碓氷は、思わずアルトマン教授の顔を見ていた。彼は、片方の眉を吊り上げていた。

「交際している女性と、研究資料の二つを奪われた……」

アルトマン教授が言った。「浅井さんは、鷹原研究室を怨んでいるあなたに、事件の真相を知らせたかったのでしょう」

「でも、それは誤解に過ぎません。僕は、植田とは付き合っていなかったし、鷹原研究室を怨んでもいませんでした。大学を辞めたのは、本当に他にやりたいことがあったからなのです」

碓氷は言った。

「今回の事件は、いくつもの誤解が重なって起きたのだと、アルトマン教授はおっしゃっています」

尾崎が眉をひそめた。

「いくつもの誤解……?」

「そう」

アルトマン教授がこたえた。「あなたが、失恋し、なおかつ、大切な研究資料を無断で使用された。それが、大学を去った理由だと、浅井さんが考えたのも誤解です。そして、こんな事件が起きてしまったのも、誤解が原因だったのです」

尾崎は、かぶりを振った。

「僕には、嘉村さんが、二人を殺したなんて、信じられません」

碓氷は言った。

「まだ、嘉村さんがやったと確認されたわけではありません」

アルトマン教授が、さらに言った。

「もし、二件の殺人の犯人が、嘉村准教授だとしたら、という仮定でお話しします。彼は、あるとき、鷹原教授に親しい女性の友人がいることを知ったのです。そして、その女性の存在が、鷹原教授の結婚生活に何らかの影響を与えるかもしれないと考えるようになったのでしょう。しかし、それも、おそらく誤解です」

尾崎が目を丸くした。

「鷹原教授に……？　それは、愛人ということですか？」

「相手のマンションを訪ねることがあったそうですが、愛人と呼べるかどうか、私にはわかりません。おそらく、結婚生活を犠牲にするほどのお付き合いではなかったと思います」

「でも、嘉村さんは、そうは思わなかった……」

「さらに、早紀さんと滝本さんが交際しているという噂が立ちました。これは、嘉村さんにとっては大問題だったでしょう」

「わかるような気がします」

尾崎が言った。「嘉村さんは、誰よりも鷹原教授のことを尊敬していたし、研究室について責任感を持っていましたから……」

アルトマン教授は、うなずいた。

「研究室の秩序を守ることは、嘉村さん自身の保身にもつながったのだと思います。彼は、他の世界で生きていくことなど、考えもしなかったに違いありません。鷹原研究室が発展していくことが、すなわち自分の地位を上げることでもあった。研究室で問題が起きることは、そのまま彼自身の問題でもあったのです」

「そうでしょうね。彼は、ペトロですから……」

それからしばらく無言の間があった。やがて、アルトマン教授が言った。

「もし、鷹原研究室のみなさんが、もう少しだけ事実の確認をしていたら、今回の事件は起きなかったかもしれません」

尾崎がうなずいた。

「そうですね。事実の確認は、大切です。しかし、人間は、ついそれを怠ってしまう」

アルトマン教授がほほえんだ。

「そのために、我々は学ぶのです」

24

捜査本部に戻ると、高木が碓氷に駆け寄ってきた。

「嘉村の姿が見えない」

碓氷はアルトマン教授と顔を見合わせた。

「どういうことだ?」

碓氷が尋ねると、高木が言った。

「浅井と嘉村を任意で引っぱって事情を聞こうとした」

「それで?」

碓氷が尋ねると、高木はこたえた。

「浅井は、任意同行に応じた。今、別室で事情を聞いている。嘉村は、自宅にも、勤め先にも、鷹原教授が宿泊しているホテルにもいない」

「連絡はつかないのか?」

「携帯電話の電源が入っていないようだ」

アルトマン教授が、険しい表情で言った。

「早く見つけないと、取り返しのつかないことになるかもしれません」

碓氷は、うなずいた。

「わかっています」

アルトマン教授は、嘉村が自殺をする恐れがあると言っているのだ。

高木が言った。

「嘉村は逃走したと見ていいだろう。つまり、自ら罪を認めたに等しい。今、被疑者として緊配をかけている」

「嘉村の車は？」

「見つかっていない。おそらく、車で逃走したんだ」

「ナンバーがわかっていれば、Ｎシステムが使える」

「その手配もしている」

碓氷が、アルトマン教授に言った。

「警察は、やれるだけのことをやっています。きっと、すぐに発見されるでしょう」

「そうだといいのですが……」

「警察を信じてください」

そのとき、捜査員の一人が声をかけてきた。

「ちょっと、いいですか？」

碓氷は言った。

「何だい？」

「今、浅井に事情を聞いているのですが、彼が、アルトマン教授と話したいと言っていまして……」

碓氷は、アルトマン教授の顔を見た。教授は、うなずいた。

「私も、ぜひ話がしたいですね」

碓氷は言った。

「行ってみましょう」


浅井は、取調室ではなく、小会議室にいた。刑事が一人いる。アルトマン教授を呼びに来た捜査員と二人で事情を聞いていたのだろう。

アルトマン教授が椅子に腰かけた。碓氷は立ったままだった。浅井は、アルトマン教授をじっと見つめていた。

アルトマン教授が浅井に言った。

「話があるそうですね」

「あの二つのペトログリフを読み解いていただけましたか？」

「ええ、あなたがヒントをくださいましたから……。あのペトログリフは、十二使徒の一人、聖ペトロを表していたのですね？」

「さすが、アルトマン教授です」

「そして、聖ペトロとは、嘉村准教授を指しているのですね？」

「そうです」

「それを、尾崎さんに伝えたくて、あなたがあのペトログリフを、現場に残したのですね？」

「はい。何もかも、おっしゃるとおりです」

「しかし、一つわからないことがあるのです」

「わからないこと……？」

「私は、二つのペトログリフの共通点について考察することで、聖ペトロ十字に気がついたのです。つまり、あなたが、最初に描き残した桃木文字だけでは、聖ペトロ十字には気づかなかったでしょう。それは、おそらく尾崎さんも同じだったと思います」

「そうでしょうね」

「あなたは、あらかじめ、二つのペトログリフを用意されていた。つまり、第一の事件が起きた段階で、第二の事件が起きることも知っていたということになります」

その点には、碓氷もひっかかりを感じていた。

浅井は、アルトマン教授を見つめて言った。

「知っていました」

アルトマン教授は、溜め息をついた。

「嘉村准教授が、二人を殺害することを、事前に知っていたということですね？」

「そうです」

「犯行を止めることはできなかったのですか？　あなたが直接止めることはできなくても、誰かに知らせることで、未然に防げたかもしれません」

「犯行を止める……？　そんな気は、さらさらありませんでしたね」

浅井は、かすかに笑みを浮かべていた。「僕は、嘉村准教授の計画を支持していましたからね」

「支持していた……？」

アルトマン教授は、眉をひそめた。「二人を殺害することを、支持していたというのですか？」

「尾崎先生が大学を辞めたのは、もとはといえば、早紀のせいですからね。尾崎先生と付き合っていながら、あっさりとその関係を捨てて、教授と結婚したのです。そして、今度は、同僚の滝本と不倫をしていました。さらに、彼女は、鷹原教授の権力を笠に着て、研究室内での発言力を強めていったのです。そんなことが許されるはずもない。そう、僕自身も、彼女に殺意を抱いていたと言ってもいい」

「あなたは、尾崎さんにご自分を投影されていたのですね……。おそらく、研究室の中で、ご自分が孤立していると感じていたのではないですか？」

浅井は、その質問にはこたえなかった。

「嘉村准教授にも責任があるのです」

「それは、尾崎さんが大学を去られたことについて、ですか？」

「そうです。嘉村准教授は、尾崎さんの研究成果をそのまま盗用して、鷹原教授に提供したのです。嘉村准教授も罰を受けるべきでした」

「それで、あなたは、犯人が嘉村准教授だと、尾崎さんに伝えようとしたわけですね？尾崎さんが、嘉村准教授を罰すると思ったのですか？」

「警察に通報するなり、詰問するなり、尾崎先生の好きにすればいいと思っていました」

アルトマン教授は、悲しげにかぶりを振った。

「何もかも、あなたの誤解なのです」

「誤解……？何が誤解なんですか？」

「尾崎さんは、早紀さんと交際などされていませんでした。早紀さんが、彼の自宅を頻繁に訪ねていたのは、論文についてのアドバイスをもらったり、研究資料の整理を手伝うためだったのです」

「誰がそんなことを言ったのです？」

「尾崎さんご本人ですよ」

浅井は、アルトマン教授から眼をそらした。

「そんなはずはない……。尾崎先生は、嘘を言ったのです」

「尾崎さんが、そんな嘘をつく理由はありません。嘉村准教授が、尾崎さんの研究成果を、そのまま鷹原教授に提供したことについても、尾崎さんは、別に腹を立てたわけではなかったと言っていました」

「じゃあ、どうして尾崎先生は、大学を辞めなければならなかったのですか？」

「ご本人の希望だったんです。尾崎さんは、大学の研究ではなく、他にやりたいことがあったのです。もっと、自由な研究の道に進みたかったのでしょう。それが、彼に合っていると、私も思います」

「嘘だ……」

浅井は、力なく言った。「そんなの、嘘です」

「あなたは、尾崎さんが、ひどく傷ついて、大学にいられなくなったと考えたのですね？」

「当然、そう考えました」

「噂を真に受けたからですね」

「ただの噂ではありませんでした。尾崎先生と早紀は付き合っていたはずだし、研究を盗用されて、ひどく腹を立てていたはずです」

「あなたは、それを確認しましたか？」

「確認……？」

浅井は、ぽかんとした顔で、アルトマン教授を見つめた。

「嘉村准教授も、誤解をされていました。鷹原教授が、早紀さんとは別の女性と親密な交際をしていると思い込み、さらに、早紀さんが、滝本さんと不倫をしていると思い込んでしまった……」

「それが誤解だったと……」

「ちゃんと検証はされていなかったはずです。もし、確かめていたら、違う結果になったかもしれません」

浅井は、黙ってアルトマン教授を見つめていた。アルトマン教授が、さらに言った。

「事実の確認と検証。学者にとって、何よりも大切なことを、嘉村准教授も、あなたも怠ったのです」

浅井は、ゆっくりとうなだれていった。

アルトマン教授が席を立った。そのとき、浅井が、嗚咽を洩らしはじめた。アルトマン教授は、何も言わずに、出入り口に向かった。

碓氷は、彼を追って廊下に出た。アルトマン教授が、碓氷に尋ねた。

「浅井さんは、どんな罪に問われるのでしょう」

碓氷にもはっきりしたことは言えなかった。検事次第だろう。

「殺人事件には、直接関与していませんが、事前に犯行の計画を知っていて、黙っていました。検事がその点をどう判断するか、ですね……」

「彼は、すでに罰を受けているように思いますがね……」

碓氷は、こたえなかった。


捜査本部に戻ると、すぐに高木をつかまえて尋ねた。

「嘉村の行方は？」

「まだ不明だ」

管理官たちが、大声で指示を出しており、伝令係が走り回っている。その様子を横目で見ながら、高木が言った。「何とか、生きたまま確保したいが……」

「Nシステムにも、ヒットしないのか？」

「ヒットはしたようなんだが、その後の足取りが、まだつかめていない」

「最後にヒットしたのは、どこだ？」

「東名高速の御殿場インターのそばだ。三十分ほど前のことだ」

「富士山麓の樹海かもしれない」

「当然、青木ヶ原も視野に入れている。静岡県警、山梨県警に、協力要請したということだ」

青木ヶ原樹海は、一度迷い込んだら二度と出られない、などという俗説がある。だが、実際には、遊歩道もあり、案内板もたくさんある。キャンプ場もある。

俗説を信じ、自殺しようとしてここを訪れる人は、後を絶たないそうだ。

碓氷は言った。

「山梨県警なら、青木ヶ原を知り尽くしている警察官がいるに違いない」

「青木ヶ原と決まったわけじゃない。他の選択もある」

高木が言った。碓氷はうなずいた。

「御殿場インターや沼津インターからなら、伊豆半島に向かう可能性もある。断崖絶壁のある伊豆半島の海岸も、自殺者が多い」

「そっちは、静岡県警に期待するしかないか……」

「静岡県警、山梨県警で、緊配を敷いてくれるといいが……」

「無理強いはできないよ」

緊急配備は、現場に多大な負担を強いる。発令されたとたんに、手がけている事案を棚上げにして、あらかじめ指定されている交差点や駅などに急行しなければならない。

大がかりな配備になると、非番の警察官も駆り出されることになる。

アルトマン教授は、椅子に腰かけ、憂鬱そうな顔をしている。碓氷は、彼の隣に腰を下ろした。

「きっと見つかりますよ」

碓氷が言うと、アルトマン教授が驚いたように顔を向けた。何事かを熟慮していたようだ。

「嘉村准教授のことですか？」

「ええ」

「私は学者なので、気休めなど信じないのですよ」

「気休めではなく、私は本気でそう信じています」

アルトマン教授は、かすかにほほえんだ。

「あなたは、まったく刑事らしくないですね」

「そうですか？」

意外なことを言われた。「どう見ても、刑事にしか見えないと思っていましたが……」

「刑事というのは、疑うのが仕事でしょう。いつか、ご自分でもそうおっしゃっていた。でも、あなたは、あまり人を疑わない」

碓氷は、肩をすくめた。

「刑事失格ですかね……」

「人間としては立派だと思いますよ」

「また、事件のことを考えていたのですか？」

「いえ、そうではなく、もし、私が嘉村准教授なら、どこに向かうかと、考えていたのです」

アルトマン教授は、常に前向きなのだ。

「どこに向かうと思いますか？」

碓氷は、アルトマン教授に尋ねた。

「一つの仮説が成り立つのですが……」

「聞かせてください」

アルトマン教授は、しばらく考えてから言った。

「いや、これは、希望的な推測に過ぎないのかもしれません。仮定の条件が曖昧なので、確実な予測とは言えないと思います」

「簡単に言えば、こじつけかもしれないということですね？」

「そう。不確実な情報で、捜査を混乱させたくありません」

「ご心配には及びません。捜査本部では、可能な限りの手を打っています」

「あなただけにお話しするのなら、かまわないと思います」

「私だけ、というわけにはいかないかもしれません。有力な情報なら、他の捜査員とも共有しなければならない。我々は、どんな手がかりでもほしいのです」

「私の思い込みかもしれないのです」

碓氷は、少しばかり苛立った。一刻も猶予はならないのだ。

「あなたは、これまで数々の謎を読み解いてきました。あなたの洞察力は信頼しています」

「洞察ではありません。考察です。仮説を立てて、それを検証していくのです」

「不確実な予測でもけっこうです。教えてください。嘉村准教授は、どこに行こうとしているとお考えですか？」

アルトマン教授は、小さく溜め息をついた。

「私の推論は、嘉村准教授がペトロであるという仮定から始まっています。しかし、これは、嘉村准教授本人が言っていることではなく、あくまで浅井さんが言っていることなのです」

「それで……？」

「しかし、浅井さんの指摘は、本質を言い当てていると私は思います。それで、嘉村准教授がペトロだという仮説は、確実性を増します」

「教授……。結論をお話しいただけると助かるのですが……」

「わかりました。お話しします」

アルトマン教授は、まだ踏ん切りがつかない表情だ。少し間を置いてから言った。

「嘉村准教授は、大学に戻ってくるでしょう」

25

碓氷は、驚いた。

「今、彼は車で逃走しているのですよ。東名高速の御殿場インター付近まで行っていることを確認されています。追い詰められた彼は、死に場所を探しているのかもしれない」

「もちろん、それは知っています」

「それをご承知の上で、彼は、大学に戻ってくると……」

「はい」

「たしかにそれは、希望的な推測かもしれませんね……」

「クォ・ヴァディス……」

碓氷は眉をひそめた。

「何ですか、それは……」

「どこへ行くのですかという意味のラテン語です。イエズス・キリストの死後、ペトロは、使徒のリーダーとしてエルサレムで、説教を続けていました。やがて、キリストの兄弟であるヤコブがエルサレム教団のリーダーとなり、ペトロはエルサレムを離れて、各地で説教を続けます」

　碓氷は、ますます戸惑った。だが、ここは黙って話を聞くことにした。

「ローマでは、ネロ帝のキリスト教弾圧が激化している時代でした。ペトロが、ローマを逃れてアッピア街道を行こうとしていると、そこで、復活したイエズス・キリストとすれちがうのです。ペトロは尋ねました。『主よ、どこにいかれるのですか』。このラテン語訳が、クォ・ヴァディスです。キリストはこたえます。『あなたが、私の民を見捨てるのなら、私はもう一度十字架にかけられるためにローマへ行く』と。それを聞いたペトロは、殉教を覚悟してローマに引き返したのです」

「そして、ネロ帝によって、逆さ十字の磔にされたわけですね？」

「そう。もし、嘉村准教授がペトロだと仮定するのなら、逆境のまっただ中に戻っていかなければなりません。そうでなければ、推論の輪は完結しないのです」

　碓氷はうなった。

「たしかにこじつけのように聞こえますね……」

「しかし、可能性はあります。浅井さんは、象徴ということをよく心得ていると、私は思います。その浅井さんが、嘉村准教授のことをペトロだと言ったのです」

「しかし、だからといって、嘉村がペトロと同じ行動を取るとは限らないでしょう」

「象徴というのは不思議なもので、驚くほど本質を言い当てるものです」

迷っている暇はなかった。碓氷は、高木の姿を探した。管理官から何か指示を受けている。そこに駆けつけた。

「順供大学に、捜査員は……?」

高木と管理官が驚いた顔で、碓氷を見た。管理官がこたえた。

「何事だ? もちろん、捜査員は配置してある」

「増員してください」

碓氷は言った。「嘉村が、大学に戻る可能性があります」

「何だと?」

管理官が目を大きく見開いた。「どういうことだ?」

「私にもよくわからないのですが、アルトマン教授がそう言っています」

管理官は考え込んだ。高木が、管理官に言った。

「自分が、そちらに向かいます」

管理官が碓氷に言った。

「君も行ってくれ。手が足りない」

「了解しました」

高木と出かけようとすると、アルトマン教授が碓氷に言った。

「大学に行くのですね? 私も行きます」

「いや、教授は……」

「車が必要でしょう。私の車で行きましょう」

高木が言った。

「お言葉に甘えよう。急ぐんだ」

高木といつも組んでいる若い捜査員は、どこかに駆り出されているようだ。姿が見えない。三人で出かけようとしていると、背後から声をかけられた。梨田だった。

「話は聞きました。自分も同行します」

高木が、碓氷を見てにやっと笑った。


順供大学の研究室を訪ねると、二人の捜査員が詰めていた。管理官から連絡が入っていたらしく、その一人が碓氷に尋ねた。

「嘉村がここに戻って来るかもしれないって、本当ですか？」

「わからない。だが、その可能性はある」

高木がてきぱきと指示を出した。

「二人は、ここに残ってくれ。洋梨は俺と駐車場だ」

碓氷は高木に尋ねた。

「俺はどうする？」

「正門のあたりで張っていてくれ」

「わかった」

アルトマン教授は、碓氷についてきた。碓氷は、彼の行動については、もうあれこれ言わないことにした。彼の判断に任せるのが一番だ。

高木と梨田が、駐車場のほうに駆けて行った。

碓氷とアルトマン教授は、正門近くにたたずんでいた。午後のキャンパス。学生たちが、のんびりと行き来している。碓氷は、正門のほうを見つめていた。

「座りませんか？」

アルトマン教授が、道の脇にあるベンチを指さした。「どうせ、待つしかないんです」

碓氷はその言葉に従うことにした。腰を下ろして考えた。ペトログリフの解明から始まって、これまでアルトマン教授は、あらゆることを言い当ててきた。

だが、今回はどうだろう。御殿場インターチェンジの近くまで行った嘉村が、そのまま戻って来るとは、とうてい考えられない。

待つしかないと、アルトマン教授は言った。たしかにそのとおりだ。他の場所のことは、他の捜査員に任せるしかない。

碓氷は、腕組みをして、正門を見つめた。アルトマン教授は、また無言で考え込んでいた。何を考えているのだろう。気になったが、聞かないでおくことにした。

碓氷が想像もできないことを考えているのかもしれない。学者の頭の中は底が知れない。

それから、たっぷりと二時間は過ぎた。午後三時半になろうとしている。

突然、アルトマン教授が言った。

「推論は証明されました」

「え……？」

碓氷は、正門のほうを見た。

黒っぽい背広姿の男が、まっすぐに背を伸ばして歩いてくる。嘉村だ。彼は、今、正門を通過した。

その表情は、意外なほど穏やかだった。静かな眼差しでまっすぐ前を見つめている。それは、ある覚悟を決めた人間の表情だと、碓氷は思った。そう、まるで、殉教者のように……。

いつしか碓氷は、立ち上がっていた。アルトマン教授も同様だった。碓氷は言った。

「車で来たなら、真っ先に高木と梨田が嘉村を見つけるはずです。あの二人が、嘉村の身柄を確保していないのが、不思議ですね」

アルトマン教授が言った。

「どうしてもキャンパスに来たかったのでしょう。彼がペトロなら、奇跡を起こしても、何の不思議もないのです」

碓氷の足は自然と前へ出ていた。嘉村の歩みに迷いはない。碓氷は、横から彼に声をかける形になった。

「嘉村准教授ですね？」

嘉村は立ち止まった。ゆっくりと碓氷のほうを見る。そして、碓氷の隣にいるアルトマン教授の顔を見た。

それから、彼は言った。

「そうです。嘉村です」

「我々といっしょに来ていただかなければなりません」

「ごいっしょします」

そのときになって、ようやく高木と梨田が駆けつけた。

「車はたしかに確認したんだ」

高木が息を弾ませて言った。「だが、突然姿を見失ってしまった……」

アルトマン教授が言ったように、嘉村が奇跡を行ったのかもしれない。アルトマン教授が、悲しげな顔で、嘉村に言った。

「どうしてあんなことを……」

嘉村は、キャンパスの中をゆっくりと見回し、最後に高々とそびえる教授棟に視線を注いだ。そして、言った。

「私はただ、守りたかったのです」

アルトマン教授は、無言で嘉村准教授を見つめていた。

高木がアルトマン教授に言った。

「応援が来るまで、お車をお借りしてよろしいでしょうか？」

身柄を運ぶためのパトカーか捜査車両を呼んだのだろう。それが来るまで、嘉村准教授の身柄をアルトマン教授の車の中に確保しておきたいということだ。

アルトマン教授が言った。

「もちろん、かまいません」

高木と梨田が、嘉村准教授を挟んで、片方ずつ腕を取った。手錠は打たなかった。大学構内で、手錠を使用することの影響の大きさを考慮したのだろう。

逮捕の際に、必ずしも手錠を使用しなければならないわけではない。

嘉村准教授は、駐車場のほうに連れて行かれた。アルトマン教授は、その後ろ姿を無言で眺めていた。

「応援が来るまで、帰れなくなりましたね」

碓氷は言った。「どうしますか？」

嘉村准教授の姿が見えなくなった。それでも、アルトマン教授はその方向を見つめていた。

しばらくして、教授がこたえた。

「また、あそこに座って待つことにしましょう」

道路脇のベンチを指さした。二人は、そこに移動して腰かけた。

「驚きました。正直言って、嘉村がここに現れるとは思っていませんでした」

碓氷が言うと、アルトマン教授は、どこか淋しげにほほえんだ。

「推論の結果です。それに、たぶん私が嘉村准教授でも、同じことをしたと思います」

「なるほど……」

「これで、本当に私の役割は終わりましたね」

「嘉村の取り調べの結果を、知りたくはないのですか？」

アルトマン教授はかぶりを振った。

「私には必要ありません。後日、新聞を読めばいいのですから……」

「あなたは、いち早く知る権利があると思います」

「その権利は行使せずにおきましょう」

碓氷は、うなずいた。

アルトマン教授はそれきり口をつぐんだ。やがて、パトカーのサイレンが聞こえてきた。

「さて、来たようですね」

アルトマン教授がそう言って立ち上がった。「あなたは、捜査本部に戻るのでしょうね？」

「ええ」

「ならば、送って行きましょう」

「教授は、どうなさるのですか？」

アルトマン教授は、ほほえんだ。

「帰宅します。捜査というのは、想像以上に過酷でした。私は疲れました」

「ならば、ここから直接お帰りください。私はタクシーを拾います」

「では、そうさせていただきます」

「協力を、心から感謝します。教授のおかげで事件が解決したようなものです」

「捜査は、過酷だけど、きわめて興味深いものでした。経験させてくださったことに、私のほうこそ、感謝します」

二人は、駐車場に向かって歩いていた。パトカーが見えてくる。高木たちが乗り込むところだった。後部座席に、梨田と高木が嘉村を挟む形で座る。

運転席と助手席には、制服の警察官がいた。パトカーが発車すると、アルトマン教授は自分の車に近づいた。

碓氷は、もう一度言った。

「お世話になりました。ご協力を感謝します」

「あなたは、不思議な人だ」

「え……？」

「媒体のような人だと思います。あなたがいなければ、私もあれほど自由に思考を展開することはできなかったかもしれません」

「そんなことを言われたのは、初めてです」

アルトマン教授がほほえんだ。人懐《ひとなつ》こい表情を取り戻した。

「いつでも大学に遊びに来てください」

車に乗りこんだ。やがて、車が発進する。アルトマン教授が左手を振った。碓氷は、深々と礼をした。

26

嘉村は、すぐに自供を始めた。

その内容は、驚くほどアルトマン教授の推理と一致していた。

アルトマン教授が、嘉村の自供内容を知りたがらなかった理由が、碓氷には、なんとなく理解できた。すでに、それは、アルトマン教授の興味の範囲外だったのだろう。

わかりきったことを、今さら知りたいとは思わないだろう。碓氷も、取り調べの結果について、詳しく知りたいとは思っていなかった。あとは、それぞれの担当に任せればいい。

事件のあらましを鷹原教授に伝えると、彼は、一言「何ということだ」と洩らしたそうだ。

誤解が積み重なり、事件が起きた。その責任は自分にあると、鷹原は思っていたに違いない。

彼は、これから、妻の葬儀の準備をし、教え子の葬儀にも参列しなければならない。いったい、彼はどんな気持ちでいるのだろう。碓氷は、それを想像し、そっとかぶりを振った。

久しぶりに自宅に戻ると、妻が言った。

「お帰りなさい。お風呂がわいていますよ」

すぐ風呂に入ることにした。湯船に入り、大きく息を吐くと、解放感を味わった。

事案が終了して、こうして自宅の風呂につかる気分は何ものにも代え難い。

風呂から上がり、リビングルームに行くと、子供たちがテレビを見ていた。小学校六年生の娘と、三年生の息子だ。

「勉強はしたのか?」

碓氷が尋ねると、娘のほうが面倒臭げにこたえた。

「したよ」

「うんと勉強はしておけ」

息子が驚いたような顔で碓氷を見た。

「なんか、変な言い方」

「学問の世界は、なかなか面白いもんだ」

息子が言う。

「でも、勉強は退屈だよ。つまんない」

「いや、そうじゃないんだ。父さんは、今真剣に思っている。もっと、勉強しておけばよかったってな」

「へえ……」

いつか、本当にアルトマン教授のもとを、もう一度訪ねてみたい。碓氷はそんなことを思っていた。

解説

関口苑生

本書『ペトロ』は、警視庁捜査一課第五係・碓氷弘一《うすいこういち》警部補シリーズの第五作である。ちなみに第一作『触発』が出たのが一九九六年。本書の初刊刊行は二〇一二年だから、十六年で五作ということになる。ほかにも数多くのシリーズ作がある今野敏にとって、この数字が多いのか少ないのかは何とも言えないが、個人的にはとても大切に、丁寧に書いている印象を受ける。

そんなふうに思うのは、本シリーズで描かれる事件の性質とその後の展開が、普通とはちょっと違ったものばかりで、より強く印象づけられるせいもあるかもしれない。碓氷のシリーズって、毎回凝った造りで頑張っているよなあといった感覚だろうか。

それでも、一応基本のパターンらしきものはある。まず普通ではない事件が起こったときに、なぜか碓氷刑事にお鉢が回ってくるという発端。あるいは、たまさか事件現場に出くわして、そのまま巻き込まれる場合もあるが、いずれにせよ碓氷の不運さが強調される形で物語が始まっていく。

本書の冒頭第一行目にしてからが、「俺が当番の夜には、必ず何か起きる」という碓氷の何とも情けない予感から始まるのだ。

さらには普通ではない事件だけに捜査の方法も普段とは異なる形となり、専門家筋からの協力を仰ぐことになる。そこで彼らのサポート役として、これまたなぜか碓氷が指名されるのだった。

ところが、この毎回のゲスト役となる専門家が、いずれも常識では計り知れない人物揃いで……というのがシリーズ最大の特徴となっている。極論すれば、碓氷は彼らの引き立て役となっているのだった。

地下鉄駅構内で爆破テロが発生し、死傷者三百名を超える大惨事となる『触発』では、自衛隊随一の爆弾処理スペシャリスト・岸辺《きしべ》和也《かずや》陸上自衛隊三等陸曹。

オタクの聖地というよりも、まだ電気街だった頃の秋葉原で、いきなり銃撃戦が始まる第二作『アキハバラ』では、パソコンマニアと外国人スパイ。

渋谷と新宿で奇妙な連続通り魔殺人事件が起こる第四作『エチュード』では、警察庁刑事局心理調査官・藤森《ふじもり》紗英《さえ》。

例外的な作品に見える第三作『パラレル』にしても、他のシリーズの主役たちがオールスターで登場し、三つの殺人事件それぞれにチームを組んで捜査に当たる。ちなみに碓氷の組には『襲撃』『人狼』の赤城《あかぎ》竜次《りゅうじ》警部補および、武道の達人である整体師・美崎《みさき》照人《てると》が参加する。

ともあれ碓氷は、彼らと即席のコンビを組み、最初は戸惑いを感じながらも、捜査が進み事態が動いていくうちに、いつしか気の置けない〝相棒〟のような関係になっていく。実はこれこそが本シリーズの眼目であり、今野敏の真骨頂なのだ。

事件の経過はしっかりと描かれる。しかしそれ以上に、人間関係の風景が鮮やかに、かつ丁寧に描写されて読者に強烈な印象を残すのである。

もちろん本書の場合も同様だ。

冒頭の碓氷のつぶやきは、もはやお約束と言っていいだろう。シリーズものの特長と良さを生かした、心憎い演出である。おやおや碓氷、今度もかと読者は思わずニヤリとしながらも、不安と期待の双方を抱きつつ物語に惹き込まれていくのだ。また実際に、碓氷の確信めいた思いはすぐに事件の通報となって現れ、現場に駆り出される羽目になる。

著名な考古学教授の妻が、自宅マンションの部屋で殺害されたのだ。一一〇番通報したのは、第一発見者で夫の鷹原道彦順供《たかはらみちひこじゅんきょう》大学教授。だが奇妙なことに事件現場の壁には、ペーパーナイフで記号のような傷が刻まれていた。鷹原教授によると、それはペトログリフのように見えるという。

ペトログリフとは、石や洞窟に刻まれたある種の意匠や文字のことである。言ってみれば、古代の人類が後世に伝えようと残した意思でもある。事件現場のそれは、日本で見つかったペトログリフで、いわゆる神代《かみよ》文字のひとつであった。

とこういうややこしい話となれば碓氷の出番だ。案の定、鈴木係長からこの方面の専門家を見つけて意見を聞くように指示を受けるが、その間もなく、続けて埼玉の遺跡発掘現場で鷹原教授の弟子が殺される事件が発生。

しかもそこにはまたしてもペトログリフ——今度はメソポタミアの楔形《くさびがた》文字が刻まれていたのだった。

警察小説というのは作品の中でのリアリティ、現実感が他のジャンルのミステリー小説よりも多少なりとも強く求められる傾向があるように思う。本書もその例に漏れず、事件発生の通報から捜査員の出動の模様、捜査会議の進行状況、刑事たちの地取《じど》り鑑取《かんど》りの様子など、かなりリアルに描かれている。そして刑事たちは事実を積み重ね、証拠を集め、徐々に核心に迫っていくのである。

そこへいきなり、ペトログリフという古代文字の登場である。こちらは、およそ現実社会とはかけ離れた代物だろう。また神代文字の正体もあやふやなものだった。日本に漢字が伝わる以前の文字であり、古史古伝と呼ばれる日本の超古代王朝——大和王朝よりもはるか以前の王朝のことを記した書は、この神代文字によって書かれているのだという。だが実は、その古史古伝のほとんどが偽書だというのである。それもあってか、日本のペトログリフなどは正当な考古学で扱うべきではないとする学者が圧倒的であった。

事実と現実に寄りそって行動する警察の捜査と、本当かどうかもわからない古代文字の謎。まったく相反する水と油のような関係の両者が、どんなふうに絡み合っていくのか。言わば現実と伝奇のせめぎ合いである。

読売新聞二〇一二年一月十日付朝刊の〈連載を終えて〉と題した作者のエッセイには、そのあたりのことを、「警察小説の枠組みの中で、そうした（古代史の蘊蓄《うんちく》や、伝奇小説的な・引用者注）趣きを反映するのは、なかなか難しく、苦労の連続でした」と述べている。事件の現実味を失わず、古代史の面白さを加味していくには、どうすればいいか。あまり伝奇的な要素に傾くと、どうしてもリアリティがなくなってしまい、かといって実社会に寄りすぎると、面白味が少ないミステリーになる。そのあたりのさじ加減が難しかったとも。

ところが、今野敏はその困難さをたったひとりの人物によって解消させてしまうのだ。それが風変わりな外国人、ジョエル・アルトマン青督《せいとく》学院大学教授であった。

小柄で小太り、もじゃもじゃの茶色い髪に同じ色の顎鬚《あごひげ》。眼の色も茶色のユダヤ系アメリカ人。しかし日本語は流暢《りゅうちょう》で、発音やアクセントも日本人とまったく変わりない、この異色の大学教授が、現実と古代文字の橋渡しをするのである。

アルトマン教授は大学を休んで捜査に協力し、ペトログリフが現場に残されていた意味を知ろうとする。誰が何のために刻みつけたのか、そこには必ず何かしらのメッセージが込められているはずであった。彼は碓氷と共に、鷹原教授の研究室に出向き弟子たちから話を聞き、自分の考えをまとめていく。やがて見えてきたものの一つは、ペトログリフには二つの意味が含まれているということだった……。

碓氷はアルトマン教授の大胆な推論に、時には反撥《はんぱつ》し、時には感心し、また時には感動すら覚えながら、一緒に行動するうちにいつの間にか彼の人間性に深い尊敬の念を抱くようになる。

アルトマン教授のやり方は、議論することで、相手を揺さぶり、論理の弱点や知識の曖《あい》昧《まい》さに気づかせるというものだった。最初は何を七面倒くさいことを、と思っていた碓氷だったが、そこにも彼一流の思慮深さが潜んでいることを思い知る。

一方のアルトマン教授はというと、そんな碓氷を見て、「あなたは、不思議な人だ」との感想をもらすのだった。その理由は、まったく刑事らしくないことと、媒体のような存在だからだという。

刑事というのは人を疑うのが仕事なのに、碓氷はあまり人を疑わない。確かに同僚の高《たか》木隆一《ぎりゅういち》警部補と較べると、碓氷の捜査は緩く見えるかもしれない。ではあっても、アルトマン教授は――かりに刑事としては失格だとしても「人間としては立派だと思いますよ」と碓氷に告げる。その上さらに、

「あなたがいなければ、私もあれほど自由に思考を展開することはできなかったかもしれ

ません」

と感謝の言葉すら述べるのだ。いみじくもその言葉は、碓氷の本質を言い当てたものだったかもしれない。

碓氷の〝相棒〟となる人物たちは、いずれも共通してもの凄い勉強家だ。たとえばアルトマン教授は、日本語がおじょうずですねと言われて、

「猛勉強しましたからね」

とあっさり答えている。それだけのことをやってきたという自負があるからだ。こうした意識はおそらく自衛隊員も女性心理調査官も、同じように心の裡《うち》では持っていたと思われる。並の人間なら、彼らが漂わせる雰囲気とオーラに圧倒されてしまうのではないか。しかし碓氷は純粋に学ぶことの大切さを思い知るのだ。そしてまた不思議なことに、そんな〝相棒〟たちと行動を共にすることで、彼らの明断《めいせき》さと思考能力をより一層高めていき、存在自体をも輝かせていくのである。それが碓氷の人柄、碓氷が碓氷たる所以《ゆえん》なのかもしれない。

人と人との交流は、付き合いの長さ、時間によって密度の濃淡が決定されるものではない。碓氷と〝相棒〟が醸し出す人間関係の風景は、そのことを如実に教えてくれる。

人はまず、相手に何かしらを伝えようとするところから始まる。古代の人類が岩や洞窟に刻んだペトログリフも、後世に何かを伝えようと残したものだ。そのときの気持ちはい

かばかりだったのか。小説もまた誰かに何かを伝えようとするものだけに、本書は胸詰まる思いで読んでいた。

（せきぐち・えんせい　文芸評論家）

『ペトロ』二〇一二年四月　中央公論新社刊

中公文庫

ペトロ
——警《けい》視《し》庁《ちょう》捜《そう》査《さ》一課《いっか》・碓氷《うすい》弘一《こういち》5

2015年1月25日　初版発行
2018年12月30日　5刷発行

著　者　今《こん》野《の》　敏《びん》
発行者　松田　陽三
発行所　中央公論新社
〒100-8152　東京都千代田区大手町1-7-1
電話　販売 03-5299-1730　編集 03-5299-1890
URL http://www.chuko.co.jp/

DTP　ハンズ・ミケ
印　刷　三晃印刷
製　本　小泉製本

Published by CHUOKORON-SHINSHA, INC.
Printed in Japan　ISBN978-4-12-206061-6 C1193

定価はカバーに表示してあります。落丁本・乱丁本はお手数ですが小社販売部宛お送り下さい。送料小社負担にてお取り替えいたします。

中公文庫既刊より

各書目の下段の数字はISBNコードです。978－4－12が省略してあります。

こ-40-24
新装版 触 発 警視庁捜査一課・碓氷弘一1　今野 敏
朝八時、霞ヶ関駅で爆弾テロが発生、死傷者三百名を超える大惨事に！ 内閣危機管理対策室は、捜査本部に一人の男を送り込んだ。「碓氷弘一」シリーズ第一弾、新装改版。
206254-2

こ-40-25
新装版 アキハバラ 警視庁捜査一課・碓氷弘一2　今野 敏
秋葉原を舞台にオタク、警視庁、マフィア、中近東のスパイまでが入り乱れるアクション&パニック小説。「碓氷弘一」シリーズ第二弾、待望の新装改版！
206255-9

こ-40-26
新装版 パラレル 警視庁捜査一課・碓氷弘一3　今野 敏
首都圏内で非行少年が次々に殺された。いずれの犯行も瞬時に行われ、被害者は三人組で、外傷は全くないという共通項が。「碓氷弘一」シリーズ第三弾、待望の新装改版。
206256-6

こ-40-20
エチュード 警視庁捜査一課・碓氷弘一4　今野 敏
連続通り魔殺人事件で誤認逮捕が繰り返され、捜査は大混乱。ベテラン警部補・碓氷と美人心理調査官・藤森のコンビが真相に挑む。「碓氷弘一」シリーズ第四弾。
205884-2

こ-40-33
マインド 警視庁捜査一課・碓氷弘一6　今野 敏
殺人、自殺、性犯罪……。ゴールデンウィーク最後の夜に起こった七件の事件を繋ぐ意外な糸とは？ 藤森紗英も再登場！ 大人気シリーズ第6弾。
206581-9

こ-40-19
任侠学園　今野 敏
「生徒はみな舎弟だ！」荒廃した私立高校を「任侠」で再建すべく、人情味あふれるヤクザたちが奔走する！「任侠」シリーズ第二弾。〈解説〉西上心太
205584-1

こ-40-22
任侠病院　今野 敏
今度の舞台は病院!? 世のため人のため、阿岐本雄蔵率いる阿岐本組が、病院の再建に手を出した。大人気「任侠」シリーズ第三弾。〈解説〉関口苑生
206166-8